一个人吹拉弹唱

晓 苏·著

北方文艺出版社
·哈尔滨·

图书在版编目（CIP）数据

一个人吹拉弹唱 / 晓苏著. -- 哈尔滨：北方文艺出版社，2024.4
　ISBN 978-7-5317-6161-7

Ⅰ.①一… Ⅱ.①晓… Ⅲ.①散文集–中国–当代 Ⅳ.①I267

中国国家版本馆 CIP 数据核字 (2024) 第 051964 号

一 个 人 吹 拉 弹 唱
YIGE REN CHUILATANCHANG

作　者 / 晓苏	版式设计 / 滕　超
责任编辑 / 富翔强	封面设计 / 林　希

出版发行 / 北方文艺出版社	邮　编 / 150008
发行电话 / (0451) 86825533	经　销 / 新华书店
地　址 / 哈尔滨市南岗区宣庆小区 1 号楼	网　址 / www.bfwy.com
印　刷 / 武汉市籍缘印刷厂	开　本 / 710×1000　1/16
字　数 / 150 千	印　张 / 16
版　次 / 2024 年 4 月第 1 版	印　次 / 2024 年 4 月第 1 次印刷
书　号 / ISBN 978-7-5317-6161-7	定　价 / 68.00 元

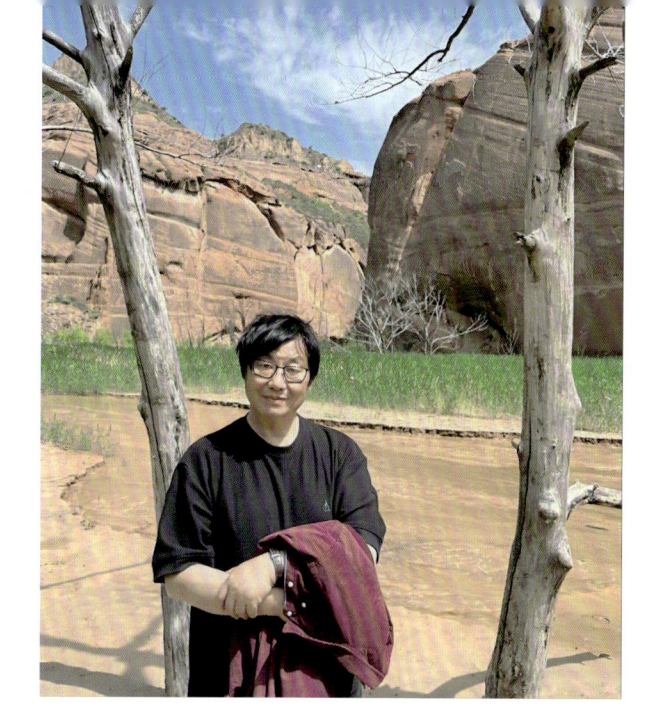

作者

作者简介

  晓苏，武汉大学文学博士，华中师范大学教授，博士生导师，现供职于华中师范大学乡村振兴研究院。中国作家协会会员，一级作家。湖北省人民政府参事。先后在《人民文学》《作家》《收获》《钟山》《花城》《天涯》《十月》《北京文学》《中国作家》《上海文学》等刊发表小说五百余万字。出版长篇小说5部，中篇小说集2部，短篇小说集15部，散文集1部。另有理论专著3部。曾获湖北省"文艺明星"奖、蒲松龄全国短篇小说奖、林斤澜短篇小说奖、百花文学奖、汪曾祺文学奖、湖北文学奖、《北京文学》奖、屈原文艺奖、《长江文艺》双年奖、《作家》金短篇小说奖等。《花被窝》《酒疯子》《三个乞丐》《泰斗》《老婆上树》等五篇小说先后五次进入中国小说学会主办的中国年度小说排行榜。

目录

第一章　敝帚自珍

在《桂子山上的树》背后　3
生活中的对门与小说中的对门　11
陈谷子：一个没有宽恕之心的人物　15
《窗外的事情》很复杂　17
《甩手舞》的创作缘起　20
《老婆上树》中的三个转折　24

第二章　实话实说

更为自觉地追求作品的精神性
　　——答陈智富先生问　　　　　　　　　29
把写作变成一件有意思的事情
　　——答《长江日报》记者问　　　　　　42
关于电影《泰囧》的一次讨论
　　——答《成都商报》记者问　　　　　　50
在我创作伊始
　　——答《传记文学》张元珂博士问　　　56

第三章　暗夜逐光

《手工》：一篇全面开放的小说　　　　　　69
《疼痛吧指头》：一部跨体越界的小说佳作　74
读李遇春《西部作家精神档案》　　　　　　84
由苏童《三盏灯》想到革命题材小说创作　　88
我为什么爱《红岩》　　　　　　　　　　　93

第四章　滥竽充数

《家族文化的复兴与重构》序　101
《畲族史诗〈开路经〉叙事形态研究》序　105
《陈氏家谱》序　110
《湖乡风云》序　116
《桂子山语丝》序　119
《五山民间故事集》序　126

第五章　雁过留毛

论参事的参　133
参事工作与民间立场　136
参事履职与现代思维　142
写人民喜欢的作品　148
同心圆是怎样画成的　152

第六章　文化乡土

送姑父远行　　　　　　　　　　　159
家风建设与乡村振兴　　　　　　　163
一个家族的文化故事　　　　　　　177
在乡镇婚礼上的致辞　　　　　　　187
小哥一路走好　　　　　　　　　　196
在乡村另类情感论坛上的演讲　　　199

第七章　时代镜像

乡村美容师　　　　　　　　　　　203
去一个叫龙坪的地方　　　　　　　214
乡村书写与民间叙事　　　　　　　230
缅怀特级教师毓亮兄　　　　　　　239
小城青年的往复生活　　　　　　　244
我写《嫁人就嫁油菜坡》的真实背景　248

第一章

敝帚自珍

在《桂子山上的树》背后

我是一个俗人，恐怕这一辈子也难以脱俗了。因此，我在这里还是要非常俗套地表示一下我的谢意。首先我要感谢华中师范大学出版社、华中师范大学文学院、华中师范大学新闻传播学院和湖北省新华书店，感谢以上单位为我的拙著《桂子山上的树》举办这么热闹、这么排场、这么高端的一个推介活动；同时我还要感谢我的老师王先霈教授、陈建宪教授，以及我的朋友江清和先生、金立群先生、董中锋先生、翟锦女士等，感谢你们淌着夜色、披着冷风来为我站台、捧场、助威；我还要特别感谢李蓉、白炜和徐佳晨三位美女，感谢你们为这次活动付出的辛劳、智慧与才情。上面这串感谢，虽说俗套，却是发自肺腑。讲到这里，我忽然产生了一个想法，就是，人生在世，该俗的地方还是要俗，有些真情实感，只有用俗的方式才能表达出来。如果要刻意地弃俗奔雅，那我们可能就会生活在一片虚情假意之中，衣冠楚楚，道貌岸然，装神弄鬼，索然无趣。所以我认为，该雅的时候就雅，该俗的时候就俗，尽量做到雅俗同构，雅俗互动，雅俗共赏。为人如此，为文似乎也应如此。

好了，在一番感谢之后，我想着重讲一讲我这本散文集背后的故事。很多读者已经知道，《桂子山上的树》既是这本书的书名，同时也是书中一篇文章的标题。我先讲一下作为单篇文章的《桂子山上的树》的来历吧。

那是二〇一五年夏天，学校一年一度的毕业大典快要到来的时候，我突然接到任时华中师范大学党委副书记的覃红教授的一个电话，他通知我参加一周后即将举行的毕业典礼，并要我作为教师代表在典礼仪式上发言。接到这个电话，我既欣喜又害怕。欣喜的是，学校领导对我比较信任，否则不会把这么光荣的任务交给我；害怕的是，我这个人一向随随便便，嘻嘻哈哈，幽默有余，严肃不够，从来没有在高大上的场合讲过高大上的话，担心自己狗肉上不了正席。说老实话，当时我的害怕远远超过了欣喜，感觉压力比山还大。我还试图婉言拒绝，但领导没有同意。没有办法，我只好硬着头皮接受下来。在那之前，我压根儿没想到要以《桂子上的树》为题写一篇文章，更没想到写出来之后还会产生广泛的影响。这件事给我一个启发，就是，压力有时候也是一种机遇。如果没有来自覃副书记的压力，我也许永

第一章 敝帚自珍

远也不会写《桂子山上的树》这样一篇文章，因此也就不会有《桂子山上的树》这么一本书。从这个角度来说，在漫长的人生道路上，我们真应该正视压力，珍惜压力，感谢压力。

接受了在毕业典礼上发言的任务之后，我开始琢磨如何写这篇发言稿。假如求简单、求方便、求轻松、求稳妥，我一个钟头就可以把发言稿搞定。因为，各种类型的讲话网上都有，毕业典礼上的发言更是铺天盖地，鼠标一点便会扑面而来，我只需要复制、粘贴，然后改几个名称便万事大吉。但是，我向来讨厌干这种勾当，觉得复制粘贴比偷盗还丑。无论写什么文章，我总喜欢用自己的语言写自己的积累、自己的体验和自己的感悟。接到覃副书记电话的次日下午，我下课后一个人去了学校的电影场。因为我知道，那年的毕业典礼将在电影场举行。我想去那里走走，为写发言稿找点儿灵感。

学校的电影场，我真是太熟悉了。从上大学开始，我就在那里看电影，一看就是几十年，至少也看了上千场。那里，还留下了我无边无际的回忆。比如，一九七九年，我们新生入学后的第一场大型报告就是在电影场听的，做报告的是著名教育家陶军副校长。他曾出任中国驻联合国教科文组织副代表，学贯中西，见多识广。陶校长事先准备的题目是大学生怎样谈恋爱，刚一开口讲，主持会议的人便急忙打断说，陶校长，现在的大学生是不能谈恋爱的。陶校长听了先是一愣，随后哭笑不得地说，那我换个题目吧。遗憾的是，陶校长后来讲的题目，我现在怎么也想不起来了，只记得当他讲到恋爱两个字的时候，同学们的脸都涨红了，红得像烧锅。又比如，我当年看电影，大都是坐在银幕背面看的。原因是，我那时很穷，穷得连冰棍儿都吃不起。起初，我们寝室的几个同学总是一起去看电影。但他们比我富有，总

一个人吹拉弹唱

是一边看电影一边买冰棍儿吃，还买花生瓜子之类的食品，并且还要给我吃，我不吃他们还不依。来而无往，我很难堪。于是，再到看电影的时候，我便先谎称不看，等他们走了以后再一个人去电影场。为了不被室友们发现，我就坐到银幕背面去看。从背面看电影别有一番味道，画面其实是一样的，只不过字是反的。后来我认反字相当厉害，就是当年从反面看电影训练的结果。

要说起来，学校的电影场十分普通。场地不大，而且多为溜坡；舞台不高，设施极其简陋；场边的房子也没什么特别之处，看上去就像民居。但是，电影场周围的树却非常独特，非常别致，非常动人。其中有参天耸立的梧桐，有双臂难抱的香樟，有数不胜数的桂子。它们又多，又粗，又高，枝繁叶茂，浓荫如盖，遮天蔽日，将电影场紧紧地缠绕着、掩映着、簇拥着。看到这些树，我不禁猛然想到了一个人，还有这个人曾经说过的一句话。

这个人是我的老朋友周挥辉教授。他早先在校报当主编，后来到学校宣传部任副部长，之后被派往传媒学院当了几年党委书记，现在是华中师范大学出版社的社长。早在读大学本科的时候，我就跟他很熟。他比我晚两届，但我们经常在同一个教室里上晚自习。他总是坐教室最后一排，我也习惯坐教室最后一排，可以说我们有着共同的爱好。他身上的毛发特别旺盛，腿上长得黑麻麻的，脸上也有不少。他有一个爱好，喜欢一边看书一边扯自己的毛发，扯下来并不马上丢掉，而是整整齐齐地放在拐手椅上，等到快放满时，才鼓足一口气使劲去吹，将它们吹得四处乱飞，看上去仿佛一群横冲直撞的黑蜻蜓。我当时就觉得这个人不同凡响，认为他有雄心、有壮志、有抱负、有追求、有理想，将来前途不可限量。果不其然，他大学毕业便留校工作，尔后一步一个脚印，步步坚实，步步高升。

　　周社长在宣传部当副部长的时候，曾说过一句颇富哲理的话。那一年高考结束不久，学校搞了一个名为开放日的活动，吸引了成百上千的应届高中生到桂子山来参观访问。活动由宣传部负责组织，具体牵头人就是周副部长。大概是因为朋友关系吧，他让我也参加了那个活动，还让我代表教师给中学生们讲几句话。我讲话之前，周副部长把我介绍了一下。在介绍我时，他突然说到了树。他说："一所大学好不好，看这所大学的树粗不粗就知道了。"周副部长对我的介绍，我早已忘得一干二净；但他关于树的那句话，我却记得一清二楚，甚至连他的孝感口音，我都记忆犹新。他把雌乌"粗"读成雌鸥"粗"，给人的印象格外深。说到这里，我禁不住又想多说几句。我发现，普通话固然好，但它的表现力有时候却远远比不上方言。比如我念大学时，给我们讲《诗经》的是温洪隆教授。他是江西人，不会说普通话，讲课用的都是江西方言，虽然有点儿难懂，但听起来抑扬顿挫，婉转如云，悠扬如歌，慢慢听就会懂个八九不离十，并且越听越有韵味。温老师讲《关雎》："关关雎鸠，在河之洲。窈窕淑女，君子好逑"。他一边讲一边将它翻成现代汉语："关雎鸟关关合唱，在河心小小洲上。好姑娘苗苗条条，小哥儿想和她成双。"温润而柔软的江西方言把一对青年男女的爱情讲得风生水起，情意绵绵，让我们这些正处于青春期的学生听得心旌摇荡，如醉如痴。假如温老师用四平八稳、字正腔圆、波澜不惊的普通话来讲这首爱情诗，恐怕是讲不出那种独特而微妙的情调和意味的。这就是方言土音的力量。

　　上面也许扯远了，我马上言归正传，继续讲周副部长那个关于树的格言警句。那天，我去电影场为写发言稿寻找灵感，当我被四周的

一个人吹拉弹唱

树紧紧吸引住的时候，周副部长那句话像一只在草丛中潜伏已久的野兔，扑通一下就跳上了我的心头。我顿时灵感来袭，脑洞大开，当即就决定从桂子山上的树入手，由树及人，先写自然形态的树，再写精神形态的树。因为有了灵感的指引，我很快就完成了构思。当晚一回家，我就开始了发言稿的写作，写起来十分顺利，可以说文思泉涌，得心应手，不到两个小时就写好了。回首这篇文章的写作，我真是要诚挚地感谢周挥辉教授。如果不是他的那句话点燃了我的灵感，我很可能就不会拿桂子山上的树来做文章。

在《桂子山上的树》这篇散文中，我写到了我们学校的三位学术大师。他们分别是章开沅先生、邢福义先生和王先霈先生。曾经不止一个人问我，桂子山上的学术大师很多，你为什么要选他们三位？我回答说，因为这三位老师给我的感觉最早、感触最多、感受最深。

章先生在我读大学时就已经蜚声中外了，我们都知道他主编的三卷本《辛亥革命史》轰动一时，国母宋庆龄先生还亲笔为该书题写了书名；邢先生一九八〇年给我们讲授现代汉语语法，将语言和文学紧密结合，既讲授了语言规律又传授了文学技巧，深受大家欢迎与追捧。每逢邢老师的课，同学们都要早早地去教室抢前排的座位。我们班上有一个早熟的男生，喜欢照镜子、喜欢梳分头、喜欢往脸上搽雪花膏，更喜欢抓住一切机会给班上的四个女生献殷勤。每当遇上邢老师的课，他总是不吃早餐，提前一个小时就背着四个女生的书包去教室占座位。他每次占五个位子，自己坐中间，两边各坐两个女生，像一个妻妾成群的皇帝。可怜的是，四个女生上课时都目不转睛地盯着邢老师，斜都不斜他一眼；王先生当年给我们讲文艺理论，每次上课都不带讲义，总是一支粉笔讲到头，从西方讲到东方，从古代讲到现代，成竹在胸，

第一章 敝帚自珍

烂熟于心，信手拈来，出口成章，让我们佩服得五体投地。要说起来，王老师在穿着上并不讲究，裤子上经常有破缝和补丁。然而，他的裤子越破，我们越崇拜他，真是没有办法。这就是大师，桂子山上的学术大师。说到这里，我又忍不住想说几句闲话。现在，许多看上去挺时尚的老师，上课时总是吭哧吭哧地背一台电脑，一上讲台就打开电脑往投影仪上放视频，其实放的都是下载或复制的东西。在我看来，这类老师与乡村放电影的技术员并没有太大的区别。一旦停电，他们就会瞠目结舌，束手无策，呆若木鸡。我认为，在大学里，靠电脑和投影仪是放不出学术大师的。

以上，我详细回忆了《桂子山上的树》这篇文章的来历。接下来，我再简要地讲一下《桂子山上的树》这部书。近段时间，不少朋友和读者经常问我两个问题，一是为什么要用《桂子山上的树》做书名？二是为什么要在华中师范大学出版社出版这本书？今天，我正好借此机会回答一下上面两个问题。

我先回答第一个问题。在创作上，我的兴趣主要在小说，散文写作只是偶尔为之。几十年来，我虽然在不经意间写了近百篇散文，但佳作寥寥。相比而言，《桂子山上的树》这篇影响稍大一些。当时，我在毕业典礼上发言之后，学校新闻中心的党波涛先生第一时间便把我的这个发言稿发到了网上，居然一夜之间有近十万人点击，随后又被多家报刊发表和转载，《中国教育报》上还出现了一篇关于这个发言稿的评论，对拙作给予了充分肯定。我自认为，《桂子山上的树》是我散文的代表作，所以就用这个单篇文章的标题做了这本散文集的书名。

我再回答第二个问题。我之所以把《桂子山上的树》交由华中师范大学出版社出版，是出于两个方面的考虑。其一，这个出版社就在桂子山上，既然书名叫《桂子山上的树》，那么就没有第二家出版社比山上的这家出版社更适合出这本书。其二，我的老朋友周挥辉教授现在是出版社的社长，而我的《桂子山上的树》的最初写作灵感来自他，我觉得在周社长任职的出版社出这本书具有一种特殊的意义。不过，从经济收入的角度来说，我在桂子山上出这本书并不划算。趁此机会，我请求周社长在不违背原则的前提下，是否考虑多给我开点稿费。当然，我这只是开个玩笑，周社长不必当真，更不必紧张。再说，我现在也不太缺钱花，钱对我来说多一分少一分已没有多大意义。我现在最看重的是感情，因为我最缺的就是这个东西，感情对我来说比钱重要一百倍。

最后，我再俗套一下，衷心感谢参加分享会的各位读者对我的厚爱与支持。你们的厚爱与支持，是我写作的动力源泉。再次感谢大家！

【于 2019 年】

第一章 敞寻自珍

生活中的对门与小说中的对门

《北京文学》的读者朋友们，你们好！我是小说《对门》的作者晓苏，非常高兴能有这样一个机会，与大家谈谈《对门》的创作。

多年以前，我经历了一个真实的故事。当时我还住在大学校园内，对门住着一对身材高大的北方夫妇，男的在外国语学院教英语，还去美国做了两年访问学者；女的在马院教思想品德，多次得教学竞赛奖。两口子都说标准的普通话，字正腔圆，像央视的播音员。他们的性格都很粗犷，而

一个人吹拉弹唱

且容易冲动，经常敞着大门激烈争吵。有个夏天的中午，正吃午饭的时候，他们又吵架了，一边吵一边摔碗砸碟，后来居然还动手打了起来。我爱人心肠柔软，害怕他们伤筋动骨，便要我去劝架。开始，我只是站在门口劝他们住手，可惜毫无效果，反而火上浇油。他们越打越来劲，你揪我的头发，我揪你的耳朵，你给我一拳头，我给你一巴掌。没办法，我只好踩着满地打碎的瓷片去拉住了男的，然后将他带到了我家里。到了我家，他直接就坐在了沙发上，顺手从茶几上抓起一瓶农夫山泉就喝了起来。喝完矿泉水，他一边摸嘴一边问我爱人，你们吃过了？我爱人说，吃过了。他停了片刻又问，还有吃剩的吗？我饿坏了。我爱人说，只剩半盘饺子了。他说，饺子就饺子吧，先对付一下。吃饺子的时候，我爱人问，夫妻之间有啥大不了的事，至于动手动脚吗？他毫不隐瞒地说，我一个大学同学的妹妹，曾做过三陪女，后来改过自新了，想自己开个超市。她装修门面缺钱，我支持了她一万元，老婆知道后就不依不饶，还一口咬定我和她有染，因此我们就打了起来。对门的男人讲到这里忽然问我，你这儿有啤酒吗？我说，对不起，我们从来不喝啤酒。他沉默了一会儿说，那麻烦你下楼给我买两听吧，最好是蓝带的。我说，你就忍一下好了，待会儿回家再喝。他顿时有点儿不高兴，扭头质问我，是你把我请来的，喝两听啤酒不应该吗？我一下子哑口无言，只好去给他买了两听啤酒。此后不久，我们就搬出了校园，再没有见到过那对夫妇。后来我听说，他们离婚了。再后来，我又听说对门的男人和他那个同学的妹妹结为了夫妻。也就是说，他娶了那个曾经的三陪女。这个故事十分有趣，我一直想写，但始终没有找到创作灵感。直到去年冬天，又一个故事在我身边发生，它犹如一根火柴瞬间点燃了从前的那个故事，让我陡然

— 12 —

第一章 敝帚自珍

觉得灵感来袭。

　　这个故事与我从前的一位同事有关。同事是研究宋词的，被圈内誉为柳永专家，关于柳永的学术专著就有十来本，加上其他著述，可以说著作等腰了。他在学术界名声响亮，还上过百家讲坛，一度成为众人追捧的学术明星。遗憾的是，他连续三年申报长江学者，结果都没有评上，每到最后关键时刻，总是遭人举报，不是说他师德师风有问题，就说他论文一稿多发。他为此伤透了心，公开发誓再不申报长江学者了。后来，他爱人在体检中发现患了宫颈癌，已经到了晚期。这对他来说仿佛晴天霹雳，他差点被击垮了。此后，他开始淡泊名利，一心照料危在旦夕的爱人，每天奔波在学校和医院之间，还要亲自打扫卫生和做饭。时间一长，他也撑不住了，于是托人请了一个保姆。保姆高考落榜后在武汉打工，比我的同事小二十岁，虽然出身于贫困山村，却长得貌美如花。同事一见，甚是满意，立刻出高薪将她聘为住家保姆。大约过了一个月，保姆的父亲突然找上门来，说在乡下为女儿找到了婆家，要她赶紧回去成亲。同事一下子慌了，为了留住保姆，便把藏在自己心底的想法告诉了她。同事诚恳地说，你别走，待我爱人去世后，我就和你结婚。当时，我的同事说的的确是真心话。可是，保姆没有马上答应，沉默了一会儿说，我配不上教授。同事问，为什么？保姆低声说，实话告诉你，我以前在洗脚城待过一年。同事哈哈一笑说，这有什么？即使你做过三陪，我也毫不介意。就这样，保姆留下来了。半个月之后，学校为了推进双一流大学建设，又一次推荐同事申报长江学者，并且说学校已为他疏通了各种关系，可以说十拿九稳。在校方的鼓动下，他又一次申报了。去行政楼递交申报材料的那一天，主管科研的副校长把他拉到一边，悄悄地对他说，为了

— 13 —

这次申报万无一失,不给举报者以任何把柄,学校建议你把那个年轻漂亮的保姆辞掉。同事听到这个建议犹豫再三,最后还是忍痛割爱点了头,当天回去就把保姆辞退了。据说,保姆临走时哭得天旋地转。一个月后,同事顺利地评上了长江学者。不幸的是,同事评上长江学者的第二天,他爱人去世了。

  正是由于这两个真实故事的相互刺激,我构思了《对门》这个小说。在小说中,我无意批判什么,也无意赞美什么,只是想客观真实地再现高校的现实生态。在作品中,我着力刻画了牛尖和康庄两位教授。一个是不顾一切坚持逻辑原则的学者,一个是精致的利己主义者。毋庸讳言,我比较欣赏牛尖这种人,他虽然性格怪异,行为反常,顽固偏执,甚至不顾自己的名声,但却能时时处处恪守逻辑原则。可悲的是,在我们高等学府里,到处都是精致的利己主义者,争名逐利,名利双收,而坚持逻辑原则的人却寥若晨星,少而又少。这既是高校的悲哀,也是社会的悲哀。

  最后,我要衷心感谢《北京文学》发表这篇小说。

【于2023年】

陈谷子：一个没有宽恕之心的人物

读者朋友们，大家好！我是晓苏，一个孤独而沉默的写作者。衷心感谢《小说月报》，在新年的第一期转载我的小说《春回大地》，让我有了一个象征好运的开门红。

在《春回大地》这篇小说中，我讲述了一个欠债还钱的故事。故事的主人公叫陈谷子，十三年前，他为了给父母治病，欠下了叔叔和几位乡亲的债务。后因叔叔逼债，他走投无路，只好南下打工。十三年之后，陈谷子发财还乡，不仅还清了所有的借款，而且还主动付上了高达十倍的利息。

从故事层面来看，小说似乎是在歌颂知恩图报这一传统美德，并且是滴水之恩，涌泉相报。然而，这不是我创作这篇小说的原始动机和最终目的。如果我只是通过这个故事来歌颂知恩图报，那这篇作品便毫无新意可言，充其量也就是一个当下随处可见的表扬稿。

事实上，欠债还钱只是这篇小说的外壳，知恩图报也只是表层之意。在故事里层，在故事深处，我不厌其烦地描述了陈谷子面对几个债主所表现出来的不同心态。对正直而厚道的村主任姚德，他充满了尊敬与爱戴；对热情而风骚的芝麻嫂，他不仅暗生爱怜，而且感激不已；对吹牛成瘾而常耍花招的赵天开，他虽然讨厌他的油嘴滑舌，却钦佩他的智慧和仗义；对逼债逼得他背井离乡的叔叔，他虽说连本带息都还给了他，却怎么都不愿意与他见面，即使得知叔叔身患绝症，危在旦夕，也坚决不肯去看他一眼，显得那么薄情、无情，甚至是绝情。原因在于，他无法忘记叔叔当年逼债时强行拉走了他的羊，还差点抢走了他母亲的棺材。往事铭心刻骨，让他难以释怀。

关于陈谷子面对几位债主不同心态的刻画，可以说是这篇小说的内核。从陈谷子对几位债主截然不同的态度可以看出，他有着异于常人的爱憎观和恩仇观，并且特别固执。我想，大多数读者肯定不会赞成陈谷子对待叔叔的这种态度，觉得他胸怀狭隘，没有宽恕之心。但是，我却非常欣赏陈谷子的这种态度。在我看来，假恶丑现象在现实生活中之所以如此猖獗，从某个角度来说，正是因为我们滥用了宽恕之心。所以，我们应该像陈谷子那样，对那些假的恶的丑的东西，绝不能宽容和饶恕。这，才是我最想表达的创作初衷。

【于2022年】

《窗外的事情》很复杂

《芙蓉》杂志的读者朋友们，大家新春好！我是晓苏，教书之余写点小说，可谓一个标准的业余作者。在今年第一期的《芙蓉》杂志上，我有幸又发了一篇小说，题为《窗外的事情》。这里，我想借此机会专门谈谈有关这篇小说的一些人生感悟。

都说中国历史源远流长，中国文化博大精深。这些说法当然没错。问题在于，大家在谈论这类话题的时候，脸上都洋溢着无比的骄傲与自豪，尤其是许多中小学老师和学生家长。据我所知，大部分家长

一个人吹拉弹唱

在自己的孩子上学之前就让他们背过《三字经》之类的所谓文化经典。我本人就背过，三岁那年就知道人之初性本善。当时，因为年幼无知，不管家长和老师怎么说，我都点头称是。直到后来上了大学，接触到外国学者的一些理论，比如弗洛伊德的儿童心理学，我才知道，人之初，性并非都善，其中也有恶的成分，更多的时候是善恶纠结、相互缠绕、难舍难分的。单从正面育人的角度来讲，老师和家长们打小劝善肯定无可厚非；但是，从更科学、更严谨、更务实的教育学角度来说，对少年儿童选择性地传授知识这一做法或许值得商榷。我觉得，只有让孩子客观地、全面地、真实地认识人性的多样性和复杂性，他们的心理才会更加健全，人格才会更加正常，行为才会更加理智。否则，等他们长大成人后，将对自己过去所学的知识感到犹疑，感到茫然，甚至感到不知所措。因此，对待中国传统文化，我们不能不分青红皂白，全盘继承，更不能敝帚自珍，一味弘扬。而应该像鲁迅先生对待外来文化那样，采取拿来主义的态度。老实说，许多传统文化对我们都是有害无益的，至少可以说害多益少，除了前面提到的"人之初性本善"，还有"小不忍则乱大谋"，还有"得饶人处且饶人"，还有"恶有恶报善有善报，不是不报时候未到"，还有很多很多。这些都值得我们存疑和反思。正是因为这些零碎的思考与感悟，我创作了《窗外的事情》这篇小说。

作品中的王圣贤老师，就是一个深受中国传统文化浸染的形象。他为人善良，乐于助人，同情弱者，鼓励忍耐，提倡包容，即便是面对周铁甲这样一个心肠歹毒的恶人，也能原谅他，宽恕他。后来，周铁甲落难了，风光不再，几乎沦为乞丐。恰在这个时候，周铁甲偷了曾经被他欺负和侮辱过的潘桃的麻糖片。当潘桃正准备借此报他一箭

第一章 敝帚自珍

之仇时，王圣贤老师却阻止了她，不仅劝她放了周铁甲，还保住了他的尊严。坦率地说，王圣贤老师身上有我自己的影子。在我老家，就有类似周铁甲的这么一个人，唯利是图，心狠手辣。有年暑假，我回老家修缮老宅，施工队不小心把他家的水管压破了一条口。为了这截水管，他竟然敲诈了我一千多元。不久他家遇到了不幸，我却未计前嫌，仍然施以了援手。哪曾料到，没过多长时间，我一位开三轮车的亲人压死了他的一条老狗。他一下子翻了脸，决定抓住这个机会大捞一把，结果不仅强迫我那位亲人为他的狗砌了坟墓，还索赔了两千多块钱。要说起来，我那位亲人家庭非常困难，妻子长年害病，欠账累累。其实，在我们的日常生活中，像周铁甲这类人并不在少数，他们没有爱心，没有良心，欺人太甚，作恶多端。正是因为这种人，我对中国文化有了存疑与反思。

说到这里，我有必要提一下这个小说的结尾部分。在小说的结尾，王圣贤老师再次从窗内走向窗外。这次走到窗外，从表面上看来，他是想向再次受到恶人周铁甲欺负和侮辱的潘桃表达歉意，实际上是出于对长期以来束缚他的某些传统观念的深深悔恨。

【于 2022 年】

一个人吹拉弹唱

《甩手舞》的创作缘起

《甩手舞》这篇小说,它的创作缘起与一个真实的故事和一段真实的背景有关。文学源于生活,这话真是没有说错。

我有一位非常厚道而大方的朋友,家住鄂西高山。每到土豆成熟的季节,他都要回老家拖一车高山土豆来武汉,除了自家吃,还要送很多给他的朋友。连续五年,我都会吃到他老家的土豆。那土豆特别好吃,武汉菜市场上卖的土豆都无法跟它相比。朋友送我的土豆,无论是蒸,还是煮,或者是炒是炖,都好吃极了,有一种天然

第一章 敝帚自珍

的清香和劲道。尤其是先用牙签在土豆上扎出遍体小孔，再放到盐罐里一滚，然后放进微波炉烤上五到六分钟的样子，那味道真是绝了，堪比天上掉下的美食。朋友说，这土豆是他在老家务农的弟弟老四种的，每年产量虽不多，但卖的钱供养一家老小是毫无问题的。前年，他弟弟突然不种土豆了，忽然改种了辣椒，据说是扶贫工作队的建议。扶贫工作队也是好心，希望村民迅速增收，早日脱贫。他们认为土豆产量太低，卖不出钱来，而辣椒那两年畅销，不仅供不应求，而且价格很高。那一年，朋友的四弟果然大赚了一笔，卖辣椒净得了几十万块钱，一夜之间由村里的贫困户变成了有钱之家。遗憾的是，朋友的四弟发财之后却猛然变了一个人，从前把一分钱都看得很重，脱贫后一掷千金连眼皮都不眨一下。哪想到，他只用了几天时间便把几十万输得一干二净，并且还欠了别人一大笔赌债。返贫之后，朋友的四弟悔恨莫及，居然用一瓶农药结束了自己的生命。妻子在田垄上找到他时，他已口吐白沫，奄奄一息。送到小镇医院抢救，医生也无力回天，只好嘱咐妻子趁他未断气之前把他拖回家，以便提前料理后事。朋友讲到这里时停了一会儿，擦了擦眼角，然后用恨铁不成钢的语气对我讲了一个细节。在救护车离开小镇时，神志还清醒的四弟突然对妻子说："如果还要给我办丧事的话，你就在这儿买鞭吧。镇上的鞭比村里小卖店的鞭卖得便宜，每一挂便宜五毛钱。"妻子于是让车停下来，买了十挂鞭，节约了五块钱。听朋友讲完他四弟的故事，我的心情久久难以平静。它不禁让我联想到了声势浩大的精准扶贫。精准扶贫堪称历史壮举，功不可没。在我看来，物质生活需要改善，精神生活更需提升，如果一个人没有道德规范、理想追求、责任担当，他即便一时物质富裕了，那也将是昙花一现。

一个人吹拉弹唱

前面提到的那段背景，其实也出现在我的生活中，具体地说，就发生在我曾经工作过的小单位里。小单位只是我们大学的一个教研室，主要研究民俗学，同事们大都是民俗学领域的学者。但是，这个小单位一直没有招牌，窝在教学楼一个很不起眼的地方。前些年，民俗学受到冷落，历任领导都不重视这门边缘学科，因为这个专业一不好拿项目，二不好发论文。有一位领导甚至还想取消它的独立性，将其并到古典文学教研室里去。幸亏几位民俗学专家据理力争，最终才保住了这个番号。三十年河东，四十年河西。谁也没料到，这个教研室近两年忽然热闹起来。直接原因是，省文化和旅游厅与文化部保持高度一致，迅速成立了一个非物质文化遗产保护协会。由于缺乏这方面的专业人才，大学的民俗学教师忽然之间都成了非遗专家。省里还给我们教研室发了一个非物质文化遗产研究中心的铜牌子。这个牌子一挂，以往黯淡无光的小单位顿时明亮起来。随后，长期被边缘化的民俗学教师也受到了重视，凡有申遗的地方都要请他们去调研、考察和做报告。因为申遗与经济和市场挂钩，一旦申遗成功，上面的拨款就会源源不断，甚至还会带动当地的旅游产业。如此一来，专家鉴定就非常重要了。自从挂牌以后，我们单位的几位资深学者就变成了华威先生，几乎每周都要被小车接出去参加五花八门的申遗论证会。再被小车送回来的时候，除了大箱小罐的土特产，还少不了做报告的报酬。他们显得时来运转，扬眉吐气，红光满面。有一天，我无意间听一位专家津津乐道地说，全省同时有两个县争夺"诗经之乡"这个名头，他居然不知道如何是好，后来只好根据当地的接待规格做出了一个选择。说实话，我以前是非常敬重这位前辈学者的，因为这件事，我对他有了新的认识。其实，这位学者的学问做得很深，人品也一直很好。在

第一章 敝帚自珍

民俗学不受重视的那些年，他始终坚持研究，埋头著述，出版了好几本专著。那段时间，他还多次为研究生开办讲座，每次都要讲，做学问要耐得住寂寞，板凳坐得十年冷。

正是受到上述两件事情的触动和启发，我构思了《甩手舞》这篇小说。刚开始，我想写的是，无论是精准扶贫还是非遗保护，都应该实事求是。后来，我觉得作为小说，它不能仅仅就事论事，而应当扩而大之，推而广之，于是虚构了一个甩手舞。

【于2022年】

一个人吹拉弹唱

《老婆上树》中的三个转折

　　小说的写法多种多样，这取决于小说家的思维习惯和审美趣味。我写小说，喜欢情节曲折生动一点，喜欢意蕴丰富多义一点。所以，无论是故事情节的安排，还是主题意蕴的开掘，我都喜欢转几个弯，至少要转三个弯，或叫三个转折。《老婆上树》是我近两年自己比较满意的一部小说。在这篇小说中，我也转了三个弯。

　　故事梗概大致是这样的：油菜坡有一户人家，主妇叫廖香。她门口长着一棵又粗又高的柿子树，树上结满了丰满的奶柿

第一章 敝帚自珍

子。这地方几乎家家户户都有柿子树,但结的都是瘦小的卵柿子,结奶柿子的树只有廖香门口这一棵。卵柿子不值钱,奶柿子的价格却是卵柿子的好几倍。一天,县演讲协会的高会长专门开车来到廖香家门口,要高价购买她家的奶柿子,买去送给市演讲大赛的负责人。可是,廖香这棵柿子树太粗太高,一家五口人,除了廖香,没人敢上去。廖香苗条,四肢修长,本来可以上树摘柿子,但当地风俗认为女人是不能上树的,否则伤风败俗,还说女人上树后这树再不会结出果实,甚至会死掉。然而,高会长买柿心切,一再涨价。面对金钱的诱惑,廖香终于冲破了封建习俗的束缚,不顾一切地上了树。廖香开始往树上爬的时候,公公、婆婆、丈夫,还有儿子,都是坚决反对的,有的甚至感到气愤。但是,廖香上树之后,一家人的态度却发生了突变,都为她的安全提心吊胆,希望她赶快下来。丈夫大声喊,儿子哭着求,驼背的婆婆艰难地仰头相劝,秃顶的公公默默地进屋抱出一床棉絮铺到树下。但廖香却没有马上下树,只管胆大心细地摘柿子。摘完柿子之后,一家人稍微松了口气。可奇怪的是,廖香却没有立即从树上下来。她呆呆地站在树上,出神地打量着树下的家人,看到了丈夫的焦急、儿子的眼泪、婆婆的驼背与慈祥、公公的秃顶与厚道。廖香突然发现,平时麻木无感的家人,原来是如此的可亲、可爱或可怜。打量完家人,廖香索性又爬上树尖,目光越过公牛岭,看到了在树下压根儿看不到的羊村。羊村在乡村振兴中发生了翻天覆地的变化,黑土屋变成了红楼房,泥巴路变成了水泥道,小汽车在村里穿梭……直到天色已晚,廖香才从树上下来。下树之后,廖香一边卖柿子一边对高会长讲了她在树上的所见所感。后来,高会长为了演讲协会能夺得市演讲大赛一等奖,突然灵感来袭,鼓动廖香去市里参加演讲比赛,就讲她上树之后的惊人发现。廖香在高会长的再三鼓动下去参赛了,果然如愿以偿地获得一等奖。抱着奖金和鲜花归来以后,廖香完全变了一个人,变成了一个好儿媳、好妻子、好母亲。没过多久,高会长又鼓动廖香去省里参加演讲比赛,仍然讲她自己的故事。遗憾的是,廖香这次没能获奖,灰头土脸,败兴而归。回家之后,廖香整日郁郁寡欢,闷闷不乐,神情恍惚。在一个狂风大作的晚上,廖香失踪了。一家人四处寻找,后来在高会长的启发下才找到她。原来,廖香又上树了。深夜,她一个人站在柿子树上。

　　从结构布局上来说,我在这篇小说中转了三个弯。第一个弯,是由旧转新。如果只写廖香挡不住金钱诱惑,抛弃封建习俗,不顾家人反对,坚决上树摘下柿子,卖了一大笔钱。写到这里结束,这个作品也是完整的,但无论故事还主题都显然太旧。于是,我在这里转了第一个弯,写廖香摘完柿子后迟迟不肯下树,因为角度不同了,站位提高了,所以有了新的发现,看到了亲人的爱心和羊村的巨变。假如到此结束,作品也不算太差,但小说还缺乏弹性,缺乏张力,我于是又转了第二个弯,由小转大。我让廖香走出山村,走进地市,比赛获奖,名利双收,凯旋回村后完全变了一个人,变得更有爱心,更有家庭责任感。写到这里,按说可以收尾了,但我总觉得意蕴还比较浅显,单薄,不够丰富,不够深入,于是,我又转了第三个弯,由浅转深。当高会长鼓动廖香再去省里参加演讲比赛时,她毫不犹豫地答应了。可是,她在省里的演讲失败了,失败回家,心事重重,居然深更半夜又上了门口那棵柿子树。这么一转,我觉得主题意蕴明显丰富了许多,也深刻了一些。它告诉我们,人生在世,不能只经得住成功,而经不住失败。形象一点说,比如上树,既要上得去,也要下得来。还有,成功可能是偶然,失败也许是常态。至于廖香第二次上树,不同身份、不同背景、不同趣味的读者,也可以进行不同的解读。她或许是精神失常了,或许是在树上进行反思,或许是想继续上树,进一步提升自己,从而获得更大的成功。

【于 2022 年】

第二章

实话实说

第二章　实话实说

更为自觉地追求作品的精神性
——答陈智富先生问

陈智富：晓苏老师，首先祝贺您的短篇小说《老婆上树》进入第八届鲁迅文学奖短篇前十，虽然只是提名奖，但也是巨大荣誉。另外，此篇还获得中国小说学会2021年度好小说。这是您第五次获得该奖项。此前的获奖作品是《花被窝》《酒疯子》《三个乞丐》《泰斗》。请问，您的作品进入排行榜之后有什么感受？您觉得获奖对于作家创作来说起到了什么样的作用？

晓　苏：智富好！我读过你的不少作家采访，受益匪浅。拙作《老婆上树》能进入第八届鲁奖短篇前十，我已感到很意外了。鲁奖四年一届，每种文体只评五部，属于万人过独木桥，最终能否获奖，除了作家实力，其他因素也很多，因此我们不能太当真，更不能因此而影响自己的写作。写作不是为了获奖，尽管获奖也是个喜事。不过，现在各级宣传部门都把政府文学奖视为政绩，这对纯正的文学创作恐怕利少弊多。

你刚才还提到了文学排行榜，这个话题也值得研究。据我所知，国内最早的文学排行榜好像就是由中国小说学会主办的小说年度排行榜。中国小说学会成立之初，负责人基本上都是小说界公认的顶级评论家和作家，比如唐弢先生便是首任会长，首任副会长是严家炎、潘旭澜、王愚等十位大评论家。在我的印象中，王蒙、冯骥才、蒋子龙、李星、汤吉夫、雷达等先生都担任过学会的主要领导，现任会长是著名学者、中国作家协会副主席吴义勤先生。老实说，中国小说学会主持的排行榜是比较客观公正的，尤其是在其他排行榜出现之前。所以，我的作品能五次进入这个排行榜，的确让我感到高兴，同时也给我带来了创作的信心与力量。不过，如今的排行榜太杂、太多、太滥了，一个单位、一家报刊，甚至一位个人，都可以搞一个排行榜，通过五花八门的榜单造影响、博眼球、赚流量。我分析过这些排行榜，大都是圈子性的，同仁性的，排异性的，评委也都是某个团伙的人。这种排行榜没有公正性，缺乏说服力。

陈智富：让我们回到《老婆上树》这个文本。这个短篇小说所讲述的故事还是披着乡村叙事的外衣，故事背景设定还是您所熟悉的油菜坡，但是精神内核有着强烈的变化，给读者的品味空间更具有多元性，象征性的意味更加浓烈，显示了与过往那种极为强调有意思的写作的旨趣的分野，也在某种程度上预示了您在小说创作上的某种超越性的

第二章 实话实说

想法。作为一位从 1985 年开始写小说的作家来说,您的写作追求是什么?

晓　苏: 关于《老婆上树》这个小说,虽然叙事的出发点还是我熟悉的油菜坡,观察视角一直没有离开这个村子,但视野已经拉开了,进入了县城、地市和省会,与外面的世界已经打通。我以前的乡村小说,大都局限在村子里,与外面基本隔绝。现在这个有意识的变化,显然与我们这个时代有关。随着乡村振兴的深入,城乡一体化的步伐突飞猛进。比如我的山乡老家,这两年不仅有了高速公路,居然还通了高铁,从武汉两个多小时就可以回到山里,以前要坐一天的车。由于交通的改善,城乡之间的联系与交融就便捷了,信息的互通,产品的互换,文化的互动便越来越迅速,越来越密切,越来越成为生活的重要部分。近来,有关部门高调推出新山乡巨变文学攀登计划,我认为城乡互融便是山乡巨变最新的亮点。基于上述现实与认识,我有意打开了《老婆上树》的观察视野,特意设置了县演讲协会会长高声这个人物,让他将长年生活在油菜坡的家庭妇女廖香带入地市和省会。正是由于这两次远行,廖香和我之前笔下的乡土女性拉开了距离。她的情感领域更加宽阔,精神世界更加丰富,人性欲望更加复杂,性格不再是单一的、恒定的、一成不变的,而是多元化的、流动的、发展的。

至于说这个小说标志着我在创作上的转变,我认为自己并没有这种想法。它与我过去的乡土小说相比,的确有明显变化,但这种变化是时代的变迁导致的,我只是具体地、真实地、客观地反映了这种变迁。文学嘛,肯定应该与时俱进,如实地记录时代的每一步挪动。在创作上,我是一个很固执的人,不会轻易改变自己的写作趣味、写作习惯与写作风格。曾有非常关心我的朋友劝我，让我改变一下创作路径。他认为，所有获得政府大奖的作品，都是阳春白雪的写法，而我的小说则属于下里巴人之类。而领导和评委们都是提倡阳春白雪的。因此，他让我改变一下，还说，你如果想获政府大奖，那就一定要抛弃下里巴人，走进阳春白雪。我知道这位朋友是真心为我好，但我却不想改变，哪怕一辈子都不获政府大奖。文坛应该百花齐放，百鸟合鸣，如果都是玫瑰，都是喜鹊，那还有什么看头和听头？所以，我们要坚持"双百方针"，不能只有一种写法。再说，读者也是口味各异的，青菜萝卜，各有所爱。还有，每个写作者在动笔之前都有一个读者或一个读者群。如果我没猜错的话，那些专写阳春白雪作品的作家，面向的读者群应该大都是官员和掌控文坛的评委们。我在写作的时候，几乎没考虑到这部分读者，心里装的差不多都是平头百姓，总希望他们能喜欢我的作品，至少看得懂。习近平总书记一再强调，文艺要坚持以人民为中心的创作导向。虽然人民所指很宽泛，但平头百姓无疑是人民的大多数。官员和评委，不能说他们不是人民，但肯定不是人民的主体。从这个角度来讲，我坚持下里巴人式的写作，倒是在真正坚持以人民为中心的创作导向。

陈智富：您为什么想到写《老婆上树》这个小说？有没有现实的原型，还是完全出自虚构与想象？熟悉您的读者都知道，您的不少作品都是有原型的。读完后，我还是稍感遗憾，结局还是回到了现实。如果廖香选择跟卡尔维诺的《树上的男爵》柯西莫那样继续待在树上，会是怎样的结果呢？您写作时有没有做过这样的设想？

晓　苏：我写小说基本上都是有原型的，《老婆上树》也不例外。不过，这个原型的故事并不出现在我的老家油菜坡，而是我偶尔从邻

第二章 实话实说

县南漳听到的。实际上,我以油菜坡为地名写了两百多篇小说,真正发生在油菜坡的故事不到十分之一,另外的都发生在异地他乡。我之所以都拉到油菜坡这个语境中去写,是因为这样写起来更得心应手。这就像张艺谋拍电影,根据苏童名作《妻妾成群》改编的《大红灯笼高高挂》,原作的故事背景本来在阴柔而朦胧的江南水乡,可张艺谋却一定要迁徙到北方的乔家大院去拍。我想,其中的主要原因恐怕是他对江南水乡无感,而北方黄土高原上的风土人情却让他魂牵梦绕,拍起来更为驾轻就熟。南漳一位朋友告诉我,有一个四十出头的农妇,打小一直生活在山沟沟里,高速公路开通之前,连县城都没去过。她贤惠勤劳,相夫教子,赡养公婆,过着知足常乐的生活。她天生一副好嗓子,平时喜欢唱山歌野调,有一天,县艺术团到此采风,团长听到她的歌声一下子惊呆了,于是决定带她去市里参加民歌大赛。因为她的歌声属于真正的原生态,所以获了一等奖,名利双丰。自从去了一趟城市,上了一次舞台,她回家之后完全变了一个人,不再做家务,一天到晚嘴里哼个不停,等待艺术团团长再次来请她。可是等了一年多,团长连影子都没出现。她因此神经错乱,半夜不睡觉,独自跑到门口土台上唱歌。据说她丈夫还去县城找那个团长讨说法,但至今未果。

你提到卡尔维诺的名作《树上的男爵》,我也很喜欢这个作品。国内的不少作家都模仿它写过类似的小说,美其名曰致敬之作。但我没有如此致敬,如果我们把主人公都写成男爵那个样子,让他继续待在树上,那作品再好也了无新意。关于这个话题,我不想多说,说多了得罪人。

陈智富:让我们回到油菜坡,来探寻您文学世界的源头吧。您

※ 一个人吹拉弹唱

1997年也曾在《鸭绿江》发表了一篇创作谈《回忆与虚构》。我以为，回忆与虚构恐怕是作家创作的两个精神发动机。请您回忆一下小时候的油菜坡生活以及家庭环境吧。同时还有一个问题，在考入华中师范大学之前的少年时期，您的阅读情况是怎样的？您有哪些喜爱的作家和作品？这些作品对您未来的创作起到了什么样的影响？

晓　苏：坦率地说，油菜坡是我创作之初虚构的一个乡土地名，是为了今后写作时简单，以免每次花时间来想地名。这个地名使用的次数多了，我对它不禁生出了感情，好像它真正存在于我的生活中一样。如果说它是我文学世界的精神源头，我觉得言重了。不过，时间一长，油菜坡的确在我的作品中具有了一种精神性。一方面，它促进和激发了我的创作热情；另一方面，我也在不断地向它注入情感，并努力地塑造它。其实，我出生的那个村子真名叫雨坛坡，经年累月，人们把它的音读变了，现在卫星地图上标的名字叫牛台坡。相比而言，我觉得油菜坡这个地名更好，不仅有诗情画意，而且与当地的物产一致。同时，它还蕴藏着当地老百姓的勤劳品质。我出生在一个半边户家庭，父亲拿工资，在外面工作，母亲拿工分，在家里种田。当时农村很穷，温饱都成问题，书更是没得读。好在父亲每月都有固定的收入，我的吃穿算是不愁，并且还有《千家诗》《水浒传》和《三国演义》看。父亲对我从小要求很严，我四岁多就被他带到身边，每天逼着我背一首古诗，否则不让我睡觉。有一天晚上，我偷懒不想背，在父亲加夜班回来之前就先上床睡了。父亲狠心地将我拉起来，直到我背熟一首后才放过我。现在想来，父亲应该是我的文学启蒙老师。

大概是父亲培养了我良好的阅读习惯吧，我上学后总喜欢读课外书，每天不读点什么心里总觉得空空荡荡的。我读小学和初中阶段学校基本上没有书看。不过，同学之间流传着一些读物，相互之间可以借阅。比如《水向东流》《敌后武工队》《野火春风斗古城》等，我都是从同学那里借来读的。后来去县城上高中，形势已经好转，我接触到的文学作品更多了，印象最深、对我影响最大的一部作品是孙犁的短篇小说集《白洋淀纪事》。高中最后一年，我还有幸读到了《世界文学》杂志，外国文学作品令我耳目一新。我还记得，我读到的第一部外国小说是美国作家海明威的《老人与海》，中文版就发在一九七九年的《世界文学》刊物上。无论是孙犁的《白洋淀纪事》还是海明威的《老人与海》，我都爱不释手，读了好几遍。它们对我后来的创作都产生了深刻影响，尤其是孙犁小说中那种独特的情调与趣味，海明威作品中令人震撼的细节描写，让我至今感到痴迷。

陈智富： 请您简单谈谈华中师范大学的读书岁月吧。在大学期间，您是不是经常参加摇篮文学社等文学活动？受到文学的哪些熏陶？

晓　苏： 我念大学期间始终是一个少言寡语的人，除了听课做作业，就是不断地从图书馆借书看。当时在图书馆，一次可以借五本书，我几乎每周都要去借一次。因为与同学们相比，我来自山区农村，阅读量太少，所以想抓紧恶补。我读大二的时候，学校成立了摇篮文学社，还办了一份很有影响的文学刊物《摇篮》。我那时由于性格内向，羞于见人，所以没有参加文学社的活动。不过，我给《摇篮》杂志投过两篇小说习作，一篇叫《竹笛声声》，另一篇叫《弯弯的月亮》。幸运的是，这两篇都发表了。《竹笛声声》写的是老家的一个少年伙伴，双眼失明，但聪明过人。他屋后有一片茂密的竹林，其中栖息着各种鸟，比如斑鸠、画眉、八哥。盲人心灵手巧，自己用竹子做了一管竹笛，经常去竹林里吹笛。起初，那些鸟儿听到笛声都吓得四处乱飞，后来居然都喜欢上了盲人的笛声，一听见悠扬婉转的笛声响起，马上都聚集到了盲人的身边。这个作品写出来之后,我在夜幕降临后偷偷地将它塞进了《摇篮》投稿箱。我至今记得那个上锁的绿皮投稿箱挂在中文系门口的一棵樟树上,樟树粗壮,三个人连手都难抱住。我投稿之前还四处张望了一下,确信没人发现才将稿件投进那个箱子。自从给《摇篮》投稿之后,我心里便揣上了一个秘密。每次经过那棵樟树,我的心就怦怦直跳。大约过了两个月的样子,我接到了学校团委的一个口信,让我抽空去取《摇篮》样刊。那是我的作品第一次变成铅字,看着我的名字和作品,我不禁激动得热泪盈眶。说心里话,我是非常感谢《摇篮》杂志的。如果它不发表我那两篇习作,也许我后来的创作就缺乏一种信心和力量。

陈智富: 一九八五年对您来说应该是具有重要意义的一年。那一年,您的小说处女作《楼上楼下》发表在《长江文艺》"新人第一篇"专栏头条,这想必给了您巨大的鼓舞。您还记得当时的心情吗?另外,您能否简单地谈谈您与《长江文艺》的渊源?

晓　苏: 那会儿我已大学毕业参加工作两年了,当时最荣耀的事就是读研究生。一九八五年,我和室友何大猷也下定了考研究生的决心,并每天在工作之余恶补外语。因为我害怕外语,复习过程中难免压力重重。有两天,我心情非常糟糕,一看到单词就头疼。为了换个心情,我不禁心血来潮,一口气写了一个短篇小说,题目叫《楼上楼下》。小说写完后,我马上寄给了在《长江文艺》当编辑的大学同学吴大洪。吴同学算是一个文二代,他的父母都与胡风有关,读大学时就发表过评论文章。其实,我们在大学期间接触并不密切,只是点头之交。寄小说给他时,我没抱发表的奢求,只希望他提点意见。再说,那时《长江文艺》杂志的主编是著名作家徐迟先生,吴同学只是一名

第二章 实话实说

普通编辑,手上没有发稿权。哪曾想到,我把小说寄出去不到一个月便接到了吴同学亲自发来的用稿通知。果然,当年第十二期,《长江文艺》发表了我的那篇小说,并且还发在"新人第一篇"的头条。《楼上楼下》毫无疑问是我的小说处女作。尽管在此之前,我曾在内刊上发过两篇习作。但那些显然都称不上文学作品。因此,我特别看重《楼上楼下》这篇小说,其中的人物我至今都还记得。主人公名叫胡有水,是一位满腹诗书的青年教师,可他口齿笨拙,不善言说,所以教学效果很不理想,师生们都说他"壶里有水倒不出来。"可以说,正是这篇小说的公开发表,点燃了我的创作激情。其实,小说的立意并不新,也没有多大深意。但吴大洪觉得,小说中的形象十分鲜活,语言也很生动,可以看出作者的创作潜质,所以就立即送审了。发自肺腑地说,在文学创作上,我应该感谢吴大洪。如果不是他当初的鼓励和帮助,我后来也许不会再写小说。因此,我在心里一直将他视为老师。接下来的几年,《长江文艺》连续发了我四五篇小说,责任编辑都是吴大洪。

你上面提到我与《长江文艺》杂志的渊源,这个话题不是三言两语就能说完的。实事求是地讲,我是《长江文艺》培养的作者,如果没有《长江文艺》的栽培、关怀与提携,我在文学创作这条路上不可能走这么久。它不仅发表了我的小说处女作,而且还给了我好几个第一。我第一次参加的小说笔会是《长江文艺》组织的,地点在襄阳市的一个招待所,被邀请参加笔会的大都是湖北小说名家,只有我一个是刚刚起步的业余作者。那次我写了一篇《太热的夏天》,不久也在《长江文艺》上发表了。我的第一个小说奖也是《长江文艺》给我的,获奖作品题为《三个人的故事》,得了短篇小说头奖,刘益善老师还让我代表获奖作者上台发了言，那次荣获中篇小说头奖的是刘醒龙先生，作品叫《秋风醉了》。另外，我的第一个小说小辑也发于《长江文艺》，一次发了我三个短篇，同时还配发了周昉老师为我写的评论……总而言之，《长江文艺》在文学上对我的培育之恩让我感激不尽，这份恩情我将终生铭记。

陈智富： 二十世纪八十年代被评论界誉为第二次思想启蒙运动的时期。二十世纪八十年代中期，改革文学、伤痕文学、寻根文学等文学思潮渐渐退却，西方更新的文学思想观念大批量地涌入中国大陆，国内的新写实小说、先锋文学、现代主义文学等文学流派大行其道，传统的批判现实主义流派似乎并不显眼。在这样的时代大背景下，您作为二十世纪六十年代生人，踏上了文学创作的长征之路，选择了乡村题材创作，其实并不讨巧，也并不时髦。现在回头来看，您为什么做出这样的写作方向的选择？

晓　苏： 在文学创作上，我不是一个喜欢跟风、蹭热、赶时髦的人，甚至还在刻意与这种情形拉开距离。真正懂我的评论家金立群博士曾在一篇文章中说："晓苏在小说创作上似乎一直和各种写作潮流保持着距离，不结帮，不抱团，不入伙，给人一种形单影只、孤苦伶仃、独步无援的感觉。"他说的没错，我一直恪守着自己的审美趣味在单打独斗。曾有不少朋友和评论家好心劝我，希望我也加入某种写作潮流，参与合唱。比如新写实大行其道那几年，就有人提醒我说，你也搞点新写实吧，说不定写两篇就红了、火了，别太固执。可我做不到，不愿意步人后尘。在我看来，文学创作属于精神生产，它必须渗透创作者的独特个性，所以不能像物质生产那样可以捆绑上市，打包盈利。因此，我没有选择捷径，始终走在自己钟情的老路上。不过，我不同

第二章 实话实说

意你把我的小说归为传统的批判现实主义之列。我自认为我的作品在骨子里与传统的批判现实主义是有区别的，比如我所热衷的反讽、错位、变形和黑色幽默，均来自外国的现代主义文学。评论家夏元明教授曾在一篇关于本人的评论中说，我的小说是用现实主义之瓶装现代主义之酒。他的说法虽然有点溢美，但我的确是这么追求的。

陈智富：《金米》是您新千年以来首次发表的第一个短篇小说，可能标志着您的小说创作的某种转向。请您谈谈这个小说吧。您随后又发表了《侯己的汇款单》，写了一个乡村老汉在错综复杂的乡村关系网中的困境与无奈，在某种程度上也揭示了中国农民的精神困境。最后的结局更像是一个黑色幽默，这是对侯己命运的无情捉弄，更是对传统文化的顽疾的无情揭示。《侯己的汇款单》中有三个铺子，药铺、杂货铺和剃头铺。您一开始把三个铺子的老板都写成了唯利是图的人，后来把剃头铺老板改成了一个良心尚存的人，他给了侯己许多关心和帮助。您觉得，这样修改合乎小说创作的逻辑吗？是否对文本的纯洁性造成一种伤害？

晓　苏：《金米》是我自己比较看重的一篇小说，同时获得了湖北文学奖和屈原文艺奖。与我二十世纪的作品相比，底色和基调大致相同，但我在小说中加上了更多的象征主义元素。金米这一作物也是我虚构出来的，意在强化这种米的精神价值。如果说这篇作品标志着我在创作上的某种转向的话，那就是我更为自觉地在追求作品的精神性。为了突出精神性，我适当运用了荒诞、解构和黑色幽默等现代主义技术。创作和发表于同一时期的《侯己的汇款单》，初稿中三个铺子的老板都唯利是图，我在定稿时把剃头铺老板变成了一个具有同情之心和悲悯情怀的人。我之所以这样改，不仅没有破坏小说创作的逻辑，而

一个人吹拉弹唱

且更加符合生活的真实。生活是复杂多样的，人性也千差万别，所以并非每一个老板都唯利是图。我这样写，是想避免我以往小说中过多的漫画性和喜剧性，从而更全面、更客观、更真实地揭示生活的本质。

陈智富：回顾新千年以来的近20年，您的以《金米》《我们的隐私》《花被窝》《酒疯子》《回忆一双绣花鞋》《三个乞丐》《泰斗》《老婆上树》等为代表的小说作品面貌悄然发生变化，那就是精神性的追求与突破变得更加强烈，文本的多义性在不断丰富驳杂，您实际上已经并不满足只写"有意思的小说"。尽管您一再为"有意思的小说"这个观念而正名。但是，以我的观察，我更愿意把您近十几年来的作品概括为"有意味的小说"，这有别于"有意思的写作"和"有意义的写作"。因为您一向与主流写作有鲜明的差异，一向主张个体写作，在您看来，个体写作需要三个支点：民间视角、精神关怀和个性语言。不知道您是否赞同？

晓　苏：你刚才提及的这几篇小说，应该说囊括了我二十世纪以来比较好的作品。除此之外，还有一篇《传染记》，曾被译为好几种外国语言，你可能没有注意到。如有机会，希望你看看，其中虚构的成分相对多一些，有意识地加入了寓言色彩，从而使小说多了一点儿形而上的意味。正如你所说，我一直倡导写"有意思"的小说。有"意思的小说"，是相对"有意义的小说"而言的。"有意义"指的是有思想价值，"有意思"指的是有情调有趣味。最好的小说，肯定是既有意义又有意思的。那是一种完美无瑕的小说，可遇不可求，甚至是可望而不可即。在既有意思又有意义的小说中，"意义"和"意思"这两个元素不仅都有，而且两者是水乳交融的，是严丝合缝的，是浑然一体的。不像当下备受青睐的某些小说，所谓的意义大多是硬贴上去的，

第二章 实话实说

包括不少获得茅奖和鲁奖的作品。我当初提出写有意思的小说，有一个前提，就是在暂时写不出既有意思又有意义的小说时，不妨先追求小说的意思，让小说有情调有趣味。换一句话讲，我并非排斥有意义的小说。

你上面提出的"有意味的小说"这个概念，我觉得非常好。它实际上就是既有意思又有意义的小说。至于我的《花被窝》《酒疯子》《三个乞丐》《泰斗》和《老婆上树》这几部作品，你好像比较认可，但还称不上真正的有意味的小说。它们之所以受到某些好评，是因为我在意思中努力生发出了一些意义，让情调、趣味与思想价值实现了某种程度的交融。但是，它们离有意味的小说还有很远的距离。不过，我有信心让这个距离不断缩短。这也是我今后继续写作的动力和愿望。

事实上，关于有意味的小说，我已经有了比较清醒的认识。第一，它必须既有意思又有意义，只有二者俱全，才可能有意味。第二，从意思的角度来说，仅仅有情调有趣味还不够，而应该有微妙的情调和独特的趣味，情调微妙了，趣味独特了，那才真叫有意思。第三，再从意义的角度来讲，我们对思想价值应当有一个更开放、更全面、更深刻的理解。许多写作者，包括一些批评家，往往把小说的思想价值简单而狭窄地理解为教育功能或宣传功能。其实，文学的价值是丰富的，与之相适应，文学的功能也是多样的，除了教育功能和宣传功能之外，还有审美功能、认识功能、反思功能、娱乐功能和补偿功能。只有充分发挥了文学的多种功能，它的思想价值才能真正显示出来。

【于 2023 年】

把写作变成一件有意思的事情

——答《长江日报》记者问

记　者： 晓苏老师，您好！感谢您接受我们的采访。今天，我们主要想请问您几个关于青少年写作的问题。

晓　苏： 关于青少年的写作，我的确有一些自己独特的看法与见解，不过我已经有好几年都闭口不谈这个话题了，差不多噤若寒蝉。因为在我看来，谈这个话题是个吃力不讨好的事情。要说原因嘛，主要有两个。其一，虽然中小学成天都在高喊素质教育的口号，但实际上还是在拼命地搞应试教育。在这种背景下，青少年的写作肯定而且也只能是模式化的；其二，语文老师在考试指挥棒的长期指挥下，已经逐渐习惯、认同并迷恋上了模式化的写作教学。因此，我如果站出来公然反对青少年的模式化写作，不仅反对无效，而且还会得罪很多语文老师。所以我说，谈青少年写作这个话题吃力不讨好。

记　者：晓苏老师可能言重了。不过，既然您对这个问题有所顾虑，不愿意直接进入，那我们先换个角度来谈一谈吧。您能不能回忆一下，您读小学和中学的时候喜欢写作文吗？或者说，哪几位语文老师对您后来走上文学创作之路产生过积极影响？

晓　苏：我读小学和初中是在二十世纪六十年代末和七十年代初，那是一个特殊时期。不过，语文课还是隔三岔五会上几堂，老师也教我们写作文，主要写批判稿和决心书之类，大都是从报刊上的社论文章中抄下来的片段。

当然，也有少数几位老师指导我们写另一种样子的作文，不让我们抄报抄刊，而要求我们写自己熟悉的生活和自己真实的感受。比如我读小学四年级那年，教我们语文的尚宗莲老师出了一道叫《放学以后》的作文题，要我们写自己的亲身见闻。我写的是我们的班长，他在学校表现很好，勤快、友善、听话，特别讲礼貌，见到老师就打招呼，老师们都很喜欢他。可是，他一出校门就像变了个人。我们住的地方离学校比较远，上学放学都要经过他家那里。他家有一条狗，见到生人就张牙舞爪地往上扑，吓死人的。我们都害怕他家那条狗，经常都是从他屋后绕道走。有一天，他与我们同行，我们便没再绕道，而是直接从他门口经过，以为狗扑上来时他会把狗拦住。令人气愤的是，当狗突然扑向我们的时候，他却袖手旁观，无动于衷，看见我们惊恐万状，居然还裂开嘴巴大笑。幸亏他的邻居及时跑过来把狗赶走了，否则我们就会被狗咬伤。在这篇作文中，我如实地写了我的见闻与感想。作文交上去后，尚老师给予了充分肯定，还在全班读了我的作文，说我刻画了一个两面派人物。那是我写的第一篇作文，一写出来就得到了老师的表扬，从此就喜欢上了写作文。

到了初中，我有幸遇上了教语文的程家箴老师。当时没有正规课本，程老师便经常从报刊上选一些好文章，用钢板刻下再油印出来给我们读。其中有三篇我至今记忆犹新，一篇是《珍珠赋》，一篇是《东方红》，另一篇是《春满鄂城》。这些文章语言都很美，用了很多修辞手法，结构也十分巧妙，有的层层递进，有的一波三折，有的先抑后扬。程老师把文章发给我们之后，会先给我们读上一遍。他的声音不高不低，不快不慢，不温不火，具有一种特殊的节奏和韵味，能让我们的心灵深处荡出涟漪，翻上浪花，涌起波澜。读完之后，程老师接下来便抓住文章的关键段落给我们过细讲解，讲语言，讲结构，讲意蕴，讲得我们心领神会。把文章讲透之后，程老师总是趁热打铁，马上安排我们写作文。这个时候，我们的写作欲望都很强烈，往往文思泉涌。为了让我们写好作文，程老师还经常带我们去校外开展作文活动，看望过老红军，参观过修水库，采访过劳动模范。每次参加活动后，我都要写一篇作文，因为有了生活，有了感受，所以写起来特别得心应手。有一次，程老师把我们带到修梯田的工地上，让我们自己选一位有特点的农民作为观察对象，再与他交谈，然后写一个人物。我那次选的是一位名叫胡明尊的老人，他下巴上留着一撮长胡须，看上去很老很老了，搬石头时却浑身是劲，砌出来的梯形石坎像艺术墙一样特别好看。最让我好奇的是他的胡须，那是我见到过的真正的山羊胡。我问他，您为啥留这么长的胡子？他说，胡子可以当口罩，用

第二章 实话实说

它挡灰尘。听他这么一说，我当时就忍不住笑。回到学校，我很快写下了《留山羊胡的胡大爷》，受到程老师高度好评。老实说，我后来热爱写作并走上文学创作之路，真是要感谢程老师的正确引导。他是我的文学启蒙老师。

记　者：晓苏老师关于童年写作的回忆太珍贵了，对现在青少年的写作无疑也有很大的启发。您刚才提到程老师的时候隐约涉及了课外阅读，接下来，请您谈一下阅读与写作的关系可以吗？

晓　苏：好的。阅读与写作的关系，说起来其实很简单，它们是一种互动的关系，阅读能够促进写作，写作能够深化阅读，对青少年的阅读与写作而言，更是这样。因此，我很早就提出过读写一体化的教学思路。在我看来，阅读不仅可以激发学生的写作兴趣，点燃学生的写作灵感，打开学生的写作思路，而且还可以为学生提供一系列的写作技巧。有了一定的写作经历和体验之后，学生带着写作中的得失和甘苦，再回过头来进行阅读，则会自觉地深入到作品的内部，认真分析作品的内容，仔细打量作品的结构，细心品味作品的语言，深刻领会作品的主题。这么一来，学生的阅读能力便会迅速提升。

说到阅读，我禁不住想多说几句。十年前，我在倡导"有意思的写作"的同时，也极力倡导过"有意思的阅读"。有意思的阅读，是相对有意义的阅读而言的。有意义的阅读，主要是从作品中寻找、发现、打捞某种思想价值；有意思的阅读，则主要是从作品中感悟、体验、品味某种情调和趣味。它们是两种截然不同的阅读诉求，也可以说是两种迥然有别的阅读方式。

从阅读诉求来讲，有意义的阅读更强调作品的教育性，包括政治教育、道德教育、伦理教育，其主要目的在于利用作品中所渗透的思想价值,帮助读者树立正确的世界观、价值观和人生观;有意思的阅读更强调作品的审美性,包括自然审美、社会审美、艺术审美,其主要目的在于把蕴藏在作品深处的情调和趣味发掘出来,让读者在美的感染和陶冶中形成纯正的审美意识,进而培养和提升读者感知美、鉴赏美和创造美的能力。从阅读方式来讲,有意义的阅读更多采取的是粗读。粗读有三个特点,一是重速度,读者往往一目十行,有点儿像走马观花。二是重局部,读者往往只关注作品的局部,甚至只是片语只言,常常掐头去尾,以偏概全,断章取义,丝毫不顾作品的本相与全貌。三是重内容,读者对作品的内容十分重视,而对作品的形式却视而不见。与有意义的阅读相反,有意思的阅读基本上采取的是细读,即精细化阅读。在细读的过程中,读者更看重质量,更看重整体,更看重形式。

　　我们可以把阅读诉求和阅读方式看作阅读姿态。姿态决定状态。由于阅读姿态不同,有意义的阅读和有意思的阅读便呈现出两种完全不同的阅读状态。总体来说,有意义的阅读给读者带来的感受,恐怕更多的是抽象、枯燥、干瘪、僵硬、沉重和疲倦,而有意思的阅读给读者带来的感受,更多的应该是形象、生动、丰饶、鲜活、轻松和兴奋。毫无疑问,与有意义的阅读相比,有意思的阅读更接近阅读的理想状态。

　　记　　者:晓苏老师关于阅读的见解太精彩了,对当前的青少年阅读很有指导意义。下面,我们还是想听听您对当下青少年作文的看法,或者回答我们这样一个问题,您喜欢现在的青少年作文吗?

　　晓　　苏:实话实说,当下青少年作文让我喜欢的不多,少数让我喜欢的,也不是他们在学校写的作文,而是课外的自由写作。青少年

第二章　实话实说

在学校由语文老师指导写出来的作文，我基本上都不喜欢，反而还讨厌。前几年，我偶然读到一本民国年间的学生作文，感到十分惊喜。惊喜之余，我把这本七十多年前的学生作文与现在的学生作文进行了一个比较，发现它们迥然不同，于是由惊喜转为悲哀。

它们有哪些不同呢？第一，民国年间的作文写得很有趣味，每篇作文写的都是生动、轻松、有趣的事情，读起来很好玩，还忍不住想笑。不像现在的作文，写得干巴巴的，老气横秋，读起来像吃木渣，一点味道也没有。为什么会有这种差别呢？主要是民国年间的学生写作文时有一颗童心，天真无邪、单纯可爱、有话直说，充满了少年儿童的趣味。而现在的学生，一个个装得像大人似的，深沉、崇高、庄严，满嘴都是标语口号，作文写的都是大人们关心的事，想法也是大人的，语言也是大人的，一点儿童心也看不到，所以读起来很无趣，很别扭，有时候身上还起鸡皮疙瘩。第二，民国年间的作文差不多都是记叙文，现在的作文基本上都是议论文。记叙文有利于作者说真话，即符合生活的真实，符合情感的真诚，即使加点儿想象和虚构，也必须合情合理，否则叙事逻辑上过不去；而议论文便于作者说假话，它往往空对空，大对大，讲空话，讲大话，讲套话，不顾生活是否真实，不顾情感是否真诚，一味往大处说，往高处说，往远处说，往好处说，假话连篇。这也正是如今学校教作文以议论文为主、升学考作文也以议论文为主的主要原因。因为，记叙文必须求真，而求真很难。议论文可以玩假，而玩假特别容易。第三，民国年间的作文生活气息很浓，作者写的都是自己的日常生活、普通生活、世俗生活，有生活的真实感，有生活的烟火气，有生活的甘苦味。而且，写得很细致，很具体，很形象。现在的作文却不是这个样子，它缺乏生活气息，甚至不写生活，只是对某个话题空发一通议论，引用的材料都是人家的，要么是古代的，要么是外国的，唯独没有自己的。同时，写得也很粗略，往往只是一个大概，没有接地气的细节描写，既不具体也不形象。

记　者：晓苏老师敢说真话，让我们心生敬佩。您刚才讲到，这些年您一直在提倡青少年写有意思作文，您能具体给我们讲一下有意思作文的写作理念与写作路径吗？

晓　苏：有意思的作文也是相对有意义的作文而言的。有意义指的有思想价值，有教育价值；有意思指的是有情调，有趣味。有意义的作文指的是有思想价值、有教育价值的作文；有意思的作文，就是有情调有趣味的作文。我为什么要提倡写有意思的作文呢？最好的作文，当然是既有意义又有意思，但这样的作文不是一下子就能写出来的，它必须有一个训练、积累和提高的过程。对青少年来讲，我们也不能做出这种过分甚至有些苛刻的要求。从年龄阶段、生活阅历、心理特征和审美爱好的角度来说，青少年应该先写有意思的作文。

然而，从当下的作文写作现状来看，也许是为了应对考试，也许是老师的作文观有偏差，也许是学生的审美趣味不纯正，我发现我们的语文老师们大都在要求学生写有意义的作文，学生也是一下笔就写那种有意义的作文。有意义的作文最显著的特点是，重意义，轻意思。它具体表现在三个方面，一是重内容，轻形式；二是重说教，轻审美；三是重模式，轻创新。这样做的直接后果是，作文变得假惺惺的，大咧咧的，空洞洞的，要么成人腔，要么社论腔，要么舞台腔，读起来虚假、做作、干瘪、枯燥、僵硬，一点意思也没有。更严重的后果是，久而久之，老师们和学生们都不喜欢作文了，教作文和写作文都成了一件痛苦的事情。

第二章 实话实说

怎样改变青少年作文这种痛苦的现状呢？一个切实可行而有效的途径，就是写有意思的作文。我认为，有意思的作文至少具备以下几个特点。一是选材生活化，即有生活气息，有生活体验，有生活感受；二是立意人性化，即以人为本，关注人心，关注人情，关注人性；三是表达细节化，即以细节吸引人，以细节感染人，以细节说服人。那么，青少年怎样才能写出有意思的作文呢？具体地说来，就是应该怎么真实怎么写，怎么生动怎么写，怎么别致怎么写，怎么自由怎么写，怎么开心怎么写，怎么好玩怎么写。总之，怎么有意思怎么写，进而把写作变成一件有意思的事情。

【于 2019 年】

一个人吹拉弹唱

关于电影《泰囧》的一次讨论
——答《成都商报》记者问

记　者：你是在什么情况下说了批评《泰囧》的那番话？

晓　苏：我当时是在武汉市政协会上说的这些话，平时我不太关注电影，看电影也很少，我文学圈子的朋友推荐给我的电影我会去看，我的女儿在美国读博士，她推荐的我也会看。我一年内认真看的电影不到10部，国外40%，国内电影占60%。因为我是政协委员，在武汉市政协会议上，有一次会议主办者招待政协委员看电影，晚上每人发了一张票给大家去看

- 50 -

《泰囧》，第二天大家讨论市长的工作报告，正好谈到了文化产业，政协委员发表意见，有些委员谈到了《泰囧》，好像觉得《泰囧》是我们文化产业发展的方向。我针对这种说法发表了不同的意见。《泰囧》虽然票房很高，从产业的角度来讲，确实取得了巨大的成功，但从文化的角度来说，它并没有给我们提供多少有价值的东西。没想到，我在政协会上的几句发言，被媒体发表后会引起网友们那么大的不满，甚至招来一片骂声。有网友说我是想借《泰囧》出名，这实在是冤枉了我。我平时不上网，也不太关注电影，更不想在这个领域有什么影响。

记　者：网友对你的谩骂影响到你的正常生活了吗？

晓　苏：网络上对我铺天盖地的讥讽与谩骂，是我始料不及的。作为一名大学教师，我过惯了默默无闻和安然自在的生活，一下子成为网络上被关注的人，我感到很不适应，有点儿哭笑不得。连续好多天，不断有媒体要采访我，我接受也不好，推脱也不好，感到左右为难。我女儿让我别再接受采访了，听女儿的话，我推了十几家报纸的电话采访。其实我女儿观念比较现代，她觉得现在是一个多元社会，每个人都可以自由发言。女儿在美国看到这么多人批判我，担心我的心情会受到影响，所以才劝我不要再接受采访。她让我一心一意教书、写小说。因为网上有这么多人骂我，身边的很多朋友见面后便用十分暧昧的口气问我，最近怎么样？还挺得住吧？我苦笑着说，还好，还活着。

记　者：你在看这部电影时，你们那一场现场观众的反响如何？

晓　苏：我们那一场确实没有多少笑声，我们这个人群比较特殊，大部分都是中老年知识分子，三十多岁的人非常少，五十多岁上下的人比较多，这部电影能引起年轻人的兴奋，不一定能引起我们这部分人的兴奋。

记　者：您笑了吗？

晓　苏：之前我爱人想去看，看了后，我对她说，真是不该来，我从头到尾都没有笑。

记　者：你觉得演员在表演方面怎么样？

晓　苏：非常滑稽，有点漫画的味道，太浅表化了，太夸张了，离我们的生活真实比较远。也就是说，它缺乏真实性，没有生活实感。我们笑，不是笑天外来客，不是笑外星人，是笑我们生活中荒唐的、矛盾的、可笑的现象。因为这个电影中搞笑的细节缺乏真实的生活基础，又超出了我们的生活体验，所以我觉得没有值得我笑的。我不是不想笑，而是笑不出来。

记　者：很多人认为，王宝强在片中的角色完成了一次圆梦的旅程，传递出正能量，你怎么认为？

晓　苏：我不是很古板，很传统的人。但是我对当下的许多年轻人有看法，他们不去读经典，不去看名著，不去脚踏实地学习与创业，而是好高骛远，想入非非，总指望天上往下掉馅饼，或者一天到晚沉溺于歌厅和网吧，依赖快餐文化，望梅止渴，画饼充饥。这些都是很不好的。作为一个知识分子，也作为一个家长，我真心希望这些年轻人能尽快成熟起来，变得实在，变得勤劳，变得有责任感。我们的电影，包括所有的文学艺术，都应该在这方面给予正面和积极的引导。但遗憾的是，《泰囧》除了逗年轻人一笑之外，别无深意。作为一部好的喜剧，我认为仅仅让观众笑一笑还不够，还应该让观众在笑过之后有所反思，在反思中调整自己的生活姿态，从而改变生活状态，使我们的生活变得更加美好。这部影片写了一个圆梦的故事,最后让美女明星出场圆了一个小人物的梦。老实说,我担心这种构思会产生负面影响。现在很多年轻人都追星,我们应该劝导他们。看到这部电影结尾时,我一下子想到了前些年颇为有名的粉丝追星事件,追星追到了走火入魔的地步,还要她父亲陪她去香港见偶像。父亲倾家荡产陪她去香港圆梦,结果梦没圆成,反而害得父母投水自杀。这个惨案,我们不能忘记。我们的电影,应该有利于年轻人的健康成长。

记　者:很多人认为根据刘震云小说改编的《一九四二》题材太沉重,不适合在贺岁档上映,你怎么看?

晓　苏:《一九四二》看的人少,票房不如《泰囧》,我认为这是一个很不正常的现象。《一九四二》这么好的电影,为什么观众少?这是一个值得深入研究的文化现象。观众的欣赏口味和审美趣味,也是值得研究的。我不是指责观众的欣赏水平低和审美能力差,而是说我们的文学艺术工作者,包括文化官员,有责任有义务来引导和改变观众的口味和趣味,让他们的文化品位变得更加高雅和纯正。有人说,贺岁片就是要开心,这没错。但开心有多种,笑是一种开心,有时候哭也是一种开心,放松是一种开心,有时候沉思也是一种开心。如果看贺岁片时被感动得哭,收获了一种感动,在我看来就是一种开心。我们不能简单地认为只有笑才是开心。事实上,那些过于肤浅的笑,笑过之后让你感到生活更无聊,这是不是真正的开心呢?所以我说,开心有多种形态,每个人的开心点也不一样。

记　者:冯小刚导演的《一九四二》您看了吗?

晓　苏:我看了三遍,第一遍是和我老师王先霈教授一起去电影院看的,师母也去了。影片从头到尾都让我非常震撼。师母看到某些场面还抑制不住地号啕大哭。她七十多岁的人了，可能是影片唤起了她对过去苦难生活的回忆。这部电影是那么的真实，那么的客观，那么的冷静，演员表演也很好，把人性中很多复杂的、矛盾的、微妙的东西都展示出来了，让我们大开眼界，深受打动。这样的电影是有生命力的，是有审美价值的，是会流传下去的。

记　者：你觉得《泰囧》这部影片一点优点也没有吗？

晓　苏：当然有，它把生活中幽默俏皮的元素集中到一起，夸张，放大，确实能让一年来饱受生活重压的人们好好放松一下。作为一部娱乐片，它是成功的，无可厚非。导演准确地抓住了年轻人的欣赏口味和内心需求，这是值得肯定的。从商业上来讲，它赚了钱，我们也应该表示肯定祝贺。但实话实说，这部电影太轻浅了。很多观众可能是笑了，但只是一笑了之。

记　者：您喜欢什么样的喜剧？

晓　苏：我喜欢冯小刚的《手机》，笑点多，搞笑的细节生动，真实，独特。更让我喜欢的是，《手机》具有三个层面的喜剧功能，一是娱乐功能，二是反思功能，三是审美功能。它不仅能引人发笑，还能让人在笑声中进行反思，进而还能帮助观众提高文化品位，提升审美水平。

记　者：你给《一九四二》和《泰囧》各打多少分？

晓　苏：《一九四二》是我二十世纪以来看到的最好的国产电影之一，我打99分，我还会看。至于《泰囧》，我只代表我自己，打60分。这么多观众喜欢这部电影肯定有其存在的道理，但我不提倡我们都去拍这样的电影。我不主张文艺工作者都去迎合观众。

记　者：导演徐峥对你批评《泰囧》也做出了回应，你知道吗？

晓　苏：因为以前我对徐峥也不了解，我只是听一个朋友说，你

第二章 实话实说

这个教授现在成了"叫兽"了,叫唤的野兽。在《泰囧》一片叫好声下,导演突然听到一种异样的声音,难免情绪反常,一个人在反常的情况下骂我一句,我能理解,所以我对他骂我是叫兽一点儿也不生气。

【于 2013 年】

在我创作伊始
——答《传记文学》张元珂博士问

张元珂：请问，你是如何走上创作道路的？

晓　苏：我正式公开发表小说是在一九八五年，当时已经大学毕业参加了工作，正准备考硕士研究生。在恶补英语的间隙里，为了缓释压力，消解苦恼，调整心情，我不禁心血来潮，一口气写了一个短篇小说，题目叫《楼上楼下》。小说写完后，我马上寄给了在《长江文艺》当编辑的大学同学吴大洪。吴同学算是一个文二代，他的父母都与胡风有关，读大学时就发表过评论文

第二章 实话实说

章。其实,我们在大学期间接触并不密切,只是点头之交。寄小说给他时,我没抱发表的奢求,只希望他提点意见。再说,那时《长江文艺》杂志的主编是著名作家徐迟先生,吴同学只是一名普通编辑,手上没有发稿权。哪曾想到,我把小说寄出去不到一个月便接到了吴同学亲自发来的用稿通知。果然,当年十二期,《长江文艺》发表了我的那篇小说,并且还发在"新人第一篇"的头条。

《楼上楼下》毫无疑问是我的小说处女作。尽管在此之前,我曾练习过小说写作,还在内刊上发过两篇。但那些显然都称不上文学作品,说到底也就是习作。因此,我特别看重《楼上楼下》这篇小说,其中的人物我至今都还记得。主人公名叫胡有水,是一位满腹诗书的青年教师,可他口齿笨拙,不善言说,所以教学效果很不理想,师生们都说他"壶里有水倒不出来。"后来再看,小说的立意并不新,也没多大深意。但吴大洪觉得,小说中的人物形象十分鲜活,语言也很生动,可以看出作者的创作潜质,所以就立即送审了。发自肺腑地说,在文学创作上,我应该感谢吴大洪。如果不是他当初的鼓励和帮助,我后来也许不会再写小说。因此,我在心里一直将他视为老师。

平心而论,不管从学识上还是从资历上讲,吴大洪当我的老师都是绰绰有余的。他生于一九五四年,比我大八岁,考上大学之前已参加工作多年,在武汉一家制药厂当工人。他是带薪读书的,除了穿皮鞋、戴手表,还穿一件黑呢中山装。他虽然出身高贵,家庭富有,但人品很好。有一个故事,在我们同学中间广为流传。吴大洪曾经工作过的那家制药厂规模不小,还有医务室。一天下班后,吴同学从医务室后窗外经过时居然发现厂长和一名年轻女医生在医务室里寻欢。厂长吓坏了,慌忙出来叫住了吴大洪,叮嘱他保密,并答应有机会给他

- 57 -

加工资。他说，厂长放心吧，我什么也没看到。第二天下班时，那位女医生忽然在路上拦住了他。她断定吴同学什么都看到了，害怕他说出去。为了封住吴同学的嘴，女医生摆出两个条件，要么送他一条烟，要么陪他睡一次，让他自选。吴同学深感为难，就支吾说，我今天回家考虑一下，明天回答你。第二天，女医生问他，考虑好了吗？吴同学说，我还是要烟吧。这个故事本来可以写进小说，但吴大洪却一直不同意我写。他既然不让写，我就始终没有动笔。

回想起来，在一九八五年秋和一九八六年春，我和我的同事兼室友何大猷都是下了决心要考研究生的，并发誓一定要考上。结果，我不久便打了退堂鼓。原因之一，是《长江文艺》发了我的小说处女作，让我受到了文学创作的诱惑，觉得创作并不是一件太难的事情，而且比做学问搞研究要有趣得多。从那以后，我虽然还在继续补英语，但热情已经锐减。何大猷也是我的大学同学，发现我兴趣转移后一再劝我，希望我能坚持，认为我准备了大半年，突然放弃很可惜。在他的劝说下，我又重新鼓足了勇气，去食堂排队买饭也拿着单词本。可是，我最终还是没有坚持下来。一九八五年年底，我回老家过年。为了向父亲展示我的科研成绩，我回家时把当年发表的一些小论文都带上了，大都是关于作家的研究和作品的赏析。回家当晚，我就把这些文章拿给父亲过目，以为他看了会兴高采烈。没想到，父亲看后却不以为然，用手指着杂志上的作家和作品，冷冷地说，你不是说这个作品好，就是说那个作品好，为什么不自己写几篇，让别人说你的作品好呢？父亲这席话对我触动很大，让我对写作越发有了兴趣。

因为受到父亲那番话的影响，我此后许久都对考研究生缺乏热情，心思几乎都转到了小说创作上。尤其在一九八六年春，我像着了魔似

第二章 实话实说

的迷上了小说,每天起早贪黑,一边阅读中外作品一边埋头写作,差不多每两天都可以完成一个短篇。小说写出来后,发表也比较顺利,除了《长江文艺》,武汉的《芳草》《当代作家》和《布谷鸟》,当时都发过我的作品。我在《长江文艺》上发的小说,基本上都由吴大洪担任责编。《黄昏》《苦李子》《太热的夏天》等作品,都是那时候在《长江文艺》上发的。坦率地说,吴大洪并没有因为我们是同学而对我的作品放松要求,有好几篇都进行过认真修改。在我创作起步阶段,除了对吴大洪充满感激,我还要深深感谢我的大学老师王先霈先生。王先生是著名文艺理论家,同时也写过小说。他很关心我的创作,还主动向《芳草》杂志推荐过我的作品。我在《芳草》上发表的第一篇小说就是他推荐的。我记得那时《芳草》的主编是朱子昂先生。王先霈先生亲自给朱主编写了一封信,让我带着稿子和信去汉口拜访朱主编。不久,朱主编就发了我那篇小说,题为《老屋》。我在《当代作家》上发表的第一篇小说叫《墓地》,是作家周百义先生从自由来稿中发现的。小说发表前夕,周先生约我去编辑部见了一面,还邀我到他家里吃了午饭。那餐饭说不上丰盛,但无比温暖,令我至今难忘。当年湖北还有一家刊物叫《布谷鸟》,我在上面发了一篇题为《运气》的小说,责任编辑是热心快肠的李家容女士。

张元珂：在创作的起始阶段,你的创作和发表情况如何?还顺利吗?

晓　苏：应该说,我的运气是比较好的,刚开始写作的那两年,我的作品基本上都发表在湖北的杂志上。后来,我便尝试着朝外地的刊物投稿,陆续在河南的《百花园》《牡丹》、山东的《当代小说》《山东文学》、江西的《星火》《小说天地》上发表了作品。著名选刊《小说月报》第一次转载我的小说就选自《小说天地》，题目叫《吃的喜剧》。目录广告最先刊登在当年的《中国青年报》上，我爱人发现后兴奋不已，拿着报纸一路狂奔到了我的办公室。我见自己的作品被《小说月报》转载，简直不敢相信自己的眼睛，仿佛在做一个梦。提到《吃的喜剧》这个作品，还有两个插曲值得一提。一是在我发表拙作的那期刊物上，居然还有当时红得发紫的著名作家苏童的小说。能与苏童同期，我感到非常荣幸。二是，《吃的喜剧》被转载不久，责任编辑黄岭老师专程从南昌来到武汉，除了看我，还郑重地向我约稿。那个年代，编辑与作者的关系真是纯粹啊！如今，许多刊物的编辑，眼睛里只有那些名作家和某些沽名钓誉的商人，对刚起步的业余作者往往不屑一顾，派头像大爷。

张元珂：据我所知，许多作者在正式发表作品之前都有训练过程，其中不乏酸酸苦辣，我想问一下，你有过这样的经历吗？

晓　苏：前面提到，在公开发表小说之前，我曾在内部刊物上发过两篇带有小说雏形的作品。那是大学期间，我们学校团委主办了一份名为《摇篮》的文学刊物，主要发表在校大学生的习作，包括小说、散文、诗歌、报告文学，还有文学评论。虽然是学生刊物，但从编辑到印刷都有模有样，对稿件的要求也比较高。主编和编辑大都是从社会上考来的，他们阅历丰富，文学修养很高，不少曾经当过语文老师，有人还公开发表过作品。像我这种直接从高中考上来的愣头青，压根儿没有奢望在《摇篮》上发表作品，甚至也没敢动过笔。大三的时候，我们班上一位自称青年作家的同学忽然找到我，让我帮他抄写一篇刚完成的小说。他觉得我的钢笔字写得比较规范，一丝不苟，易于辨认。而他的字有些潦草，看起来颇为吃力。这位同学比我大五六岁，还是

第二章　实话实说

班上的一个干部。碍于情面，我只好答应了他。那篇小说有一万二千多字，我加了两个夜班才抄写完。大约过了三个月，同学的这篇小说被一家名为《艺丛》的杂志发了。发表之后，他得了一笔稿费，具体多少，我不清楚。收到稿费的那天晚上，他决定请一次客。我想，作为帮他抄写稿件的人，他请客肯定少不了我。结果却令我大失所望，他没请我，请的都是班上的几个头面人物，还请了年级的学生会主席。

这件事情对我伤害很大。我并非想吃那顿饭，主要是觉得这个同学人品太差。他过河拆桥，卸磨杀驴，无情无义。一连好多天，我都心里堵得慌，气不打一处来。为了出这口恶气，我也悄悄地写起了小说。说到这里，我还要感谢一下那位青年作家。在帮他抄写稿件的过程中，我发现写小说并不是一件多么难的事情。抄写完他的稿件，我觉得自己也可以照着他的葫芦画瓢。经过三天的构思与练习，我终于写出了一篇《竹笛声声》。作品写的是老家的一个少年伙伴，双眼失明，但聪明过人。他屋后有一片茂密的竹林，其中栖息着各种鸟，比如斑鸠、画眉、八哥。盲人心灵手巧，自己用竹子做了一管竹笛，经常去竹林里吹笛。起初，那些鸟儿听到笛声都吓得四处乱飞，后来居然都喜欢上了盲人的笛声，一听见悠扬婉转的笛声响起，马上都聚集到了盲人的身边。这篇作品有纪实的成分，还带有明显的散文化倾向。写好之后，我很快将它塞进了《摇篮》投稿箱。我至今记得那个上锁的投稿箱挂在中文系门口的一棵樟树上，樟树很粗，三个人都抱不住。我是天黑以后趁神不知鬼不觉将稿件投进那个箱子的，生怕被人看到了。

自从给《摇篮》投稿之后，我心里便揣上了一个秘密。每次经过那棵樟树，我的心就怦怦直跳。大约过了两个月的样子，我接到了学校团委的一个口信,让我抽空去取《摇篮》样刊。那是我的作品第一次变成铅字,看着我的名字和作品,我不禁激动得热泪盈眶。那次在《摇篮》编辑部,我还有幸见到了唐老师。其实他也是在校学生,不过已经读到了大四,学校团委正准备将他留校工作。那天我还听说,唐老师就是《摇篮》杂志的执行主编,我的《竹笛声声》就是他从大量的自由投稿中发现的。唐老师对这篇习作给了许多好评,同时还约我有空再给杂志写稿。在唐老师的热情鼓励下,我很快又写了一篇《弯弯的月亮》,发表于《摇篮》随后一期。据我所知,《摇篮》虽说只是一份内刊,但投稿堆积如山,偶尔发一篇已经很不容易。可我十分幸运,居然连续发了两篇小说。当时,同学们都很羡慕我。有一天,让我帮忙抄写稿件的那位青年作家在路上碰到我,还祝贺了我几句。我说,这还得感谢你让我为你抄稿,我从你的作品中学到了不少东西。他听了哭笑不得,以为我在讽刺他。其实,我说的都是真心话。

张元珂:上大学之前,你做过文学创作之梦吗?

晓 苏:如果要追根溯源,实话实说,应该讲我从小就对文学创作有一种难舍难分的情结,或者说从骨子里热爱和迷恋文学创作。从读小学开始,我就喜欢写作文,盼着天天上作文课。我读小学和初中是在二十世纪六十年代末和七十年代初,语文课还是隔三岔五会上几堂,老师也教我们读作品和写作文。作品大都是从报刊上选出来的,其中不乏文采斐然之作,我还背了好多。写作文主要是模仿报刊上的文章,当然也有个别老师比较灵活,鼓励我们联系生活自由写作,特别强调我们写生活中的真实体验和独特感受。比如我读小学四年级那年,教我们语文的尚宗莲老师出了一道叫《放学以后》的作文题,要我们写自己的亲身见闻。我写的是我们的班长,他在学校表现很好,可一出校门就变了个人。我们住的地方离学校比较远，上学放学都要经过他家那里。他家有一条狗，见到生人就张牙舞爪地往上扑，吓死人的。我们都害怕他家那条狗，经常都是从他屋后绕道走。有一天，他与我们同行，我们便没再绕道，而是直接从他门口经过，以为狗扑上来时他会把狗拦住。令人气愤的是，当狗突然扑向我们的时候，他却袖手旁观，无动于衷，看见我们惊恐万状，居然还裂开嘴巴大笑。幸亏他的邻居及时跑过来把狗赶走了，否则我们就会被狗咬伤。在这篇作文中，我如实地写了我的见闻与感想。作文交上去后，尚老师给予了充分肯定，还在全班读了我的作文，说我刻画了一个两面派人物。

到了初中，我有幸遇上了教语文的程家箴老师。当时没有正规课本，程老师便经常从报刊上选一些好文章，用钢板刻下再油印出来给我们读。其中有三篇我至今记忆犹新，一篇是《珍珠赋》，一篇是《东方红》，另一篇是《春满鄂城》。这些文章语言都很美，用了很多修辞手法，结构也十分巧妙，有的层层递进，有的一波三折，有的先抑后扬。程老师把文章发给我们之后，会先给我们读上一遍。他的声音不高不低，不快不慢，不温不火，具有一种特殊的节奏和韵味，能让我们的心灵深处荡出涟漪，翻上浪花，涌起波澜。读完之后，程老师接下来便抓住文章的关键段落给我们过细讲解，讲语言，讲结构，讲意蕴，讲得我们心领神会。把文章讲透之后，程老师总是趁热打铁，马上安排我们写作文。这个时候，我的写作欲望都很强烈，往往文思泉涌。为了让我们写好作文，程老师还经常带我们去校外开展作文活动，看望过老红军，参观过修水库，采访过劳动模范。每次参加活动后，我都要写一篇作文，因为有了生活，有了感受，所以写起来特别得心应手。有一次,程老师把我们带到修梯田的工地上,让我们自己选一位有特点的农民作为观察对象,再与他交谈,然后写一个人物。我那次选的是一位名叫胡明尊的老人,他下巴上留着一撮长胡须,看上去很老很老了,搬石头时却浑身是劲,砌出来的梯形石坎像艺术墙一样特别好看。最让我好奇的是他的胡须,那是我见到过的真正的山羊胡。我问他,您为啥留这么长的胡子?他说,胡子可以当口罩,用它挡灰尘。听他这么一说,我当时就忍不住笑。回到学校,我很快写下了《留山羊胡的胡大爷》,受到程老师高度好评。

我读高中已到了二十世纪七十年代末,那时各行各业都在拨乱反正,正本清源,教育也逐步走上了正轨。高中位于县城东沟,许多任课老师都是前些年从武汉下去的,差不多都读过大学,教学水平相当高。我们的语文老师姓顾,毕业于早年的武汉师范学院,学识渊博,出口成章,而且写过小说,曾以谷川的笔名在《芳草》上发过作品。遗憾的是,他没过多长时间便被调回了武汉。顾老师虽说调走了,但他说过一句关于文学的话却让我永远铭记于心。他说,文学既要讴歌光明,也要鞭挞阴暗。顾老师调走不久,我遇到了一件令人非常愤怒的事。理科班有一位干部子弟,绰号花花公子,平时不住校,吃住都在县委大院,据说他父亲是组织部部长。他留大分头,穿喇叭裤,喜欢一边甩头发一边打响指,不论走到哪里,总有一帮人前呼后拥。有一天中午,他没有回县委大院,像发神经似的潜入了我们寝室。我睡下铺,床上铺着一张旧床单。花花公子先在我床单上坐了一会儿,然后就从身上摸出一把水果刀,明目张胆地将我的床单划了一条口。我顿时气炸了,拉着喊着要他赔我的床单。同学们都劝我说,算了,人家的父亲是县里的大官儿呢,鸡蛋碰不过石头的。我说,我才不管什

第二章 实话实说

么大官儿呢，损坏东西必须赔。哪怕他爹是县委书记，我也非要他赔不可。花花公子对我冷笑说，你试试？恰好在这时，正在执勤的方副校长经过窗口，看见了寝室的这一幕，快速跑了进来。方副校长声色俱厉地对花花公子说，快回去把你父亲叫来。花花公子问，叫他干啥？方副校长说，让他来商量赔偿的事。花花公子说，他今天不在家。方副校长说，那让你母亲来。花花公子威胁方副校长说，我看你是不想转正了！方副校长坦然一笑说，为了主持公道，我宁可副校长也不当。见方副校长态度如此坚决，花花公子只好派人叫来了他妈。他妈还算通情达理，来时随身带了针线，一到寝室就给我道歉，随后便把我床单上的口子补好了。事发当晚，我就抑制不住地虚构了一篇具有小说元素的文章，题为《床单上的刀口》。在文章中，我着力刻画了一个不畏强权的副校长形象。可以说，那是我最早的小说坯子。

对一个具有一定时间长度的写作者来说，如果非要对他的创作历程进行一个阶段划分不可的话，我想绝大多数写作者都少不起步这个阶段，或者称为起步期。于我而言，我的起步期为时较长，从上学读书开始做作家梦，直到一九八八年才算画上一个句号。因为在这一年，发生了一个带有标志性的事件，我幸运地加入了湖北省作家协会。需要说明的是，那时候的湖北省作家协会叫中国作家协会湖北分会。我入会的推荐人是我的恩师王先霈教授，他后来还当过湖北省作家协会主席。说起王老师，他对我可谓恩重如山，仅在推荐方面，我都不记得有多少次了。我出版的第一本小说集《山里人山外人》，是他向长江文艺出版社的赵国泰先生推荐的。据说，他还向当年主持湖北省作家协会日常工作的副主席刘富道先生推荐过我，刘先生随后便在《文艺报》上连续发了两篇介绍本人的文章。后来，我去武汉大学文学院攻

※ 一个人吹拉弹唱

读樊星教授的博士,按规定要有两位专家写推荐意见,其中一份就是王老师写的。前些年,湖北省作家协会换届,我被选为副主席,听说王老师也向有关部门推荐过我。如今,王老师已经八十多岁了,仍然精神矍铄,思维敏捷,还能做报告和著书立说,但愿老人家健康长寿。

【于 2023 年】

第三章

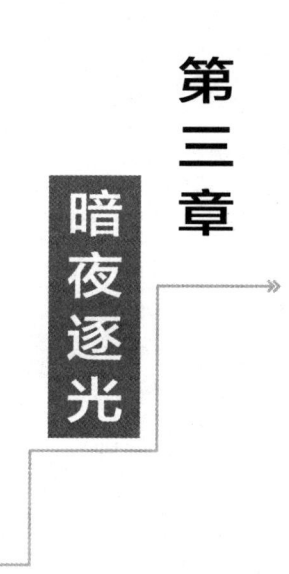

暗夜逐光

第三章　暗夜逐光

《手工》：一篇全面开放的小说

新春伊始，万象依旧，唯有王手的小说《手工》让我感受到了一股迷人的新意。毫不夸张地说，这是我近十年来读到的最为陌生、最为怪异、最为另类的一篇小说。它完全抛弃了源远流长的小说传统，毫不顾及约定俗成的小说规范，好像是故意要和众所周知的小说过不去，并肆无忌惮地对其进行冒犯和破坏，从而彻底颠覆了我们对小说这一古老文体的固有认知，同时也轰然瓦解了我们在长期阅读中形成的关于小说的接受习惯和审美经验。

读完《手工》之后，当我们带着惊奇、诧异和欣喜，再回过头去打量以前那些小说的时候，我们不难发现，与《手工》相比，以前的小说，包括那些被读者奉为经典的小说，它们或多或少、或深或浅、或明或暗，几乎都陷入了某种固定的模式。模式意味着封闭，任何模式化的生产，其产品必然带有封闭性特征，即雷同或类似，文学生产自然也不例外。从这个角度来讲，以前的小说似乎都可以看作是封闭性写作，或者叫封闭叙事。也许，正是因为对既有的小说模式产生了厌倦和不满，王手才通过《手工》展开了一场小说革命。他要摆脱各种模式的束缚，把小说从封闭叙事的窠臼中释放出来，为它松绑，给它解开，还它自由，让它走向无拘无束的开放叙事。毋庸置疑，王手的这场小说革命大获成功。在《手工》这篇作品中，所有现成的小说模式都被推翻了、打破了、摧毁了。作者桀骜不驯，狂放不羁，随心所欲，任性而为，丝毫不按套路出牌，总是剑走偏锋，出其不意，明修栈道，暗度陈仓，时时标新，处处立异，不停地给读者制造意外和惊喜，从而完成了小说从封闭叙事到开放叙事的华丽转身。

在《手工》这个全新的文本当中，作者虽然在极力淡化、虚化和弱化小说的文体特征，但作为小说的各种基本元素却依然存在，并且应有尽有，比如细节，比如故事，比如环境，比如人物，比如视角，比如时空，比如线索，比如结构，等等。正因为如此，我们才仍然把它称为小说。然而，与传统的小说比较起来，出现在《手工》中的这些小说元素，已经彻底改变了它们在传统小说中的秩序和状态，甚至连功能也发生了转换。在传统的小说里，这些元素都按照种种既定秩序被有条不紊地安置在一个封闭的系统之中，处于一种封闭状态。而在《手工》里，所有的小说元素都挣脱了原有秩序的牢笼，都被打开

第三章 暗夜逐光

了,都被解放了,都被唤醒了,都被激活了,都被点燃了,全都进入了一种开放的状态。它们就像一只只冲破桎梏的鸟儿,在小说的天空里上下翻飞,左右奔突,东西腾挪,闪烁出一道道耀眼的文学光芒。在我看来,《手工》是一篇全面开放的小说。它的故事情节是开放的,人物形象是开放的,主题思想是开放的,甚至连线索、结构和语言都是开放的。不过,我在这里不打算面面俱到地进行分析,只想着重谈一谈小说中的故事、人物和主题,看看作者是如何将它们从封闭转向开放的。这也正是王手为我们的小说创作所提供的最新鲜、最独特、最宝贵的经验。

我们先说故事。故事是小说的必备元素,应该说不可或缺。在传统的小说中,故事必须具备三个特征,一是紧凑,二是完整,三是连贯。这也是传统小说对故事的三个基本要求。但是,《手工》里的故事却显得杂乱、零碎、松散。显而易见,这是王手有意而为之的。小说主要写了三个方面的内容,一是个人成长的经历,二是谍战剧的片段,三是社会变迁的背景。这些都是以故事的面貌出现的,例如主人公在给女友的情书上画邮戳,例如地下党将证明陈佳影身份的电报调包。本来,这些故事都有因有果,有起有落,有始有终,既集中,又完整,且连贯。但作者却不停地切换时空,不停地变换视角,不停地转换语境,经常掐头去尾,以点带面,走马观花,蜻蜓点水,声东击西,移花接木,故意把紧凑的故事分散,把完整的故事撕碎,把连贯的故事打乱,然后再通过错位、拼贴、嫁接等现代技巧将它们进行重组。这样一来,故事在小说中就完全开放了。开放之后的故事,便不再像处于封闭状态那样,显得单调、单纯和单薄,而是获得了更大的张力和弹性,同时在叙事上也拥有了更多的再生功能,譬如象征,譬如隐喻,譬如反讽。

说了故事，我们再来说说人物。人物毫无疑问是小说的关键元素，无论是传统小说还是现代小说，都特别注重人物形象的塑造。《手工》中也写了人物，并且人物众多，既有现实中的人物，如"我"的女友和情人；又有影视中的人物，如《和平饭店》中的陈佳影和《风筝》中的军统六哥。然而，出现在《手工》中的这些人物，与传统小说中的那些人物是完全不一样的。在传统小说中，人物形象一般都是按照二元对立的模式塑造出来的，要么是正面人物，要么是反面人物，楚河汉界，泾渭分明，好人坏人，一目了然。其实，这些二元对立式的人物都属于概念化、脸谱化、标签化人物，显得极不真实。而《手工》中的人物却截然不同。在王手的笔下，任何一个人物都不再是二元对立的，他们往往真假相伴，善恶同构，美丑互涉。换一句话说，人物都是开放的。比如作品中的"我"，既是情节的推动者，又是故事的叙述者，无疑是小说中的核心人物。但是，这个人物却异常复杂，既本分又狡猾，既真诚又虚假，既胆大包天又谨小慎微，既心地善良又工于心计。作品中写到"我"给恋爱对象写信这件事，足以看出人物性格的复杂性。为了使对象开心，"我"坚持为她写信，并保证让她每个周一都能收到一封。可是，"我"有个周末因加班而耽误了写信，于是就通过手工弄虚作假，在信封上画了两个邮戳，然后自己骑车冒充邮递员把补写的一封信抢在周一送到了对象手边。在这件事情上，读者很难对"我"进行正反判断和好坏鉴定。而且，作者在叙述这件事情的时候也没有表现出任何向度。事实上，这正是王手在塑造人物时所采用的开放性策略。由于人物开放了，打破了二元对立模式，反而使人物显得更加真实可信，也更加切近生活的本相和原貌，同时也扩大

第三章 暗夜逐光

了人物的典型意义。

最后，我们说一下主题。主题指的是作品的深层意蕴，任何一种文体的作品都必须具有一定的主题，小说更是如此。不过，关于主题的认识与表达，无论是作家还是受众，都有一个发展演变的过程。在从前的小说中，人们一般来说对主题有三个基本要求，一是教育性，二是明朗性，三是集中性。但是，随着时代的变革、社会的进步、生活的丰富，以及欣赏趣味的变异，人们对主题的要求也随之发生了改变。渐渐地，人们更加强调主题的审美性、模糊性和多义性。也就是说，人们对封闭性的主题已经深感不满，渴望以开放性的主题来取而代之。从这个意义上来说，王手的这篇小说显然满足了读者对小说主题的最新诉求。在《手工》中，我们都能感觉到"手工"是一个关键词，也是一个核心意象，还可以说是所有主题的发生源和生长点。但是，我们却无法用一两句话来概括和归纳它的主题。原因在于，这篇小说的主题是开放的。或者说，"手工"这个关键词本身也是开放的，既可以从本义上去理解它，比如手艺，比如匠心，比如智慧，比如谋略；也可以从引申义上去阐释它，比如伪装，比如阴险，比如狡诈，比如毒辣，比如做手脚，比如耍花招，比如用手段，比如玩伎俩，比如偷梁换柱，比如瞒天过海……更有意思的是，为了使"手工"这个意象的能指进一步开放，王手还运用联想、互文、杂交等艺术手法，将本无关联的故事和人物纠集到一起，从而使小说的主题更为多义，更加模糊，同时也更具有了审美价值。

在即将结束这篇关于《手工》的读后感的时候，我猛然有一个顿悟，觉得小说创作实际上也是一种手工。在这方面，王手无疑是一位手工高人，我应该虚心地向他学习。

【于 2019 年】

一个人吹拉弹唱

《疼痛吧指头》：一部跨体越界的小说佳作

一

　　普玄以前算是我的学生。他在华中师范大学读书的时候，我已在这所学校当老师了。然而现在，当我读了他的长篇新作《疼痛吧指头》之后，我觉得他已经青出于蓝而胜于蓝了。就这部长篇来说，无论在思想上还是在艺术上，我都要向普玄学习。我的这番话皆发自内心深处，如有半句戏言，吃鱼卡刺，喝水塞牙，树叶落在头上砸个包。

第三章　暗夜逐光

坦率地讲，刚收到这部作品时，我并没有打算将它从头到尾读完。因为书名中带一个吧字，过于时尚，不是我喜欢的类型。但是，当我读了开头一节之后，我便停不下来了，想停都停不下来。没有办法，我只好一股脑把它读完，连吃午饭都手不释卷。老实说，我已经很久没这样认真、这样仔细、这样用心地读一部作品了。我是一个字一个字读的，连标点都没放过，有些句子和片段还读了好几遍。在阅读过程中，我的情绪一直处于亢奋状态，有惊奇，有疑惑，有紧张，有焦虑，有欣赏，有钦佩，有感叹，有唏嘘，有激动，有不安，有悲悯，有同情，有忧伤，有郁闷，有苦涩，有辛酸……当然，更多的是疼痛。读罢全篇，我的整个身心都被撼动了，仿佛四肢散架，肝胆裂缝，灵魂摇晃。掩卷沉思的那个晚上，我的心情久久无法平静。直觉告诉我，普玄写出了一部大书。我感觉到，这既是一部生活之书，又是一部生存之书，更是一部生命之书。

作为一个和文学打了三十几年交道的人，由于旷日持久的阅读，我对文学作品已经产生了轻度的审美疲劳，同时也滋生了一种爱挑剔的毛病。尤其在当下这个集体浮躁的文坛，精品意识日益淡薄，大部分作家的大部分作品都粗制滥造，让我口服心服的佳作可以说寥若晨星。然而，始料不及的是，普玄的《疼痛吧指头》却给我带来了意外的惊喜。它像一头被作者施以了什么魔法的魔鬼，魔力四射，一下子就抓住了我，让我欲罢不能，进而又感染了我，震撼了我，征服了我。我不得不承认，这是一部难得的佳作。

二

关于佳作，每个读者都有自己不同于他人的标准。我认为的佳作，必须具备三个因素，一是真实感，二是冲击力，三是可读性。这个标准涉及文学的三个维度，真实感是生活层面的要求，冲击力是艺术层面的要求，可读性是思想层面的要求。我之所以说《疼痛吧指头》是一部佳作，正是因为它既有足够的真实感，又有强烈的冲击力，还有巨大的可读性。也就是说，佳作所要求的三个必备因素，在普玄这部作品中应有尽有，并且都得到了充分体现。

尽管人们看取佳作的标准不尽相同，但真正的佳作还是能够引起广泛认同的。据我所知，《疼痛吧指头》在《收获》长篇小说专号上甫一发表，便引起文坛特别关注，反响热烈，好评如潮。不久，长江文艺出版社就将其出了单行本。紧随其后，便是接二连三的见面会、分享会和报告会。各种媒体上有关这部作品的报道和评论，更是连篇累牍。然而，令人遗憾的是，这些报道和评论所讲的，主要集中在这部作品的真实感上面，对它的冲击力和可读性却惜墨如金，甚至避而不谈。究其原因，恐怕与评论界和新闻界对这部作品的文体定性有关。我发现，在评价和推介这部作品的时候，无论评论还是报道，首先都不约而同地给它贴上了一个非虚构的标签。事实上，普玄自己也是这么限定的。我想，正是因为把它当成了一部非虚构作品，人们才有意或无意忽视了对其冲击力和可读性的全面研究和深入探讨。

然而在我看来，我们不应该事先给《疼痛吧指头》贴上非虚构的标签。虽然这个标签很时尚、很流行、很受追捧，但将它贴在这部作品上很不恰当，或者说很不相符。我的意思是说，与这部作品的容量、意蕴、价值相比，非虚构这个标签显得太窄、太轻、太浅，不仅不能充分体现普玄这部作品给当下的文学现场带来的异质和新意，反而还缩小了它的容量，减少了它的意蕴，降低了它的价值。我则认为，《疼

第三章 暗夜逐光

痛吧指头》是一部跨体越界的小说。所谓跨体,指的是跨越文学作品的各种体裁,即在小说中有机地挪用了散文、诗歌、戏剧、影视、报告文学等各种体裁的艺术优势;所谓越界,指的是跨越人文科学的各种边界,即在文学中适当地融进新闻学、教育学、心理学、伦理学、家族历史学等各种界别的社会功能。普玄的这部作品,对小说写作的跨体与越界进行了多向度的探索和全方位的尝试,从而有效增添了小说的真实感,加强了小说的冲击力,扩大了小说的可读性。从文学创新的角度来说,这也正是《疼痛吧指头》对小说创作做出的一个最大贡献。

三

真实感是文学的生命之源,对小说而言更是如此。然而,从生活与文学的关系来看,文学的真实感与生活的真实却不是一回事。在很多时候,生活中实实在在发生过的事情,被作家直接搬进作品后并不一定具有真实感。原因在于,真实感不仅要求事件真实,还要求情感真实,更要求本质真实。对于这一点,普玄肯定是心知肚明的。

《疼痛吧指头》所写的事件,都是作者的亲身经历,事件真实显然毋庸置疑。为了追求事件真实,作者还特意借鉴了新闻的写法,比如对孤独症儿子失踪的叙述,所采用的完全是新闻写作中常见的事件追踪形式,从一开始自己在周边寻找,到登贴寻人启事,再到悬赏,再到等消息,直到最后警察帮助找到儿子,其中每一个人物,每一个场景,每一个细节,都真实可信。

但是,普玄并没有停留于事件真实。作为一个优秀的作家,他知道情感真实对文学更为重要。因此,他便在叙述过程中不断地从新闻视界跳回到文学视界,对事件的叙述也随之由新闻笔法转换为文学笔法。比如写到等待失踪儿子的消息时,作品中是这样写的:"丢孩子的人就是这么一点一点枯焦的。一个电话来,兴奋,失望,又一个电话来,兴奋,失望。一个电话来了,一个短信来了,孩子?男孩女孩?多高?在哪里?长什么样子?眼睛多大?穿什么衣服?对了,指头,最关键的,指头被咬过没有?"显而易见,这段文字里充满了文学修辞,有比喻,有反复,有张有弛,有详有略,有快速的扫描,有缓慢的特写……这些修辞在新闻里一般都十分罕见。特别是后面的问答,为了强化情感真实,作者毫不犹豫地将信息提供者的回答全部隐去,只保留了孩子父亲一句赶一句的问话。正是由于文学修辞的强大力量,一个在孤独症儿子失踪之后心急如焚、坐立不安、茫然无措的父亲形象便跃然纸上,让读者真切感受到了什么叫十指连心,什么叫血浓于水,什么叫骨肉深情。

更加难能可贵的是,在确保了这部作品的情感真实之后,普玄仍未止步。他突然在作品的第二部分变换了叙事人称和叙事视角,人称由第一人称"我"变成了第三人称"他",视角也由孤独症孩子的爸爸换成了孩子的奶奶。这个变化不可小觑。它一下子把这部作品和所谓的非虚构拉开了距离,同时也暴露了作者的写作野心。很显然,普玄不满足于只像非虚构作品那样就事论事,而是希望对自己的经历和体验进行挖掘、拓展、放大、引申、提炼,进而去触碰和窥探生活的某些真谛,或曰本质真实。值得欣喜的是,普玄的这个目的达到了。由于奶奶的人生更加坎坷,经验更加丰富,视野更加开阔,作品中的残疾人物很快便由一个增加到三个。除了原来不能说话的孤独症孙子,还出现了半聋半哑的老大和跛脚歪腿的爷爷。他们虽然辈分年龄不同、

第三章 暗夜逐光

生活背景不同、致残原因不同，但却有着相同的身份，即残疾人。三个残疾人构成了一个特殊的人物世界，同时也铸造了一面人性的多棱镜，清晰地照射出了各色人等和世道人心，让我们看到了逃避与承受、放弃与坚持、绝望与生机，也看到了真假对峙、善恶较量和美丑博弈，更看到了屹立在弱者背后的那些强者，比如奶奶常五姐，比如孤独症孩子的爸爸，他们的强者精神、强者意志、强者性格，足以战胜一切邪恶，克服一切苦难，驱赶一切不幸。

四

冲击力是文学的艺术体现，在小说领域被称为艺术张力。随着社会的发展、生活的改观、文化的转型，读者对文学尤其是小说的诉求也在不断发生变化，可以说越来越多元，越来越复杂，越来越吊诡，越来越刁钻。为了满足读者日益上涨的阅读诉求，作家们不得及时反思、调整、更新自己的表达形式。

普玄的高明之处在于，他写小说，却不想在小说这棵树上吊死，也没有静坐在小说之树下守株待兔。他深谙他山之石可以攻玉的道理，于是赶了一个时髦，为自己的小说创作找了一个非虚构的幌子。其实，非虚构并非一种新鲜文体，说白了也就是早已有之的报告文学。不过，读者都有一种喜新厌旧的心理，好比吃腻了土豆的人突然遇上了一盘马铃薯，感觉味道好极了，没承想马铃薯就是土豆。我以为，正是为了配合读者的这种阅读心理，普玄才放下身架借用了非虚构这一相对单纯而容易操作的文体。当然，《疼痛吧指头》也确实充满了非虚构的元素，比如围绕孤独症孩子所发生的一切，包括从最初患病到最终确诊，从四处求医到百般救治，从不幸失踪到侥幸找回，从自家看护到他处寄养……这一系列的关键事件，都是用非虚构即报告文学常用的纪实形式呈现出来的。

然而，我们不能因为这部作品运用了较多的纪实形式就把它当成一个非虚构文本。不能否认，无论从作品的框架还是从作品的血肉来看，它都是一部典型的小说。比如在叙事秩序上，它运用了交互式结构。这种叙事结构只有小说中常用，在非虚构作品里是难得见到的。又比如在人物形象塑造上，这部作品为我们刻画了奶奶、爷爷、老大等多个血肉丰满、性格鲜明的典型人物。这样的人物形象，也只有在小说中才能塑造出来，在非虚构作品里是不可能出现的。普玄之所以要在这部作品中大量运用非虚构的纪实手法，其目的只是为了增强小说的可信度，从而加大它的艺术冲击力。

因为同样的目的，普玄在这部作品中还借用了许多其他文体的表现形式。比如，作品写到奶奶在半聋半哑的大儿子因挨斗下跪而失踪后的反应时，作者马上进行了时空切换，由大儿子的失踪一下子写到了孤独症孙子的失踪。虽然失踪的一个是儿子，一个是孙子，但奶奶在他们失踪后的反应却如出一辙。"她每天都不吃饭，她一定要等到大儿子出现。……几十年以后，奶奶到省城给三儿子带孤独症孙子，早上买早餐的时候，孙子跑丢了。奶奶很害怕很自责。她自责的办法就是不吃饭。她要等到孙子出现再吃饭。"在这里，普玄明显运用了电影中惯用的蒙太奇艺术，将发生在不同时间和不同空间的事件，通过某些相似性因素而巧妙地剪辑到一起，对读者产生了强大的冲击力。

又比如，孤独症孙子被奶奶接回老家之后，儿子放心不下，无法安心工作，三天两头跑去看。有一个雨天，儿子又来了，奶奶却死活

第三章 暗夜逐光

不开门。于是，门里门外便发生了一大段对话。"奶奶说，你又来干什么？儿子说，我看一眼就走。奶奶说，你担心我还是担心你儿子？儿子说，我主要担心你。奶奶说，你妈有那么娇嫩吗？儿子说，我只是有点担心。奶奶说，你认为我老了？儿子在门外默不作声。奶奶说，我是老了，我有点经不起摔了，我老得连一个小孙子都弄不动了。"这段对话显然借鉴了戏剧的对白艺术，每一句对话中都蕴含着丰富的潜台词，把母子两人微妙而复杂的内心世界表现得淋漓尽致。我读着这些对话，不禁心潮汹涌，热泪盈眶，其冲击力可见一斑。

还比如，爸爸在腊月三十连夜开车送孤独症儿子去奶奶家过年，路上突然遭遇大雾，作者这时运用了一段静述："浓雾一朵一朵落。我从来没有看见过这么漂亮的雾。浓雾好像不是从空中飘出来的，而是从地里长出来的。在江汉平原，在大洪山地区的冬季，地里面除了长粮食长蔬菜长花朵，怎么还长出一朵一朵浓浓的雾。这不是雾。这是美丽的云朵，飘动的漫画，环绕的纱幔，轻柔的微风。这是另一个世界的迷人的香水。"这一段关于大雾的描写，分明用了诗歌的修辞艺术，其中有比喻，有象征，有神奇的想象，有微妙的通感，对读者具有强烈的冲击力。

五

可读性是文学的魅力所在，对小说来讲尤其重要。小说的可读性，看似简单、浅显，实则复杂、深奥。不过，我们不能把可读性狭隘地等同于通俗性、故事性和传奇性。这些只意味着好读，即浅近、易懂、有趣、好看。但是，好读并不完全等于可读，它只是可读性的一个方面。

可读性的另一个方面还要求耐读，即耐人寻味、发人深省、常读常新、百读不厌。它要求文本必须具有较大的开放性和未完成性，为读者提供更多地参与意义建构的可能。按我的理解，小说的可读性至少由三个层面构成：一是给读者初次阅读带来的吸引力和兴奋感；二是潜藏于文本深处的那种对读者持久的诱惑力，即那些能够激发读者再次阅读兴趣和反复阅读欲望的因素；三是文本暗含的可供不同读者进行多种解读的空间。

从上述标准来看，《疼痛吧指头》无疑是一部极具可读性的小说。它不仅好读，而且耐读。不过，我在这里不想去谈它好读的一面，因为这一面十分显著。我只想从主题的角度出发，去分析一下这部作品耐读的一面。主题是作品的深层意蕴，也被称为作品的思想内涵。我明显感觉到，普玄这部作品的主题是丰富的，是开放的，是多元的，具有广阔的意蕴空间，可供不同身份、不同处境、不同诉求的读者进行各自不同的解读，甚至同一个读者也可以读出多个主题来。正因为如此，它拥有了耐读的品质。

比如贯穿作品始终的"指头"，至少可以从三个层面进行解读。从生活的层面来说，指头只是一种现象。孤独症孩子有一个习惯性、典型性、标志性动作，即咬自己的指头。"这个不会说话的孩子十几年来一直和他的指头过不去，他的指头上全是他自己撕咬的疤痕，他一着急一发怒就开始咬指头。"可见，指头在这里只是一种现象，虽说有点奇怪，但并无深意。再从文学的层面来说，指头便成了一种意象。因为十指连心，父母大人便把孩子看成了自己的指头。"这五个孩子，就是奶奶的五根指头。其中奶奶寄希望最大也是最恨的，就是门外的第三根指头，孤独症孩子的爸爸。"在这里，指头已超越了它的本义，通

第三章 暗夜逐光

过比喻和象征业已变成了内涵深厚的文学意象。如果从哲学层面来说，作品中有几处关于指头的描写已经上升为一种寓象。其中有一处这么写道："很多事情，你只能由着它。天要下雨，娘要嫁人，儿子要不听话，孙子要咬指头。"这里提到的指头，不仅超越了生活，而且超越了文学，然后变成了一个寓象，拥有了广泛而普遍的哲理意义。

再比如作品中的这个孤独症孩子，他在作者多角度、多侧面、多视野的描述中也显示出了多重意义。一方面，他是爸爸的一块心病、一个负担、一份疼痛；另一方面，他又是爸爸的某种寄托、某种神灵、某种福音。作品中有这样一段十分精辟的议论："我忽然明白，这根让我疼痛让我无奈让我绝望的指头，它一定会救我，带我到另一个地方。这么多年来，就是它，我的指头，我的孩子，它总是在我绝望的时候，在我无路可走的时候搭救我。"这番议论既有诗意，又有哲理，充满了生活的辩证法，给读者创造了多元解读的空间，从而有效提高了作品的可读性。

上面写了这么多，总而言之一句话，普玄的《疼痛吧指头》是一部跨体越界的小说佳作。

【于 2018 年】

一个人吹拉弹唱

读李遇春《西部作家精神档案》

当下流行的小说评论，明显表现出一种标签化的不良倾向。为数不少的评论家，在评论一部具体的小说时，往往是从既定的观念和现成的标准出发的。他们一手拿着各种各样的尺子，一手捏着五花八门的标签，先用尺子把作品一量，再抽出一张标签往上一贴，就万事大吉了。

老实说，这种评论好写，既省时又节能。所谓省时，就是不需要花费时间去通读作品，最多读个开头和结尾，或者干脆

第三章 暗夜逐光

指的是不需要付出太多的思想与智慧，甚至连必要的分析和阐释也可以免去，只要熟悉了足够的概念和术语即可。但令人遗憾的是，这种标签化的小说评论，无论对于小说研究还是对于小说创作来说，都缺乏起码的有效性。

正对标签化的小说评论感到不满与失望的时候，我有幸读到了湖北青年评论家李遇春的小说评论专著《西部作家精神档案》（商务印书馆 2012 年 7 月版）。这部集中而系统研究张贤亮、陈忠实、贾平凹、路遥、红柯和李锐等六位西部小说家代表性小说的论著，让我眼前豁然一亮，心中咯噔一喜。

与标签化的小说评论不同，李遇春的小说评论有着自己纯粹的学术立场和多元的研究路径。他的评论是从作家和作品出发的，没有事先预设的观念和标准，种种理论都退隐到了幕后，概念和术语也被暂时搁置起来，关于小说的那些标签更是被他抛到了九霄云外。他首先是一头扎进小说里去，在文本中徜徉，或缓行，或疾走，或狂奔，与细节碰撞，与情节共舞，与人物对话，与环境交融，一直要读到小说的最深处、最险处、最暗处，读到最神秘、最暧昧、最潮湿、最纠结的地带，才肯调头出来，浑身浸透着作品的芬芳或腥气，接下来再一头扑进作家的经历和身世之中，对其创作背景与创作心理进行细致而深入的考辨和梳理，然后才开始发表评论。

李遇春的小说评论，不仅出发点与标签化的评论不同，而且目的也迥然有别，甚至相反。在我看来，那些标签化的评论都属于求同性的评论，目的在于找出所评作品与其他作品的相同之处，即相似性，然后将其归类，要么从内容上归为这题材或那题材，要么从形式上归为此主义或彼主义。而李遇春的评论则属于求异性的评论，目的在于发现所评作品与其他作品的不同之处，即差异性，进而指出这部小说在整个文学发展史上的重要地位及其为文学创作所提供的独特经验。比如对张贤亮小说的评论。在李遇春之前，评论家们早已为张贤亮的小说进行了归类，并贴上了诸如伤痕小说、反思小说和政治小说之类的标签。但李遇春却另辟蹊径，独具慧眼，通过对小说文本的细读，通过对作家经历的详考，发现了潜伏在张贤亮小说之中的白日梦情结。我觉得，这是一个令人惊喜的发现。它不仅找到了张贤亮小说独特魅力的来路，而且还揭示了张贤亮小说开始大红大紫后来逐渐黯淡的经验与教训。

因为李遇春的小说评论是从作家和作品出发的，同时又以发现差异性为目的，所以他的评论是务实的，是客观的，是有效的。关于小说评论的有效性，我的理解是，它一方面能够推动小说的学术研究，一方面能够促进小说的创作实践。我之所以说李遇春的小说评论是有效的，就是因为它们无论对于研究界还是对于创作界，都有十分重要的参考价值和指导意义。比如对陈忠实《白鹿原》的研究，李遇春将这部长篇小说置于中国二十世纪八十年代各种文学思潮中进行全面考察，通过分析与比较，经过史证与心证，认为《白鹿原》汇聚了寻根文学、先锋文学和性文学三大文学思潮的精髓，并因此成为一部中国新时期文学的集大成之作。这个结论不仅使《白鹿原》的研究取得了可喜突破，而且一语道破了陈忠实此作获得巨大成功的秘诀，不论对小说研究还是对小说创作都具有重要启示。

与一般评论家的文章相比，我觉得李遇春的小说评论对小说创作的针对性更准一些，刺激性更强一些，启发性更多一些。很多评论对于创作来说都像是隔靴搔痒，蜻蜓点水，无济于事，而李遇春的小说

第三章 暗夜逐光

评论却是脱靴抓痒，而且抓得准，抓得深，抓得透，能让写作者感到兴奋、感到激动、感到满足。换句话说，他的评论能够一下子点到小说的穴位。我想，任何一个虚心的小说家读了李遇春的小说评论之后，一定会及时地对自己的小说创作进行反省、沉思与调整。这也正是我把李遇春的小说评论归为有效性评论的一个主要根据。

李遇春的小说评论之所以有效，原因当然是多方面的。但我认为最重要的有两点，一是他有自己的小说观，二是他有自己的方法论。李遇春认为，小说是由现实世界、技术世界和心灵世界构成的。现实世界属于形而下的物质世界，即俗界；心灵世界属于形而上的精神世界，即神界；技术世界依靠语言和结构等形式将现实世界与精神世界整合起来，即中界。正是因为有了如此独到的小说观，李遇春的小说评论才能切中小说的要害，进入小说的深处，从而有效地指导小说创作。同时，李遇春还倡导了一种名为新实证主义的研究方法。他以作家的生活经历和情感体验为依据，以作家在特定情境下的心理状态和潜意识为突破口，将史证与心证结合起来研究小说。这是一种实事求是的评论姿态，更是一种切合文学创作规律的评论策略，为李遇春小说评论的有效性提供了强有力的方法支撑。

【于 2012 年】

一个人吹拉弹唱

由苏童《三盏灯》想到革命题材小说创作

湖北省作家协会发起并坚持的荆楚作家走乡村活动,已经成为作家深入生活的一个知名文学品牌。每年走乡村,都有一个具体的主题。今年的主题是:重访鄂豫皖革命老区。

事实上,这次要走的几个地方,我以前都走过。红安,我去过两次。大悟,我去过一次。麻城,我去过三次。我想,此次同行的其他作家,肯定也不是第一次去这片革命老区。据我所知,湖北省作家协会此前也曾组织本省作家到这些地方采过

第三章 暗夜逐光

风。众所周知,这是一片红色的土地,是一片神奇的土地,是一片革命的土地。从这片土地上,走出了几百个共和国的将军,甚至还诞生了好几位党和国家领导人。作家们之前去鄂豫皖,无疑都是怀着缅怀之心、崇敬之情和朝拜之意,随后也写出了各种体裁的文学作品,或祭奠烈士,或赞美将军,或讴歌领导人。我的意思是说,关于鄂豫皖这片革命老区,既然作家们曾经去过,有的还不止去过一次,并且该写的作品也写了,那作家协会为什么还要组织我们重访呢?

在我看来,重访的这个重字,可谓别有洞天。它在这里不是重复的重,而是重新的重。重复指的是次数,重新指的是姿态。我的理解是,由于各种一言难尽的原因,从前我们对这个革命老区的采访,可能还不够细致、不够深入、不够全面,存着简单化、表皮化和片面化现象,从而影响了作品的深度、弹性和张力。也就是说,作家们尚未创作出与这片土地相称的文学作品来。因此,作家协会要组织作家们重新采访鄂豫皖革命老区。重新,关键在于新字。它要求作家们用新的视角、新的入口和新的理念来看待这片土地,以及这片土地上所发生的一切,从而把那些先前被遮蔽、被掩盖、被埋没的原貌、全景和本相发掘出来,打捞起来,唤醒过来,进而写出对得起这片土地的精品与力作。

关于红安,关于大悟,关于麻城,关于大别山,关于鄂豫皖,关于这片革命老区,已经出现过数量不少的文学作品,其中影响最大的是几部小说,如《闪闪的红星》,如《桐柏英雄》,如《姐儿门前一棵槐》。从题材和主题来讲,这些作品都有着一个共同的特点,那就是书写革命。纵观中外文学史,书写革命的作品可以说不胜枚举,堪称文学经典的,随手也能列出一长串。但老实说,关于鄂豫皖革命的书写,至今还没有足够称为经典的作品问世。上面提到的几部小说,虽然影响很大,但似乎与经典还有一定的距离。

原因何在?我想,原因也许有很多,但至关重要的,恐怕是与作者的姿态有关。姿态即作家的理念、态度和视角,既包含了价值观,又包含了方法论。纯正的写作姿态,毫无疑问应该是文学的姿态。但令人遗憾的是,很多作家长期以来都是以非文学的姿态在进行写作。正是由于写作姿态的错位,导致了作品的概念化、脸谱化、简单化,而文学性却大打折扣。

在这次重访鄂豫皖的途中,我始终用文学的姿态行走着、观看着、倾听着、思考着。与此同时,我还在夜深人静时重读了苏童的革命战争题材小说《三盏灯》。小说的题材领域和鄂豫皖革命老区十分相似。然而有意思的是,这部小说却与那些写鄂豫皖的作品殊为不同,文学性极强,堪称当代小说经典。

苏童的《三盏灯》,不仅强调价值的客观性和相对性,而且还注意到了它的多元性与开放性。价值判断的多元性与开放性,并不意味着作家没有价值观,只是因为他所处的文学立场,让他不想去对笔下的人物和事件进行简单的二元对立式的价值判断。因为价值取向的多元性与开放性,作品的意蕴空间便得到了有效的拓展,主题也显示出了复杂性和多义性。

为了强化这种判断的多元性与开放性,苏童在《三盏灯》中巧妙地选择了傻瓜扁金充当叙事视角。前面说过,这是一部反映战争题材的作品。已有的战争小说已为我们提供了无比丰富的集体经验,比如正义,比如敌人,比如英雄,比如逃兵,比如顽强,比如怯懦,比如胜利,比如失败……对于这些集体经验,苏童可能早已无感,其实读者也早已

第三章 暗夜逐光

屡见不鲜。所以,苏童希望为我们提供一些关于战争的另一种经验,即独特而新鲜的个体经验。于是,苏童选择了傻瓜视角。一个傻瓜的经验,显然是最有个别性和特殊性的。果然,在这部小说中,那些家喻户晓的集体经验大都退场了。直到小说结尾,我们也不知道这场战役交战的双方,更不知道谁代表正义谁代表邪恶,既也不见英雄也不见逃兵,连谁胜谁负也不清楚。一切都是模糊的,可它强大的文学性正潜伏在模糊性之中。

然而,傻瓜扁金却给我们描述了许多罕见的场面和体验。比如全村的人都逃走了,扁金一个人留下来找他失踪的鸭子,还头顶一个破锅,冒着枪林弹雨为鸭子找食,后来他的一只鸭子被士兵打死了,鸭子临死前被他抱在怀里,他发现它的脖颈被人扭成了一个麻花,垂在翅膀下面,看上去就像一个无头的怪物,他还听见鸭子向他号哭。又比如扁金还亲眼所见肉铺掌柜的女儿被流弹打死了,那女孩当时正在吃棒棒糖,一蹦一跳的,砰的一声就倒地了,嘴里还咬着棒棒糖呢。还比如扁金还躲进了村长娄祥的棺材,棺材里还藏着稻米和红薯,他一口气吃了六块红薯,后来在棺材里睡着了,一只老鼠钻了进来,舔掉了他嘴角上的红薯渣子。扁金还在河边发现了一条渔船,船上躺着一个快要断气的女人,她的女儿叫小碗,小碗四处寻找灯油,为了点燃船头的三盏灯,小碗的爹就在附近打仗,她说她爹看见了三盏灯就会回家。扁金还发现了红薯地上的尸体,那么多死人像一捆一捆的柴火堆着,红薯叶子和沙土都被血染红了,他觉得那些死人的棉帽和棉鞋不错,便去脱他们的棉帽和棉鞋。扁金一口气脱下了六双鞋,脱到第七双鞋时扁金被那死者吓了一跳,他竟然在扁金的肚子上踹了一脚,扁金跳起来,他发现那个满脸血污的士兵还是个少年,他的年纪也许还没自己大呢。

扁金后来还看见了一个被打断双腿的士兵，他一路爬行，一路寻找三盏灯，原来他就是小碗的爹，可等他在扁金的帮助下找到三盏灯时，小碗和她妈已死在了船上，三盏灯也早熄了……傻瓜扁金描述的这些个体经验，让我们触目惊心地看到了被以往战争题材小说忽略的一面。它告诉我们，战争无论是正义的还是邪恶的，最后带给人们的都是灾难。

模糊性进而为作品带来了超越性，让我们站到一个更高的境界来审视战争，看待革命，呼唤和平。所以，《三盏灯》是一部全新的革命题材小说，对我们书写鄂豫皖革命老区提供了崭新的经验。

重访鄂豫皖，收获沉甸甸。老区需要重访，革命也需要重访，文学更需要重访。

【于 2019 年】

第三章 暗夜逐光

我为什么爱《红岩》

红颜，字面上泛指红颜色，特指年轻红润的脸色，隐喻美女；红岩，仅从字面上看，指的是红色岩石，但其暗含的空间很大，既让人想到罗广斌和杨益言合著的《红岩》这部经典小说，又让人想到重庆市作家协会主办的大型文学双月刊《红岩》杂志，还让人联想到一种坚强、刚毅、澎湃、昂扬、热烈、慷慨、向上的精神。

爱美之心，人皆有之。按说，我也应该爱红颜的，尤其是美女。作为一个男人，谁不希望有一个红颜知己爱一爱呢？但是，

一个人吹拉弹唱

爱是双向的，属于双方的事情，必须惺惺相惜，心心相印。如果只是一头热，一厢情愿，那这爱便不对称，也不成立，反而还会变成一种尴尬、一种笑料、一种伤痛。另外，正如俗话所说的，好花不常开，好景不长在，言外之意很好懂，即红颜易逝。我的意思是，即便有幸与红颜产生了情感对流，达成了心灵互动，而随着岁月的流淌，一旦花谢景败，这份爱也难免会降温、褪色，甚至凋零。因此，为了自己，也为了别人，我明智地选择了不爱红颜。

然而，人生在世，总得爱点什么。既然因为红颜难爱而不爱红颜，那我就选择爱红岩吧。相对红颜来说，红岩不仅易爱，而且更加可爱。说易爱，是由于对方已经成型、已经定性，不会轻易变色，也不会轻易变质，所以你直管大胆地去想象、去移情、去抛心，想怎么爱就怎么去爱。说更加可爱，是因为对方外延更为宽阔，内涵更为丰饶，从而扩大了爱的选择性。比如我，既爱作为石头的红岩，也爱作为小说的红岩，更爱作为杂志的红岩。

我每次出门旅游，一旦遇到红色的岩石，我都要兴致勃勃地以它为背景拍张照片，留作纪念。在黄冈的东坡赤壁旁，在我老家保康的红岩寺绝壁下，在张掖喀斯特地貌的群山间，都留下过我与红色岩石的合影。那部名叫《红岩》的长篇小说，我至少读了两遍以上，江姐、许云峰、小萝卜头，包括蒲志高在内的一系列栩栩如生的人物形象，一直跳跃在我脑子里，挥之不去，经久不衰。在我家书房里，关于这部小说的版本也有好几种，开本不一，封面各异，成为我的珍贵收藏。对于《红岩》文学杂志，我更是一往情深。早在二十世纪末，《红岩》杂志就发过我的小说《三个人》。令我感动的是，我那篇小说是编

第三章 暗夜逐光

辑从自由来稿中选出来的。当时，我大学毕业不久，刚刚开始学写小说，所以记忆特别深。从那时候起，我和《红岩》杂志便建立起了纯粹而亲密的关系。这种美好的关系一直延续至今。在世纪之交那几年，由于人事变动，新老交替，我曾一度跟杂志失去了联络。可时间不长，我便意外地接到了青年编辑吴佳骏先生的约稿电话。在我的印象中，佳骏是一位优秀的晚生代散文家，没想到还是《红岩》编辑。他的约稿电话让我倍感亲切，随后不久我便给了他一篇小说。与佳骏认识之后，我和《红岩》的关系就变得更加亲密了，同时也更加纯粹。

几十年来，我每隔两年都会很认真地给《红岩》写篇小说，如《电话亭》《打捞记》《最后一次卖糖》《老师的生日庆典》，还有《自首》和《过阴》，都是在《红岩》上发表的。更让我高兴和感激的是，《红岩》从来没有退过我的稿。若问原因，我想可能有二，一是作者尊敬、爱戴编者，不会把劣质稿件给杂志；二是编者尊重、信任作者，愿意给作者留下更多的探索空间。据我所知，《红岩》也适当而精心地组织过一些文学笔会。十分荣幸，我还应邀前往重庆参加过一次，并在那次笔会上第一次见到了我神交已久的王祥夫老师和朱日亮老师。在我心目中，两位都是短篇小说大家。王祥夫老师的《上边》和朱日亮老师的《走夜的女人》，在我看来都是中国当代短篇小说的经典之作。可是，在参加《红岩》笔会之前，我一直无缘与二位老师谋面。衷心感谢《红岩》杂志搭建这座彩桥，让我和他们得以相见。那次虽属初见，我们却一见如故。两位老师之前也看过我的短篇小说，都对我给予了充分肯定，并赞美有加。那几天，我们朝夕相处，相谈甚欢，谈个人经历，谈地方风情，谈小说创作，没拘没束，无所不谈，促膝击掌，其乐融融。

在那次笔会上，我还见到了著名作家海男、叶舟、王松、罗伟章等师友。听海男现场即兴作诗，看叶舟故意把帽子反过来戴着，听王松朗诵天津方言小品，看罗伟章用玉石烟嘴儿吸烟，都让我开心不已，感叹唏嘘。那次笔会，欢声不断，笑语连连，我至今记忆犹新，真可谓一次相聚，半生相忆。

当然，我之所以如此热爱《红岩》杂志，绝不仅仅只是因为它发过我的作品，邀请我参加过笔会，其实还有更为深层的原因。原因之一是，它坚定不移，持之以恒，从不左摇右摆，更不见风使舵；原因之二是，它沉寂安静，闷声前行，从不蹭热起哄，更不投机钻营；原因之三是，它兼容并包，五湖四海，从不拉帮扯派，更不换手抓背。

从我最初见到《红岩》杂志至今，主编换了一任又一任，编辑换了一茬又一茬，但它一直都是大型文学双月刊，宗旨未曾变过，刊期未曾变过，开本未曾变过，甚至连栏目都很少变动，如《中国叙事》《中国文存》《中国诗集》这几个主打栏目，多年来始终不变，雷打不动。在我看来，《红岩》杂志的这种坚持、这种镇定、这种泰然，也是不忘初心、牢记使命的表现，即不忘文学为人民服务的初心，牢记文学为人民服务的使命。而有些杂志，为了迎合市场或官场，却不停地变来变去，变宗旨，变刊期，变开本，栏目更是随机应变，随心所欲，想设就设，想砍就砍，视文学为儿戏，拿文学当玩意。正是因为存在着这些比较，所以我对《红岩》杂志越发敬佩，越发喜爱。

文学本来是寂寞的事业。寂寥、落寞应该是作家的常态。它要求作家甘于寂寞，甚至甘于孤独。有人比喻说，作家只有坐得住冷板凳，才有可能写出好作品。然而在当下，许多作家都耐不住寂寞了，纷纷

第三章 暗夜逐光

打着深入生活的幌子，走向山水，走向田园，走向广场，成了著名的文学采风家。我认为，这种现象的出现，多多少少受到了某些文学杂志的影响。有些文学杂志，急功近利，不甘寂寞，经常拉一帮作家开展各种名目的文学采风活动，打着旗子，扯着标语，喊着口号，四处游山玩水，骗吃骗喝。在我的印象里，《红岩》杂志似乎不太热衷于这类形式主义的活动，即使组织笔会，也是紧扣文学，让作家们安静地坐下来，交流文坛信息，分享创作经验，深入地探讨文学本身。当然，《红岩》杂志也提倡并鼓励作家进车间，下乡村，接地气，察民情，从而创作出无愧于时代和人民的精品力作。但是，《红岩》杂志强调真诚，强调务实，反对作秀，反对表演。因为，作秀和表演是无论如何创作不出精品力作的。

近几年来，我明显感觉到，文坛越来越同仁化、圈子化、团伙化，抱团取暖和捆绑上市的态势日益严重。尤其是某些文学杂志，发来发去总是那么几个人的作品，而且杂志之间存在着资源交换的嫌疑。然而，难能可贵的是，《红岩》杂志却没有出现这种情形。我曾无意中注意到《红岩》杂志的作者构成，发现他们并没有固定的作者队伍。在杂志上发表作品的人，既有当红的一线中青年作家，也有即将谢幕和基本谢幕的老一辈作家；既有传统的现实主义作家，也有先锋的现代主义作家；既有关注庙堂之高的主流化作家，也有关心江湖之远的边缘化作家，作者队伍的构成颇有那么一点五湖四海的味道。与此相应，《红岩》杂志所发表的作品，也呈现出风格的多样性和审美的多元性，无论是老派的还是新潮的，无论是写实的还是象征的，无论是赞颂的还是反思的，只要写得好，都可以发表，真正体现了百花齐放和百家争鸣，从而充分显示文学艺术的包容性。正因为如此，《红岩》杂志受到了广大作家的欢迎和钟爱。

可以说，坚定、安静、包容，业已成为《红岩》杂志的三个显著特征。这三个特征的形成，毫无疑问与发源于重庆的红岩精神有着密不可分的关系。我想，只要红岩精神不垮，《红岩》杂志便会越办越好，愈发可爱。

【于 2018 年】

第四章 滥竽充数

第四章

第四章　滥竽充数

《家族文化的复兴与重构》序

廖栋雯博士毕业之后，将她的学位论文数易其稿，再三斟酌，反复打磨，现在终于要公开出版了。作为她读博士期间的指导老师，我也深感欣慰。

付梓在即，她希望我在她的著作前面写一篇序言。于情于理，我都应该满口答应，并迅速成文。然而，我接受这个任务之后，心里却十分纠结，曾经还想婉言推卸。原因是，她的这篇题为《家族文化的复兴与重构》的论文与我所属的家族有着密切的关系。面对这样一部长达二十万言的著作，我不知道如何才能给予客观而公正的评价，既担心低估了论文的研究价值，又害怕高抬了我们家族的文化建设。但是，出于言而有信，我还是决定写一点文字，一方面对栋雯的大作出版表示衷心祝贺，一方面谈谈我对她的一些印象。

栋雯看上去是一个弱女子，其实内心是十分强大的，暗藏着一种不易觉察的恒心与毅力。她来自贵州的一所师范大学，读博之前任职于学校组织部，应该说有着令人羡慕的仕途前景。为了读我的博士，她连续考了好几年。其实，她每年考得都不错，成绩总在前几名，年年都进入了复试环节。可是，由于种种原因，她没能被录取。其中一个重要原因是，我怀疑她考博并非单纯为了学术，而是为自己日后的提拔积累资本。没想到，她却那么坚定，那么执着，那么顽强，一年不取考两年，两年不取考三年，而且考试成绩一年比一年好。最后，我居然被她感动了，在名额极为有限的情况下录取了她。

让我始料不及的是，栋雯读完博士回到原单位之后，很快向学校提交了转岗申请，毫不犹豫地从一位行政干部转成了一名专业教师。直到这时，我才完全相信她当初读博动机的纯粹性。与此同时，我也对她多了一份欣赏。在人们对官场和权力趋之若鹜的当下，栋雯却反常逆行，转向学术研究，实属与众不同。在我的印象中，不少年轻人都盼望从政，读硕读博只不过是他们的跳板。这些人从骨子里是看不起学术的，当然也不懂学术。从这个角度来说，栋雯的选择显得更加难能可贵。

来到华中师范大学读博后，我对栋雯的家庭背景有了更多的了解。要说，她的生活环境是比较好的，用优越这个词来形容一点也不为过。她的先生是贵州一家银行的负责人，对她宠爱有加。她年纪轻轻就有

第四章 滥竽充数

了一个聪明可爱的儿子，由她母亲专门照管。如果仅从生活的角度来讲，她可以说衣食无忧，岁月静好。许多平常的女性，一生追求的不就是这种生活吗？可是，看似平常的栋雯却隐藏着另一种向往。她不满足于一般女性的世俗生活，而要选择奋斗和吃苦去追求人生的更高理想和更大意义。

栋雯在读硕士研究生的时候学的是语言学，还公开出版过一本名为《趣数汉语万能动词》的小册子。虽然语言和文学同属一个学科，二者相互交融，彼此缠绕，密不可分，但在重点和方向上分属两个完全不同的研究领域。倘若选择轻车熟路的话，栋雯完全可以去攻读语言学方向的博士。但她一开始就选择了中国民间文学。面试时问其原因，她做了三点回答，一是从小喜欢中国民间故事；二是补上自己的文学短板；三是探寻民间文学与民间文化之间的关系，从而让离读者越来越远的当代文学重返民间，回归人民大众。从以上的回答中可以看出，她选择中国民间文学作为自己的博士研究方向，是经过了深思熟虑的。

显然，栋雯选择中国民间文学专业也为自己的读博之路设置了难度。借用一句俗不可耐的话说就是，理想是丰满的，而现实往往是骨感的。不过，她事先便做好了迎难而上的准备。入校的第一年，因为要获得必需的专业学分，还要完成必修的政治课和外语课，听说她只在春节期间回了一趟贵州，其他时间几乎全都待在学校里。除了上课，还要撰写各门课程论文，同时还要恶补硕士阶段的文学缺口。那一年，她远离家人，默默苦读。听她的室友讲，在某些夜深人静的时候，她也会忍不住拿出乳臭未干的儿子的照片来看上一会儿，不禁以泪洗面。值得高兴的是，她的时间没有白花，心血没有白费，一年下来，各门功课都取得了优异的成绩。

  所有学分拿到以后，栋雯在时间上虽然有了更多的自主权，但最艰巨的任务却摆在了面前，那就是按时完成博士学位论文。可以说，这是每一个博士生在读博之路上最难的一关。据我所知，不少博士生就是在这一关上被卡住了，导致前功尽弃，遗憾终生。作为栋雯的导师，我也曾为她的博士论文而提心吊胆。为了减轻她在论文写作上的负担与压力，我还帮她策划了一个选题，建议她研究中国当代小说中的民间语言。这个选题既扣住了中国民间文学方向，又能发挥她在硕士阶段的研究优势。栋雯一开始是同意这个选题的，并且还拟出了详细的写作提纲。

  后来出乎意外的是，在一个偶然的机会，她参加了一次我们家族的清明大会，突然对家族文化建设产生了极大兴趣，并迅速将家族文化与民间文学挂上了钩。随即，栋雯便找到我，要求改换博士论文选题。当时，我感到十分为难，虽然认同她的想法，心里却顾虑重重。我曾试图劝她放弃，但她却固执己见。无可奈何，我只好依了她。

  关于这部论文本身，我实在不想多说什么。好在，栋雯论文完成之后，按规定研究生院要送外盲审，盲审顺利通过，随后又顺利通过了博士学位论文答辩。现在，这部论文又将以专著的形式公开出版，它的价值便不言而喻了。

【于2023年】

第四章 滥竽充数

《畲族史诗〈开路经〉叙事形态研究》序

欣闻星虎教授的博士论文入选《中国社会科学博士论文文库》,我为他在学术道路上的收获感到骄傲与自豪。星虎是我2016级带的博士研究生,为人诚实,谦逊好学,学术基础扎实,入学前有许多前期研究成果。2014年他的《畲族(东家人)史诗》就被列入国家社科基金特别委托项目《中国史诗百部工程》子课题,历经三年多的搜集整理,顺利完成史诗文本的翻译、整理与音像制作。2017年又进一步申报《畲族史诗〈开路经〉研究》,有幸获得国家社科基金西部项目。经过三四年的田野作业和深入研究，2020年10月完成该课题，取得良好等次。博士论文吸取了这些研究成果，在此基础上进一步修改而成。

近年来，南方史诗开始了前所未有的搜集、整理、翻译和研究热潮，如彝族的《支格阿鲁》《勒俄特依》，纳西族的《创世纪》，白族的《创世纪》，哈尼族的《十二奴局》《奥色密色》，拉祜族的《古根》《牡帕密帕》，景颇族的《勒包斋娃》，普米族的《帕米查哩》，苗族的《苗族古歌》，壮族的《布洛陀》，布依族的《麽经》，等等。它们共同构筑成璀璨的南方创世史诗群。

史诗是国家非物质文化遗产保护与传承较为重视的板块。21世纪初，贵州麻山苗族的长篇史诗《亚鲁王》被搜集整理出来后，证明南方也有英雄史诗。中国社会科学院朝戈金等学者以此契机进一步完善史诗范畴，并提出了"复合型"史诗的概念，中国史诗的分类得到了学界普遍的认同，史诗百部工程以文本翻译、史诗演述全程摄制、民俗场景制作等系列工作为主，对抢救我国非物质文化遗产做出了巨大的贡献。

畲族（东家人）史诗就是在这一史诗百部工程中得以搜集整理的。贵州省的畲族，自称"阿孟"或"嘎梦"，苗族称其为"嘎斗"，汉族称其为"东家"。主要集中分布在贵州省麻江县、凯里市、都匀市、福泉市，人口约五万。畲族（东家人）史诗《开路经》，阿孟语称"讲给孟"，意思是给阿孟东家人开路、指路、引路，它是贵州畲族世代口传的长篇史诗，综合反映畲族的历史、天文、地理、文化等信息，被誉为本民族的文化百科全书。演述经文的全程，由主师组织，徒弟跟从，参与人数取奇数，一般为七名男子，俗称"七爸七爷"。主师

第四章　滥竽充数

手持大长刀，随从分别执长矛、握杆鸟枪、背弓箭、别柴刀、拿雨伞、提网兜，网兜里面装饭盒及死者的贴身汗衣。桌案上摆一升谷子，盖以七把龙穗谷、花穗谷，并需一只公鸡作引路。纵观本书，我以为有三点值得关注。

其一，该书拓宽南方史诗的研究视野，尤其是补充了西部苗语支史诗的文化史料。历来南方史诗体例较为庞杂，《开路经》是继《亚鲁王》之后新发现的西部苗语支史诗，同是自称"孟[mog^{33}]"的西部苗族文化遗产。西部苗族由于居住分散，语言分支较多，虽然新中国成立以来陆续搜集整理了大大小小的民间诗歌，但到二十世纪九十年代以来才得到深入发掘，如《亚鲁王》就很晚才横空出世。这些西部苗语支民间史诗，形成一个广阔的民族文化圈，这些区域内的民族都以"孟"为自称，包括贵阳市花溪高坡自称"某[mon^{44}]"、贵定县云雾山自称"莫[mo^{13}]"、安顺市自称"蒙[mog^{35}]"、惠水县打引自称"们[mog^{33}]"、黄平县重安江自称"戈莫[gu^{35}mo^{11}]，福泉市罗泊河自称"朦[mjo^{31}]"，等等，该地区史诗内容与贵州大地上的许多民族相似，但也有其独特的文化价值与艺术特点。《开路经》主要流传于黔东南苗族侗族自治州的麻江县聚居区，该文化区域内的畲族东家人在语言上属西部苗语惠水次方言，经文与民间丧葬仪式的每一个步骤紧密相连，讲述祖先开天辟地、创造万物、迁徙繁衍的历史，最后为亡灵指路归宗。其中史诗创世与迁徙的文化英雄往往成为本民族崇拜的对象，亡魂须经过英雄祖先的教导与引领，方能继承遗志，壮大族群。纵观南方诸多创世史诗，都叙述到人类始祖生下一个肉团，分割成若干块，后变成操持不同语言的各个民族，这表明各地单一民族有强烈的共同体意识，他们自古以来认为本民族与其他民族同根同源，亲为一家。同为南方民族，畲族史诗的研究将拓宽南方苗瑶畲等民族民间叙事传统研究的视野，填补畲族东家人文献研究缺憾，成为南方史诗研究中又一个典型案例，为中国史诗口头传统研究的文艺理论提供文献参考。

其二，作者独特的民族身份与语言基础是研究不可多得优势。畲族东家人史诗的研究目前没有学者进行全面而深入的搜集、整理、翻译与研究，作者王星虎祖父是本民族史诗传承人，他从小在民族语境中长大，谙熟民族语言，幼时与祖父一起学唱史诗，熟悉本民族生活习俗，在翻译和研究上有较大的优势，对语言的深层意义、艺术旨向等方面能应对自如。加上有长期的史诗文本搜集和整理基础，田野作业扎实。可贵的是作者在华中师范大学攻读中国民间文学博士专业期间，系统深入地学习民间文艺学理论，能运用前沿理论对本民族史诗宏观把握与细致分析。在理论指导与实践经验基础上，作者对《开路经》的艺术规律有独特的感受，发现同一史诗同一歌师在每次演述中呈现出不同的内容，对于如此冗长而繁复的史诗，歌师在传承与实践中掌握了相对固定的口头程式，能随主题场景的变化，运用传统的词句程式和演述范式，灵活把握其中的可变项与不可变项，在特定民俗场景内顺畅地完成长篇诗歌的演述，这需要对史诗语言、情节与结构有相当熟练的把握方能完成。

其三，本书对史诗内部的叙事形态探讨较为深入。民间文学的叙事话语结构，从以往注重社会意义的传统，转向注重叙事文本及其叙事结构的分析。作者从史诗《开路经》的具体文本入手，对史诗的故事形态进行系统的研究，就史诗主题、结构、情节、母题、语言等做了详细考察。灵活运用口头程式理论和表演理论，考察史诗演述活动的语境、异文、传播、传承、展演等外部因素，同时对片语、主题、

第四章　滥竽充数

范式、演述技巧、语调动作等作细微的分析。这种研究路径，为寻找复归文本背后的史诗传统的田野技术路线，提供了表演理论新的研究范例，为我们展示了西南民族的仪式化叙事语境。同时田野调研的演述场域中，把史诗表演与仪式过程中的民俗结合起来，考察民俗事象与社会、历史、文化之间的互动关系。这种研究路径给我们一种新的视角观照，即在当下现实生活中，史诗仍以口头活性形态在民俗活动中演述，关注口头传统在特定语境中的动态形成过程显得相当重要，这对当下非物质文化遗产的保护与传承也是新的研究起点。

诚然，史诗研究视角多样，本书还有许多待研究的主题和新的突破，如文化母题、文化事象、思想意义等还需进一步深入探索，宏观研究与比较研究还需加强。同时，除了苗语史诗的观照之外，还应把南方史诗中相类似的文化现象和史诗文本做分类比较，对一些故事亚型、文本的变异原因、审美价值取向进行探索，提炼出南方史诗叙事的独特性和普遍规律。

习近平总书记2019年9月27日在全国民族团结进步表彰大会上的重要讲话中指出："一部中国史，就是一部各民族交融汇聚成多元一体中华民族的历史。"中国史诗在讲述民族历史时，都提到本民族和周边民族不断通过迁徙、通婚、聚合、互市等不同的方式进行交往交流和交融，在政治、经济与文化的互相交流、互相吸收中不断得到进步。我们相信，史诗的搜集、整理与研究，将会不断增添丰富的民族史料，加强各民族之间的交往交流交融，促进中华民族的共同进步和发展，进一步铸牢中华民族共同体意识。

【于2022年】

一个人吹拉弹唱

《陈氏家谱》序

陈家林先生嘱我为他牵头编写的《陈氏家谱》作序，我深感惶恐。因为我对家谱文化缺乏系统而深入的研究，既害怕瞎写一气出自己的洋相，更害怕有损于陈氏家族的响亮声誉。但是，陈先生如此信任我，我又不好意思推辞，只好硬着头皮，勉为其难了。

通读了这本沉甸甸的《陈氏家谱》，我觉得体例完备，内容丰富，看得出编写组付出了宝贵的心血和艰辛的汗水。这是保康马桥陈氏家族可喜可贺的一件大事，也

第四章　滥竽充数

是这一代陈氏掌门人为福泽子孙而建立的一桩伟绩。能够有幸为这样一本文献典籍作序，也算是陈先生给了我一个难得的机会，得以用这样一种特殊的方式向修谱者表示本人由衷的敬意。

今年九月，我偶然看到一则新闻。有位名叫赖赖的女孩，其先祖于康熙年间迁往台湾。为了帮助父亲寻根问祖，她在社交媒体上发布消息，经广大网友和赖氏宗亲的热心帮助，通过其父提供的清代地址，在福建漳州市一个村庄顺利地找到了自己的祖先，断了三百多年的线，通过族谱与地方史志，终于连接起来。看到这则消息，我不禁感慨万千。时隔三百多年，台湾同胞还念念不忘自己的故土，历经几代一直在坚持寻找祖籍，寻根意念并未因时间和局势的变化而改变。这正是修撰族谱的价值所在。《陈氏家谱》显然也具有这样重要的价值。

随着交通的发达，经济的繁荣，政治的进步，我们华夏儿女比祖先们迁徙的概率更为频繁，或读书工作于异地，或打工经商在他乡，走出故土，走向境外，甚至漂洋过海，生命的根须正在朝着世界的各个角落延伸。他们好像蒲公英的花絮，飘飞到哪里，就在哪里安家落户，生根发芽，开花结果。但是，不管人们走到哪里，每到春节与清明节，我们都会看到，这些分布各地的人，哪怕远隔千山万水，都会千方百计地赶回故乡。这里面，不仅有我们的亲情挂念，还有我们对精神家园的依恋。我们寻根问祖，有时候不止在于尽孝和祈福，更多则在于明白我们自身。我是谁？我从哪儿来？我将要到哪里去？一个人，只有知道了自己的来龙去脉，才算找到了生命的依托。

一个家族有自己的族谱，就像一个国家有本国史志。族谱属于中国特有的文化传承系统，向来被视为地方史的补充。一个国家没有历史，那么对于国家的思想、信仰和治理等，就难以为继。没有历史，国家兴衰成败看不清，就达不到惩前毖后，继往开来的目的。同理，如果家族没有族谱，将会出现亲疏不分、远近不辨、根浅无助、少脉寡情的乱象，更不利于族人之间的彼此关怀、相互支撑和共同发展。

我们习惯于为先人树碑立传。树碑立传固然重要，但与修撰族谱比起来，意义却小得多。因为，碑传只是针对某一个人，而族谱却是面向一个家族。通过碑传，我们只能知道某一个人的生平事迹，而通过族谱，我们则能够掌握这个家族的历史全貌，包括它的血脉赓续、人事代谢、物质兴衰和精神沉浮。毫不夸张地说，一个家族有了自家的族谱，便具有了这个家族的百科全书，或者叫家族史诗。我们千万不可小看这部族谱，因为它能有效增强族人的文化认同，从而增强族胞的凝聚力、责任心和使命感，进而为这个家族的繁荣、富强和长治久安而凝心聚力，献计出策，添砖加瓦。

一般来说，族谱中都有一个重要内容，便是记录族中贤达人士的优秀品质和先进故事。这个部分看似点缀，实则意义非凡。在我看来，族谱实际上是一部关于家族文化的简史，而这些有关族中贤达的记录，便是家族文化的主要载体。可以说，一条源远流长的家族文化之河正是由一个又一个家族贤达的言行汇聚而成的。对族人来说，贤达们的优秀品质和先进故事具有一种文化引领的作用，能够潜移默化地对族人们进行一种家族文化的熏陶与教育。原因很简单，借用一句套话来说，即榜样的力量是无穷的。

在《陈氏族谱》中，我发现了不少这方面的记载。如陈氏历代祖训、族规、家训、家法、家风，尤其在一些重要的章节中，还记录了许多教育史料，如陈氏仕宦录、科甲记、教育志、传记，以及宗族子弟的教育，包括私塾、科举、劝学措施、教育方法等，这些都是家族

第四章 滥竽充数

文化的珍贵财富，值得我们充分肯定，认真研究。如《陈氏家谱》中载，"书屋"与"书堂"统称为"陈氏书堂"。因施教程度不同，"书屋"是基础教育、教化童蒙；"书堂"相当于现在的初高中教育或近于大学教育，为应举出仕培养人才。《陈氏家法》又说，"子孙于蒙养时，先当择师，稍长，令从名师习圣贤书，教给礼义。不可读杂字及学习滑词讼之事，以乖行谊心术；亦不可学诬罔淫邪之说。如果资性刚敏，明物清醇者，严数举业，期正道以取青紫。若中人以上，亦教之知理明义，使其去其凶狠骄惰之习，以承家教。又当教之以忠厚而简朴，因之庶免习为经浮以入败类"。这是义门陈氏办教育的基本思想，至今仍有参考价值。

联想到现在，在许多农村，春节一过，成年人纷纷都外出务工了，把孩子扔给老人。可老人管不了孩子，又不懂教育，孩子于是就荒废了。我们辛辛苦苦在外挣钱，到底为了什么呢？诚然，有一些人，的确在为家庭奋斗打拼，为自己出人头地，为家族增光添彩。可是，更多的人在外混了几年后却忘了初心，虽然身上有钱了，温饱解决了，情感却淡漠了，责任却忘记了，对孩子的教育更是抛到了脑后。这样一来，这个家庭便不可避免地开始走下坡路，结果导致家庭衰败。原因何在？就在于忽视了家族文化的传承。从这个角度来讲，家族文化关系到一个家庭乃至整个家族的枯荣与兴衰。如此看来，族谱实际上是一个家族的精神资源、思想资源、教育资源，可以统称文化财富。

在许多族谱中，修谱者还特地记录这个家族在漫长的发展历程中所积累的经验和教训。这些同样属于家族的文化财富。无论是先人的成功经验，还是前辈的失败教训，对于后人晚辈来讲都异常宝贵。成功的经验，可供我们学习、借鉴、仿效，便于选择捷径；失败的教训，可供我们汲取、反思、警惕，避免走弯路。在《陈氏族谱》中，我看到了不少这方面的内容。比如，书中详细记载了陈氏先祖从外地迁徙到保康马桥土墙院的艰苦历程，他们披荆斩棘，开荒种地，筚路蓝缕，千辛万苦，繁衍生息，坚忍不拔，为后人奠定了家园，为家族创建了基业。修谱者将先祖们的丰功伟绩记入族谱之中，显然是希望用他们自强不息的精神激励后人、鼓舞后人、鞭策后人，让家族儿女世世代代不忘初心，牢记使命，顽强拼搏，奋发有为，为家族的昌盛和国家的振兴而贡献自己的力量。

面对《陈氏家谱》这部厚重的初稿，我情不自禁地想到了修谱人的奉献精神和牺牲精神。他们主动承担起修谱这项头绪纷繁而又吃亏不讨好的工程，不仅要操心，要费力，还要耗资。那么，他们为什么还要这样做呢？我想，只能从三个方面去解释。一是情怀，即对家族的热爱，包括根脉认同，血缘关怀和亲情诉求；二是责任，即对家族的义务，包括族人联络，族群活动和家族宣传；三是担当，即对家族的贡献，包括观念引导，时间投入和经济支撑。毫无疑问，每个家族中负责编撰族谱的人，基本上都是有情怀、有责任、有担当的人。

比如马桥土墙院阳坡的陈家林先生和他的孩子，便是有情怀、有责任、有担当的优秀代表。陈家林先生一九七三年从保康师范学校毕业后，先后在马桥几所中小学任教，不久调任金斗乡教管会主任，并选为襄阳市第十一届人大代表，后来又升为保康二中书记，最后调入保康一中工作。他从十六岁参加工作至退休，从事教育事业四十四年，兢兢业业，任劳任怨，德高望重，有口皆碑。退休之后，他主动肩负起了马桥《陈氏家谱》主编的重担，尽心尽力，细致周到，吃苦耐劳，不计名利，受到族人一致好评。他的儿子陈晓在父亲教育与影响下，

第四章　滥竽充数

一九九八年参加教育工作，先后在县职业高中、县教育局、县人民政府办公室工作。为了实现更大的理想和抱负，他不畏风险，勇于进取，毅然离岗创业，先后创办了峰厚矿贸公司、峰泰运输公司、紫晓庄园农家乐酒店，并收购和承包了九里川部分矿山企业，事业有成，资产达到数千万元，不仅富裕了自己，同时还带动了当地百姓共同致富。在这次修谱中，他慷慨捐资，不图回报。我在这里特别提到陈氏父子，除了向他们表示敬佩之外，还想借此表达一个观点，即，家族中的代表性人物，或者叫贤达人士，或者叫杰出人才，或者叫优秀分子，他们在这个家族中具有不可低估的价值和不可替代的力量。

在拜读《陈氏家谱》初稿的时候，我还欣喜地看到，修谱者在编撰过程中，特别注意到了家族中女性的存在与地位。修谱实际上是中华民族的一个传统。任何传统都有优秀和不良之分。由于长期受到封建文化的浸淫与禁锢，人们在继承修谱这一文化传统时，难免会留下一些封建的残渣和余毒，尤其是在对待女性的态度上。由于男尊女卑这一封建思想的根深蒂固，大多数族谱中都会出现重男轻女的现象。然而，陈家林先生主编的《陈氏家谱》却与时俱进，一反常规，清清楚楚、明明白白、大大方方地写进了女性，包括她们的姓名、年龄、身份，还有她们的事迹。如陈国英、王天英、陈家苹、宦忠群等女性的相关信息全都赫然出现在族谱之中，表明了修谱者对女性地位的肯定，对女性身份的尊重，让我们真切感受到了男女平等和男女平权。

总之，《陈氏家谱》编纂相当成功，必将成为陈氏族人代代相传的一部宝典。我同时希望，这本族谱能够像一团火，将陈氏后人紧紧地召唤到一起，给他们光芒，给他们温暖，给他们力量，给他们方向，给他们美好的未来。

【于2022年】

一个人吹拉弹唱

《湖乡风云》序

　　陈绪保的长篇小说《湖乡风云》即将出版。这是鄂州新时代在革命历史题材创作方面的重大收获，可喜可贺。

　　1938年6月，日本侵略者发起武汉会战。这场战役，地域广、时间长、规模大，打破了侵略者速战速决解决中国战场的梦想，打出了战略相持，表现了中国军民同仇敌忾，视死如归的英雄气概和同侵略者血战到底的决心！小说《湖乡风云》立足于这个背景，向我们讲述了中国共产党领导的梁子湖抗日游击队在东到大冶，西至

第四章　滥竽充数

江夏，南达咸宁，北抵长江的广大鄂南地区不畏强敌，不惧牺牲，百折不挠，英勇抗击侵略者的故事。

日军占领武汉后，梁子湖地区日、伪、匪、顽，各种势力盘根错节，犬牙交错。梁子湖抗日游击队，在共产党员李汉章的带领下，利用河港水网密布，丘陵岗地连绵的地形特点，与敌人浴血奋战。他们炸碉堡，破袭交通线，伏击扫荡日军，牵制了敌人的有生力量，有力配合了正面战场。

小说主题鲜明，故事情节跌宕起伏，大故事里套小故事，这种套娃式的结构颇有《天方夜谭》的叙述意味。日军血洗梁子岛后，梁子岛渔民护渔队，变成复仇队。共产党员李汉章来到复仇队后，将这支自发组成的渔民武装改变成一支共产党领导的游击队。他们的力量不断发展壮大，他们驱敌于千里之外的英雄豪气让敌人闻风丧胆。这是大故事。围绕着大故事，游击队与匪顽，顽军与土匪，匪顽与日军，小说演绎出了若干小故事。这些故事，生动曲折，可读性强，充满艺术感染力。

小说塑造了李汉章、王江涛、陈琼芳、陈星魁、刘云妮、陈洪勇、冯丹等众多个性鲜明的人物形象。共产党员李汉章意志坚强，稳重沉着。王江涛是船民的儿子，他果敢坚毅，爱憎分明，英勇善战。陈琼芳是进步青年，在李汉章的影响下，成长为一名坚强的抗日战士。陈洪勇重情重义，轻名淡利，在敌寇面前刚直不阿，从容赴死……这些人物，虽然出身不同，虽然各有各的性格特点，但都留下了梁子湖人忠厚善良，侠肝义胆，疾恶如仇的印记，强化了艺术的真实性。于群像之中塑造共性，于个体之中表现独特的这一个，这是这部小说鲜明的艺术特征之一。

小说鲜明的艺术特征之二，是融进了地域文化的书写。地域文化分为风物文化、风情文化、风俗文化。这些文化元素的渗入，无疑会扩大小说的内容含量，突出地域特点，揭示人物共性性格的成因和对人物个性性格的影响。地域文化的书写必须写出地方史、风俗志的效果，必须与人物勾连，贯穿在人物活动中，才能收到水乳交融的效果。小说在这方面做了有益的尝试。例如，小说对开湖节的描写就收到了很好的效果。开湖节是梁子湖渔民在长期的渔业生产实践中，合理利用资源的自我约束仪式。这个仪式向渔民灌输了一种善待自然也就是善待自己的思想。这种思想使梁子岛的渔民遇事能够换位思考，它表现出来的是一种善的性格共性。同时，整个禁湖、开湖的过程，也让渔民学会遵守规矩，这同样是可以影响到共性性格的形成的。

这部小说在初稿完成之后，作者先后征求了一些党史专家、作家和评论家的意见，然后进行了多次修改，使作品不断得到完善。但是，因为史料纷繁，头绪杂糅，人物众多，小说仍有进一步凝练的空间。不过瑕不掩瑜，《湖乡风云》仍然称得上是一部优秀的长篇小说。

【于2022年】

第四章　滥竽充数

《桂子山语丝》序

　　范军教授当过学报主编，轮岗之前还在出版社担任过多年社长。在我们桂子山上，他是大名鼎鼎的人物。更让人咂舌的是，他的著述甚丰，不说著作等身吧，也是著作等腰了。我作为他的同事，说来还是他的师兄，但一直都是踮脚仰视他的。我说这话的意思是，我根本没有资格为范先生的这部新书作序。

　　据我所知，《桂子山语丝》应该是范先生的第一部杂文集。他之所以要我为之作序，可能与集子中的那篇《由"佛钻"

引起的联想》有关。大概是我业余写点小说的缘故吧，范先生每当写了随笔杂感之类的文章，一般都会通过微信分享予我。去年初春，我收到他的新作《由"佛钻"引起的联想》，一气读罢，深感痛快。此作借古讽今，抨击时弊，却用语含蓄，行文婉转，不细读，不深究，很难发现绵里藏针，糖中埋弹，实在是一篇难得的杂文极品。当时，我正担任《文学教育》杂志的首席顾问，有着一定的发稿权。征得范先生同意后，我马上在显著位置将这篇文章发表出来了。颇有意思的是，在文末介绍作者时，我第一次给范先生戴上了一顶杂文家的帽子。我想，也许正是由于这顶帽子吧，范先生给了我作序这个机会。

说到《由"佛钻"引起的联想》这篇文章，还有一个不得不提的插曲。花城出版社每年都要出一套作品年选，被文坛誉为权威选本。每种文体选编一册，可谓优中选优，万里挑一。出人意料的是，范先生的这篇文章居然被内行选家一眼看中，收入了众目睽睽的《2019中国杂文年选》。这个插曲足以说明，我当初给范先生戴上杂文家这顶帽子，压根儿没有玩笑之意，更不是巴结之举，只能说明我的眼光不错，对作家和作品的判断有那么一点前瞻性。如今，范先生在杂文界已是名声颇响的杂文家了。

收进《桂子山语丝》这本集子的文章，都可以称为广义的杂文。其实，范先生自己也是把这本书当作杂文看待的，否则不会冠以语丝之名。众所周知，中国现代文学史上曾经出现过一个著名的文学社团，叫语丝社，因编辑出版《语丝》周刊而得名，进而还形成了一个影响深远的文学流派，即语丝派。《语丝》实际上是一本专门发表杂文的刊物，所发作品基本上都是针砭现实乱象的，笔锋直指矛盾和荒谬的事物，从而加以怀疑、揶揄和嘲笑，语言辛辣，撒豆如兵，字字像匕首，

第四章 滥竽充数

句句如投枪。为《语丝》撰稿的，有鲁迅、周作人、刘半农、林语堂、钱玄同、孙伏园、俞平伯、杨骚等作家，个个大名鼎鼎吓死人。再看范先生这部集子中的文章，差不多也都是关注、审视、反思现实问题的，主要集中于高等教育，涉及办学思想、教学理念、管理机制、培养模式、师资建设、评价体系、校园规划等方方面面。在材料剪辑和语言表达上，范先生也是无比潇洒的，自由驰骋，不拘格套，古今穿越，中外贯通，上下勾连，纵横交错，前后呼应，左右逢源，视野宽广，意境高远，狡黠机智，幽默俏皮，奇思如泉，妙笔似花。无论从内容上说，还是从形式上讲，这些文章显然承续了语丝传统，张扬了语丝精神，属于名副其实而血统正宗的杂文。

不过，范先生首先是一位学者，学者是他的主打身份。作为学者的范先生，在从事杂文写作之前，已经做了几十年的学术研究，训练有素，百炼成钢；写了上百万字的学术论著，硕果累累，卓有建树。因为有这样一个背景，他写的杂文与那些纯粹作家的杂文相比，就显得十分不同，别具一格。如果我们把出自作家之手的杂文称为作家杂文的话，那么，范先生的杂文就应该叫作学者杂文。从这个意义上来看，范先生可以说开创了学者杂文之先河。说到这里，我不禁又想给他戴一顶帽子，即学者杂文第一家。与过去司空见惯、习以为常、业已定型的作家杂文比较起来，我们不难发现，范先生的学者杂文有着鲜明的学理性特征。在我看来，学理性正是学者杂文和作家杂文的本质区别，也是学者杂文独特的价值和魅力所在。

通读《桂子山语丝》这本集子中的文章，我发现，范先生杂文的学理性主要体现在三个方面，一是重史料，二是重思辨，三是重时势。我们首先从史料的角度来看。作家杂文虽然也运用史料，但只是偶尔

一个人吹拉弹唱

的引经据典，撷纲摘要，且多为只言片语，一鳞半爪，掐头去尾，取义断章，草蛇灰线，语焉不详。而范先生的学者杂文却截然不同，大部分篇章的写作都是从文献资料开始的。这些文献资料，几乎都以书籍报刊为载体，既有历史典故，如《介公在艰难困苦中的庚子年》中多处抄录的有关老一辈教育家刘介愚先生的回忆文章；又有现实新闻，如《奇书〈平安经〉是如何通过三审的？》之中引用的关于官员出书的种种热点报道。范先生特别看重这些史料，并且非常重视对史料的考证。事实上，史料已经成为范先生杂文写作的出发点，他不仅从中获得灵感，而且从中找到话题，找到立意，找到思路。因为有丰富的史料打基础，作铺垫，当依据，所以他的杂文可靠性强，可信度高，不是空口无凭，不是空穴来风，拥有作家杂文无法可比的说服力。

接着再从思辨的角度来看。作家杂文并不排斥思辨，但思辨需要平和，需要冷静，需要耐心，需要客观，需要公正。这些，都必须以理性为前提，靠理性做支撑。可是相对而言，作家杂文更注重感性，与之相伴的是冲动，是狂热，是急迫，是主观，是偏激，一旦下笔便像一匹脱缰的野马，扬头奋蹄，鬃飞尾翘，无拘无束，肆意奔腾，追求极端的痛快感和片面的深刻性。然而，范先生的学者杂文却充满了理性思辨，不急不躁，不慌不忙，不惊不乍，不辱不骂，不出耸人语，不说过头话，摆事实，讲道理，逻辑严谨，思维缜密，不刻意标新立异，只追求合情合理。比如《大学必须有"大楼"》《重点师大还能引领未来中学教育吗？》《"四唯""五唯"如果只破不立危害更大》等篇章，都是思辨色彩浓厚的佳作。关于大学、大师、大楼三者之间的关系，近几年已成为高等教育界的热门话题，大家议论纷纷，喋喋不休，争论不断。争论者却明显分为两派，一派认为大学离不开大师，

第四章 滥竽充数

另一派则认为大学离不开大楼，公说公有理，婆说婆有理，针锋相对，不可开交。在争论的双方看来，大师和大楼似乎是相互矛盾的，甚至水火不容。然而，范先生的文章却不偏不倚，不倾不斜，先从北京大学老校长梅贻琦先生关于大学与大师的著名金句说起，再对西南联大这一特殊个例进行理性分析，然后引出徐显明先生对大学与大楼关系的详细论述，最终得出结论：大学需要大师，同时也需要大楼，大楼和大师不仅不存在矛盾，而且大楼还有助于培养更多的大师。实事求是，心平气和，有话好说，以理服人。

最后从时势的角度来看。作家杂文也立足时代，着眼形势，但因为纯粹的作家天生都比较自我、比较狂放、比较率真，性格孤僻，趣味怪异，爱好诡谲，对时代和形势往往持一种怀疑、反思和批判的态度，特别看重自己的感觉、心得和体验，习惯于一叶知秋、一斑窥豹、以偏概全、以微知著，喜欢剑走偏锋，语惊四座，出奇制胜，所以难免挂一漏万，失之偏颇，对时代和形势缺乏全面的、多维的、立体的观照。但范先生的杂文却有所不同，他的写作动机虽然大都来源于对现实问题的不满和愤慨，但他善于审时度势，拿捏分寸，把握尺度，尽力把不满和愤慨压制下去或隐藏起来，在揭露问题和批评现实的同时，也尽量看到时代的亮点和形势的喜处。更加难能可贵的是，为了避免引发新的矛盾和尴尬，范先生经常只把文章写到一半就毅然决然地打住了，忍痛割爱，毫不犹豫，当机立断，戛然而止。如《我将来只评个讲师就够了》《别具一格的人才引进》等，都属于典型的半篇文章。刘介愚书记在高校恢复评职称时，主动把教授让给年富力强的高原先生，说自己评个讲师就够了；时任华中师范大学中国近代史研究所所长的章开沅先生，求贤若渴，破格把唐文权先生从中学引进了大学。范先生之所以往事重提，显然是目睹了当下高校的诸多怪现状。评优评模评职称，许多普通教师因指数所限只能望洋兴叹；在引进人才时，虽说广告上打着招贤纳士，实际上步步设卡，真正人才多被挡在门槛之外。但是，范先生在缅怀、讴歌了老一辈的胸怀和境界之后，出于时势语境的考虑，却没有接着往下写。好在，深谙杂文艺术的范先生早已把另外半篇文章折叠起来藏进了上半篇里，比如在写章先生引进唐先生时，文中潜伏了这样一段议论："事实证明，在学术界学位与学养并不总是成正比的，名不副实者很多。而像唐文权这样的'三无'人员（无高学历、无大头衔、无留学经历），偏偏酷爱学问，沉寂苦读，厚植根基，终至学术上硕果累累，成就令人瞩目。"这一段犹如压缩饼干的议论，实际上就是作者没有展开的下半篇文章，读者稍加回眸和反刍，就会心知肚明、心领神会、心明眼亮。

范先生的学者杂文，虽然充满了学理性，但丝毫没有妨碍到可读性。我倒觉得，与作家杂文相比，范先生的杂文因为有了学理性，其可读性反而变得更强。可读性是一个看似浅显实则深奥的学术问题，我们不能把可读性简单地等同于通俗性、故事性、传奇性。通俗性、故事性和传奇性只能说明好读，即浅近、易懂、有趣等。但是，好读并不完全等于可读，它只是可读性的一个方面。可读性的另一个方面还要求耐读，即耐人寻味、发人深省、百读不厌。因此，可读性实际上包含了两层意思，一是好读，二是耐读。只有既好读又耐读的作品，才具有真正的可读性。范先生的杂文，因为融入了大量的史料，于是便有了通俗性质、故事元素和传奇色彩，所以让读者觉得非常好读。与此同时，它由于渗透了理性思辨，又受到时势制约而留下了许多空白地带，于是便给读者提供了更大的阐释余地和更多的想象空间，因此让读者感到特别耐读。

以上，我以范先生的《桂子山语丝》为例，为学者杂文说了这么多好话，唱了这么多赞歌，似乎是在有意贬低作家杂文。其实不然。尽管学者杂文另具一格，独树一帜，但从我个人的审美心理和阅读趣味来讲，我觉得读作家杂文更有快感。所谓快感，指的是因生命的本能得以满足而产生的舒服、惬意、愉悦的感觉。快感分为两种，一是生理上的快感，二是心理上的快感。无论哪一种快感，都需要刺激才能产生。阅读快感主要作用于读者心理，自然也需要必要的刺激。作家杂文之所以读起来快感更多，是因为作家少畏禁忌，放浪不羁，笔走龙蛇，汪洋恣肆，泥沙俱下，一泻千里，尽情挥洒，酣畅淋漓，能够有效刺激读者的阅读神经，让读者产生快感。学者杂文，因为过于重史证、重考据、重理性、重思辨、重时代、重形势，所以经常羞羞答答，遮遮掩掩，吞吞吐吐，缺乏狂欢性，缺乏冲击力，缺乏高潮感，因此让读者的阅读快感大打折扣。

当然，快感不是判断文学作品价值的唯一标准。我只是想说，学者杂文和作家杂文各有千秋，不必厚此薄彼，而应该一视同仁。

【于 2020 年】

《五山民间故事集》序

襄阳民间文艺家杜权成先生，一边从事学校教育，一边致力于当地民间故事的收集、打捞、整理、发掘、研究与传播，取得了引人瞩目成绩。新近，他主编的《五山民间故事集》由长江出版社公开出版，为民间文化这棵大树上又增添了一朵耀眼的奇葩。

五山位于襄阳市谷城县境内，属于谷城的一个镇。五山因境内有马鞍山、云雾山、邱家山、百日山、李家山五座山峰而得名。这是一个山区乡镇，此地的宗教文

第四章 滥竽充数

化、茶文化、民间收藏文化、民俗文化、旅游文化等多种文化交相辉映。独特的地理位置，孕育了灿烂的地方文化。

在读到《五山民间故事集》之前，我对五山民间故事的了解，主要来自网络。这几年，权成做了大量的网络推广工作，襄阳市民间文艺家协会公众号、中国寓言网、谷城新闻网、谷城文化公众号、今日头条、新浪网等多家网站对五山民间故事都有连载。权成说，"前些年，我们为了保护原创，一直藏着掖着。这几年，随着五山乡村旅游的蓬勃发展，我们的民间故事受到广大游客的欢迎。大家都建议发出来，我们合作的几个平台因为五山故事的发表，点击量上升很快。有些故事的点击量已经过万。"权成认为好故事是用来分享的。

五山民间故事是襄阳民间文化的瑰宝，荣列襄阳市非物质文化遗产，听说正准备申报湖北省非物质文化遗产。五山镇是襄阳市民间文艺家协会命名的"襄阳市民间故事之乡"，前年启动了"湖北省民间故事之乡"的创建工作。作为代表性传承人，权成倾注了大量精力。现在，五山民间故事已经成为五山的一个文化品牌，列入了游五山"喝五山好茶、尝五山美食、赏五山美景、听五山故事"四件大事之一。地方政府的高度重视和民间艺术家的情有独钟，让这朵民间文化之花更加绚烂多彩。

在我看来，五山是一个真正有故事的地方。八仙游历五山点化百姓、神农班河留四宝、真武修道百日山、茶圣考茶人等民间传说，可谓妇孺皆知。明末农民起义领袖张献忠在谷城假招安，留下很多遗迹和故事。五山还留下了很多关于白莲教的传说。"黄山垭伏击战""黄山垭剿匪战"等红色故事，脍炙人口。

权成出生五山杨家老湾村，是五山老区政府驻地，也是鄂西北有名的教师村，杨家作为名门望族在此簇居繁衍至今十八代。改革开放以来，五山镇走出了一百八十多名硕士博士研究生，被誉为研究生之乡。

五山民间故事包罗万象，民间故事家代代口传心授，囊括了美德故事、神仙鬼怪故事、道教故事、军事故事、幽默故事、地名传说故事、历史故事、民歌故事、方言俗语故事等多种故事形态。这些故事传承有序，既有原生态的，也有推陈出新的，老故事历久弥新，原汁原味，故事内容健康，主题鲜明，通俗易懂，表达流畅；新故事构思巧妙、情节曲折、生动有趣。当地百姓一直保留着农耕时代的很多传统习俗，民间故事和歌谣是当地百姓精神文化生活的重要组成部分，五山镇成立有文化研究会，会员多达百人。五山的文化氛围很好，群众基础好，村镇干部不仅重视而且积极参与。

这地方过去信息闭塞，所以民间故事得到了很好的保护和传承。特别是三十年前，靠近房县和丹江口（均县）的几个山区村，没有电视信号和手机信号，没有通水泥公路，群众生活在一个相对封闭的环境中，闲暇时聚在一起喝茶、聊天、吃饭成为一种生活常态。一些生动曲折、寓教于乐的民间口头文学作品受到群众的喜爱。权成已收集整理民间故事七百多个，累计六十万字，他还掌握了２０００多个故事线索和梗概。这些故事情节曲折、形象生动、语言精练、亦庄亦谐，具有很高的文学价值和美学价值。这些故事在教育人、启发人、感化人等方面起到重要作用。

权成主编的这部《五山民间故事集》，将故事分为九个大类，共收三百个故事，四十万字，洋洋洒洒，蔚为大观，可以称得上是一部百科全书式的五山民俗文化宝典，也是一部生动翔实的五山地方文史资

第四章 滥竽充数

料，更是一部难得的乡土教材。通读全书，我觉得五山民间故事具有以下特点。

一是故事内容丰富，强调原创，内容健康，主题鲜明，具有深刻的教育意义。比如传统故事《识破英台女儿身》，与流行的梁祝故事迥然不同，但是讲得合情合理，故事里的山伯是一个典型的"闷骚男"。《一把红军刀的故事》，从民间的叙事角度反映军民鱼水情，更显真实、自然。

二是故事情节完整，构思巧妙，语言生动，可读性强，多为方言讲述，为群众喜闻乐见。故事里的包袱、反转、留白等技法运用自如，很多故事的反转虽说出人意料，却在情理之中，充满了智慧和哲思。如《神偷刘百岁》和《盘新姑娘》等故事，都堪称这方面的典范。

三是故事传承有序，历经一百六十年七代民间文艺家口口相传，故事的来龙去脉清晰。更值得一提的是，在传承过程中，故事讲述者剔除了一些太露骨的荤段子以及不大符合社会主义核心价值观的内容，保留了精华。历代代表性传承人，都是当地有影响力的乡贤。开山鼻祖杨继贤是不慕名利而有学问的乡贤，王木匠是踏百家门的全活名匠，陈长友和杜玉琢则是能讲几天几夜的故事篓子，刘保国是甘愿从科级干部转岗做文化站长的文化人。权成更是集优秀教师、道德楷模、作家、书画家、收藏家、社会活动家和民间文艺家于一身。现在五山拥有近千人的民间故事讲述者队伍。这些民间故事人，无不具有惊人的记忆力、敏捷的才思和诱人的口头表达能力。

四是五山民间故事地域性强，七代故事传承人基本上都在有意识地收集、整理当地民间故事并热心向后人传授。尤其是地名故事和人物故事，有很强的独特性，与保康、房县、神农架、伍家沟故事村的

- 129 -

故事区别较大。

五是五山民间故事时间跨度大。上至古代神话传说，下至当代民间奇人异事，涉及各个领域，自成体系。

六是暗合诸多故事名篇，又别开新意，使五山故事具有了一定的经典意味。比如五山王老二就是五山的阿凡提，当地人都知道王老二，未必都知道阿凡提。又如，五山四大传统名匠故事，具有冯骥才《俗世奇人》的味道。

七是传承者具有极强的责任感。比如已故民间故事家刘保国，他生前走到哪里，便把故事讲到哪里。还有权成、黄云夫妇，为民间故事进校园做了大量工作。黄云担任园长的五山镇中心幼儿园，以民间故事为抓手，成功通过了市级示范幼儿园的验收命名，而且被襄阳市教育科学研究室和襄阳市民间文艺家协会联合命名为"襄阳市民间故事特色学校"。权成是襄阳市公认的"民间故事大王"，继承了其祖父的民间文化事业，是一位视野广阔的集大成者。他一口气能够连续讲述几十个故事，信手拈来，妙趣横生，令人叹服。夫妻俩还热心扶持堰河村、杨家老湾村、黄山垭村创建故事村，帮助玉皇剑茶业公司、军旅班河旅游公司、裕满春茶业公司等企业创建故事企业。

听权成说，他每周要上一二十节课，这部民间故事集是他在繁重的工作之余编成的。也许是时间仓促吧，这本故事集还存在着一些遗憾，比如，还有许多好故事没能收录进来。我们期待着权成继续编下去。

【于2021年】

第五章 雁过留毛

第五章 雁过留毛

论参事的参

　　作为一名省人民政府参事，我们首先要明白参事工作的性质，或者说要明确参事的角色定位。只有这样，我们才能有效地开展参政议政、建言献策、咨询国是、民主监督和统战联谊。

　　在我看来，参事工作的性质主要体现在一个参字上。参事的参，有三层意思，一是参与，二是参谋，三是参考。参与是一种姿态，参谋是一种状态，参考是一种心态。明白了以上三点，参事的角色定位也就随之明确了。也就是说，参事一定要从参事的参字出发，去认清自己的角色，找准自己的位置。换一句话说，要做好参事工作，我们必须树立参与意识、参谋意识和参考意识。

先说参与意识。参与即参加，无论是理论学习，还是政策讨论，无论是社会调查，还是课题研究，我们都要积极地参与其中。参事是一种荣誉，更是一种责任，是一份权力，更是一份义务。要负好这个责任，尽好这个义务，参与是必由之路。从这个意义上说，参事实际上是个劳动者，是个奉献者，是个付出者。当然，这三者都无上光荣。接下来的问题是，作为参事，我们怎样才能有效参与呢？我认为，以下三种姿态十分重要。第一种姿态是主动性参与。参与要主动，而不是被动，不需要强迫，不需要摊派，不需要求请，应该以积极的态度和饱满的情感去参与。第二种姿态是经常性参与。参事工作是一项经常性的工作，它不是间或性的，具有长期性、连贯性和循环性。所以，参与不能忽冷忽热，不能学候鸟，不能三天打鱼两天晒网。第三种姿态是民间性参与。民间是与官方相对而言的。参事不是官员，一切参与都应该从民间的立场出发，以一个普通人的身份去观察、去分析、去发声。只有这样，参事才能真实而独特地反映社情民意。也只有这样，参事的工作才可能具有有效性、趣味性和审美性。

再说参谋意识。做好政府的参谋，是参事的职责所在，也是参事的价值所在。正是在这个意义上，参事也被称为政府的智囊。参事必须与智有关，包括智性、智商和智慧。从这个角度来说，参事便是一种特殊的人，应该智性出众，智商超群，智慧过人。只有这样，参事才能当好政府的参谋。作为参谋，最重要的任务就是给政府提供有价值的信息和有价值的建议，也就是建有用之言，献有用之策。那么，如何才能当好政府的参谋呢？我觉得，在建言献策的时候，我们必须

第五章　雁过留毛

要处理好三个辩证关系。第一，要处理好大与小的关系。"大"指的是大局和整体，"小"指的是小处和局部。处理好大与小的关系，就是既要宏观地看问题，又要微观地看问题。第二，要处理好热与冷的关系。"热"指的是中心和热点，"冷"指的是边缘和冷门。处理好热与冷的关系，就是既要关注重点领域，又要关注薄弱环节。第三，要处理好上与下的关系。上指的是上层与政治，下指的是底层与民生。处理好上与下的关系，就是既要站在官方角度发言，又要站在民间立场说话。如果处理好了以上三个关系，参事就会进入一种理想的参政议政状态，从而有效地释放智慧，成为政府名副其实的参谋。

后说参考意识。前面我说过，参考是一种心态。所谓参事的参考意识，指的是参事应该用一种什么样的心态去对待参事工作。从权力的角度来讲，参事只有建议权，没有决策权。参事的建议只有被政府采纳之后才能产生作用。但是，对于参事的建议，政府会有不同的态度与处理，既有可能全部采纳，也有可能部分采纳，既有可能批示转交，也有可能解释回复，既有可能悬而未决，也有可能置之不理。面对上述种种结果，参事必须保持一个健康而平和的心态，尽量做到宠辱不惊，炎凉无妨，亲疏依然。第一，当建议获得采纳时，不要春风得意。第二，当建议出现悬置时，不要焦躁不安。第三，当建议遭遇冷落时，不要悲观丧气，更不要灰头土脸，怨声载道，萎靡不振，而是应该理解，反思，打起精神来，再去提出新的建议。

综上所言，作为一名省人民政府参事，我们应该牢固树立参与意识、参谋意识和参考意识，以积极的姿态、理想的状态和良好的心态做好参事工作。

【于 2014 年】

一个人吹拉弹唱

参事工作与民间立场

我这里所说的立场，指的不是意识形态范畴的政治倾向，而是指人们在观察问题、分析问题和解决问题时所选取的文化角度。它与世界观、人生观和价值观没有必然的关联，涉及的主要是情怀、趣味和策略等有关因素。众所周知，人的一切思想、态度和行为，无论是自觉的还是自发的，都会有特定的立场，或者说都是从某种角度出发的。参事工作自然也不例外。

从参事履职来看，我认为摆在参事面前的角度主要有三种，一是官方角度，二

第五章 雁过留毛

是精英角度，三是民间角度。官方指的是领导阶层，官方角度即领导者的角度；精英指的是知识阶层，精英角度即知识分子的角度；民间指的是百姓阶层，民间角度即普通老百姓的角度。令人遗憾的是，面对以上三种角度，参事们大都选择的是官方角度或精英角度，选择民间角度的却少而又少。当然，这种状况与参事队伍的构成有关。参事主要有两个来源，一部分来自政府职能部门，基本上都是退居二线的领导干部；另一部分来自高校和科研院所，大都是某个领域的专家学者。因此，参事们在履职的时候，往往会迷恋、炫耀、沿袭、强化、放大自己的原有身份，习惯性地选择与自己身份相匹配的角度，要么是官方角度，要么是精英角度。由于参事队伍中没有普通老百姓，所以民间角度就无人问津了。参事中的领导干部和专家学者，即便知道有民间角度存在，他们也会有意或无意地予以回避，甚至是忽视、轻视和鄙视。

然而在我看来，作为人民政府的参事，最为有效的工作角度或者说立场既不是官方立场，也不是精英立场，而应该是民间立场。

为了讨论的方便，我有必要对民间这一概念作些解释。民间是一种相对而言的文化形态，相对官方来说，它属于坊间，相对精英来说，它属于草根。这种文化形态具有三个显著特征，一是平民化，二是人性化，三是世俗化。正是因为民间具有上述三大文化特征，我才发现了民间立场对于参事工作的有效性。

基于民间立场的参事工作，要求参事们转换身份，不要站在官方立场上讲话，也不要站在精英立场上发声，而是要把自己当成老百姓中的一员，降至社会底层，深入人民群众，站在民间立场上为广大老百姓代言。换句话说就是，人民政府的参事，首先必须站在人民一边。

一个人吹拉弹唱

只有这样，参事才能与广大人民群众同呼吸共命运，才能胸揣民间情怀，尊重民间趣味，探寻民间策略，进而去观察问题、分析问题和解决问题。

需要说明的是，我在这里强调参事工作的民间立场，并非完全否定官方立场和精英立场在参事履职中的有效性。事实上，无论是领导干部类参事，还是专家学者类参事，他们沿用已有身份，运用已有经验，利用已有资源，或参与调研，或参与考察，或参与讨论，或参与建言，或参与献策，一般都轻车熟路，举重若轻，事半功倍，其效果显而易见。

但我想说，出于官方立场和精英立场的参事工作，虽然也有效，但这种有效性是极为有限的。原因在于，参事工作的主要职责，是给政府决策者提供建议，以供他们决策参考。而参事直接面对的政府决策者，他们的身份往往都比较特殊，大都是两种身份集于一身，既是领导干部又是专家学者。由于身份的原因，他们的常态工作立场，基本上都是官方立场和精英立场兼而有之。因此，参事们从官方立场或精英立场出发而提供的建议，常常会出现与决策者的思路雷同、重复和撞车的现象。这种现象，往好的说叫不谋而合，朝坏的说则叫炒现饭，或者叫马后炮，说得难听一点叫多此一举。对于这类建议，决策者出于中国礼节和工作习惯，虽说也作批示，但也只是批示一下而已，批示过后也就完事了。

相比而言，基于民间立场的参事工作，因为观察问题的角度与官方立场和精英立场不同，所以分析问题的思维和解决问题的路径也会随之不同。这样一来，参事给政府提供的建议就会与决策者的思路形成某种差异。对于决策者来说，我认为这种差异性是十分宝贵的。因

第五章 雁过留毛

为,差异有可能让决策者对未知情况感到惊奇,惊奇有可能让决策者对已有政策产生反思,反思有可能让决策者对原有思路进行调整,进而对未来工作做出更为稳妥、更为科学、更为理想的谋划。倘若参事的建议能起到这种作用,那参事工作的有效性就可以说充分发挥出来了。

我之所以提倡在参事工作中选择民间立场,其中还有一个重要原因是,参事工作的最终目的是广大老百姓。习近平主席在谈到中国梦的时候曾经指出:"人民对美好生活的向往,就是我们的奋斗目标。"他这里所说的人民,指的就是广大老百姓。我们的参事工作,说到底就是帮助政府尽早实现广大老百姓对美好生活的向往这一伟大目标。在我看来,习近平主席所讲的中国梦,主要不是领导干部的梦,也不是知识分子的梦,而是广大老百姓的梦。因此,参事工作理应从老百姓的角度出发,坚持民间立场,尽量淡化官方意志和精英意识,努力彰显民间意趣,一切从老百姓着眼,一切替老百姓着想,一切为老百姓着力,让他们早日把对美好生活的向往变为现实。

上面,我着重讲了民间立场对于参事工作的必要性与重要性。接下来,我想说一下,参事工作应该如何坚持民间立场?

我在前面提到,参事履职的主要形式是为政府的决策提供参考建议。因此我认为,参事工作要坚持民间立场,最关键的一环就在于,参事在给决策者提供参考建议的时候,必须让这个建议充满民间性,即蕴藏着民间文化的内涵,渗透进民间文化的视野,体现出民间文化的智慧。具体来说,参事的建议应该具有以下三个意识。

第一,建议要有平民主体意识。所谓平民主体,就是要以广大老百姓为中心。习近平主席在他的系列重要讲话中,一再谈到以人民为中心的工作导向，实际上就是在强调平民主体。毫不例外，参事工作当然也要以人民为中心。我发现，一些领导干部类参事，提供建议时总想着怎样帮政府排忧解难。还有一些专家学者类参事，他们的建议似乎侧重于如何实现自身的价值。恕我直言，这种建议都缺乏平民主体意识，其有效性肯定会受到局限。我在这里举一个例子。某省在精准扶贫中，政府决定拿钱给无房农民盖房，每户投入资金六万元。有参事建议，扶贫房的规格必须统一，包括房型、面积、色彩和建材，都要完全一致。理由是，便于政府安排设计，便于政府组织施工，建成之后，更便于政府验收，便于政府宣传。显然，这份参事建议都在为政府着想，丝毫没考虑到无房农民的居住需求及居住习惯。结果，房子建好了，有些农民却不愿进去住，不是觉得结构不合理，就是认为墙面颜色看不惯。假如这位参事在提供建议之前能走访一下无房农民，征求一下他们的意见，那结果一定不会是这个样子。

第二，建议要有人性关怀意识。所谓人性关怀，就是要以人为本，即研究人心，注重人情，正视人性，讲究人道，在满足广大人民群众物质需求的同时，尽力满足其人之为人的多方面需求，包括心理需求和生理需求。我曾经听说过这么一件事，说某市一位政协委员，给城建部门写了一个提案，建议在民工聚集的城市建筑工地上开设免费探亲房，以便民工的配偶来探亲时有一个夫妻团圆的地方。我认为这个提案就非常人性化，它去掉了以往那些泛政治化和泛道德化的魅影，把民工当人看，设身处地为老百姓着想，充分显示了人性关怀，让老百姓真正感受到了人性的温暖。探亲房开设之后，久别重逢的农民夫妻欢喜万分，兴奋异常，感激不已。在我看来，那位政协委员如果没有人性关怀意识，是不可能呈上这样一份提案的。毫无疑问，我们的

第五章　雁过留毛

参事都应该向那位政协委员学习。

　　第三，建议要有世俗审美意识。所谓世俗审美，就是要重视民间美学。民间美学与官方美学和精英美学不同，如果说官方美学和精英美学主要追求高大上，那民间美学则主要关注的是老百姓的世俗人生，即平头百姓、饮食男女、凡夫俗子的日常生活，包括吃喝拉撒，柴米油盐，生老病死，男欢女爱，七情六欲。上述凡人俗事，都可以成为审美对象。因此，参事在提供建议时，一定要尊重老百姓的审美趣味，不要把官方趣味和精英趣味强加于老百姓。有这样一个例子，说的是某地政府为了打造一个特色小镇，便请有关专家帮助设计。出于统一和美观的考虑，那位专家建议小镇居民全部都在自家门口安上清一色的水泥栏杆。有一户居民，对水泥栏杆十分反感，却对自家门口原有的竹篱笆情有独钟，于是固执己见，坚持不换。后来，有外地游客来小镇观光，游客们对那一排排水泥栏杆竟不屑一顾，反而对那一溜竹篱笆兴趣盎然，还纷纷以竹篱笆为背景拍照留念。据说那天竹篱笆上并不整洁，上面晒着很多萝卜菜，还有一件男人的对襟褂和一条女人的花裤衩。按说，无论是萝卜菜，还是对襟褂和花裤衩，都属于俗物，但它们和竹篱笆一道构成了一幅独具魅力的乡村小镇风景画，恰好体现了当地老百姓的审美趣味。由此可见，那位建议安装水泥栏杆的专家是多么的自以为是！如果要让这位不懂世俗美学的专家来担任政府参事，那他只会给政府帮倒忙。

　　总之，人民政府的参事，首先应该把人民装在心中，牢牢把握以人民为中心的工作导向，始终坚持民间立场，有效工作，不辱使命。

【于 2016 年】

一个人吹拉弹唱

参事履职与现代思维

在瞬息万变的现代社会，作为人民政府的参事，我们在履职过程中必须与时俱进，不断加强现代思维。只有这样，我们的参政议政和建言献策才可能达到有效乃至高效；否则便是低效的参与，甚至是无效的掺和。

现代思维是与传统思维相对而言的。众所周知，思维是人脑借助于语言对客观事物所进行的概括性和间接性的反应。它以感知为基础，又超越感知的界限，进而涉及所有的认知活动，目的在于探索和发

第五章 雁过留毛

现事物的本质联系及内部规律。思维从不同的角度可以分为许多类别，有形象思维和抽象思维，有求同思维和求异思维，有感性思维和理性思维，有定势思维和发散思维，有平面思维和立体思维。当然，这些思维形式在具体的思维过程中并不是完全割裂的，更不是泾渭分明的。我这样分门别类地加以表述，只是为了讨论的方便。事实上，它们之间往往表现为一种互涉、杂糅和交叉的关系。

不过，无论是哪一种形式的思维，在我看来都可以归为两大类，一类是传统思维，另一类是现代思维。传统思维属于一种保守性思维，比较陈旧，比较老套，比较滞后，同时也比较简单，比较浅显，比较狭窄，而且还比较僵硬，比较世俗，比较功利；现代思维则属于一种开放性思维，相对来说，它比较适时，比较敏锐，比较超前，同时也比较复杂，比较深入，比较宽阔，而且还比较灵动，比较超脱，比较纯粹。从上述诸多比较中可以看出，传统思维和现代思维完全属于两种不同的思维品质。从参政议政和建言献策的角度来讲，现代思维对政府参事的履职尽责显然更为有利。因此，我认为政府参事在履职过程中一定要转变思维方式，即从传统思维转向现代思维。

不管是传统思维还是现代思维，它们其实既是世界观也是方法论，只不过是两种截然相反的世界观和方法论。我认为，世界观也好，方法论也好，说到底都是某种价值取向的体现。所谓价值取向，指的是一定主体基于自己的价值观，在面对或处理各种矛盾、冲突、关系时所持的基本价值立场、价值态度以及所表现出来的基本价值指向。参事履职，实际上是在以建言献策的形式帮助政府面对和处理各种矛盾、冲突和关系，因此也不可避免地要表现出一种价值取向。下面，我将继续沿用比较的视野，着重从价值取向的角度来具体论述一下现代思维对于参事履职的重要意义。

　　首先，与传统思维强调价值的单一性不同，现代思维特别强调价值的多样性。由于传统思维受到本质主义的影响较深，认为任何事物只存在着一个单一的本质，并且对这个单一的本质深信不疑，所以一切思维活动都是为了证明、揭示和传达这一本质。现代思维因为受到科学与民主等现代主义文化思潮的影响较多，对事物的单一性本质持一种怀疑态度，认为事物是复杂的，因此价值也是多样的。显而易见，从参政议政的有效性来讲，现代思维毫无疑问更有利于参事履职。原因其实很简单，我们的政府是为人民服务的，满足广大人民群众对美好生活的向往是各级政府努力的方向和目标。为此，习近平主席确定了以人民为中心的工作导向。值得我们讨论的问题是，人民不是一堆复制而成的标准件，而是由一个又一个活生生的人组成的群体。在这个群体中，每个人都是有个性的，有爱好的，有追求的。因此，广大人民对美好生活的向往也不是千篇一律的，而是多种各样的。比如在精准脱贫攻坚战中，很多地方政府出台了一个方案：对无房农民进行易地集中安置。这个方案一出台，不少类似参事的智囊团成员便众口称好，纷纷为集中安置出谋划策。然而，当一片扶贫房在规定的地方、按规定的面积、依规定的结构建成之后，乐意入住的农民却少而又少。理由是，集中安置点虽然靠近公路，交通便利，环境宜人，可是它远离农民的土地，远离农民的山林，远离农民的牛羊，因而给他们的日常生活带来诸多不便。如此一来，政府钱花了，人民却没有获得一种幸福感。在面对扶贫房这个问题上，如果我们的参事能够摒弃传统思维，不要迷信价值的单一性，而是实事求是，运用现代思维，全方位地考虑问题，真心实意地为人民着想，就有可能寻找到扶贫安置的多

第五章 雁过留毛

种可能性，或易地集中安置，或就近分片安置，或原地单独安置，让无房农民根据各自的情况自由选择。只有这样，广大人民群众对美好生活的向往才有可能变为现实。

其次，与传统思维强调价值的绝对性不同，现代思维特别强调价值的相对性。因为传统思维在很大程度上受到极端主义世界观的浸染，看待任何事物已习惯于运用简单化、片面化的二元对立目光，因此价值取向基本上是绝对的。在传统思维模式里，好与坏、优与劣、新与旧、强与弱、成与败、胜与负、贵与贱、高与低、雅与俗、真与假、善与恶、美与丑……，都有严格的分界线，都有明确的分水岭，它们相互对立，相互排斥，相互抵制，甚至水火不容；现代思维则秉持一种辩证主义的世界观，不相信世界是一种简单的二元对立结构，坚持用一分为二的观点看待一切事物，因此认为世界上不存在绝对价值，一切价值都是相对的。换言之，任何事物都有二重性，不存在绝对的二元对立。在现代思维看来，真诚与虚伪，善良与恶毒，美丽与丑陋，高尚与卑鄙，宽厚与狭隘，仁慈与残酷，大方与吝啬，文明与愚昧、先进与落后、英勇顽强与胆怯懦弱，光明磊落与虚与委蛇，豪爽奔放与含蓄内敛……这一系列看似对立的异质性因素往往是融为一体的，你中有我，我中有你，相互依存，形成一种异质同构关系。毋庸置疑，作为政府参事，我们在发现问题、分析问题和寻求解决问题的办法时，显然不能采取绝对主义的传统思维，不能过于简单、过于片面、过于偏激，更不能非此即彼地搞一边倒、搞一刀切、搞一窝蜂，而是应该坚持相对主义的现代思维，具体问题具体分析，复杂事物复杂应对，特殊情况特殊处理。只有这样，我们在建言献策的时候才有可能做到客观、全面、准确、具体和科学。比如，教育界近几年兴起了一股信息化风潮，在教育主管部门的极力倡导下，加上一些专家学者的推波助澜，多媒体很快闯入了各类教室，大中小学的课堂迅速被电脑、投影仪和播放器垄断。与此同时，原有的教学方式一夜之间被打入冷宫，黑板废弃了，粉笔扔掉了，教师的朗读和吟诵被各种音频取代了。在参加学校办学思想大讨论中，我提交了一份建议。在建议中，我将信息化教学与传统教学进行了全面比较，一方面充分肯定了多媒体的优越性，一方面也大胆指出了多媒体的局限性，进而归纳出多媒体课堂的三大弊端，一是重技术轻艺术，二是重知识轻见识，三是重共性轻个性。然后，我建议学校不要过度地依赖多媒体，更不要完全抛弃传统的教学手段。由于我的这个建议坚持了相对主义的现代思维，所以受到了有关人士的高度重视。

另外，与传统思维强调价值的物质性不同，现代思维特别强调价值的精神性。严格地说来，传统思维属于实用主义的思维方式，主要关注的是人们的衣食住行等物质生活，具有明显的物质性特点。与之相反，现代思维属于审美主义的思维方式，更加关注人们的精神生活，尤其是与人心、人情和人性有关的内心世界与情感领域，具有显著的精神性特点。我们的党和政府一再主张物质文明和精神文明一起抓，其目的就是，在满足人民群众物质生活需要的同时不断满足他们的精神诉求，让他们有尊严，有获得感，有幸福指数。因此，作为政府智囊性质的参事，我们在建言献策的时候，千万不能过于功利化、过于世俗化、过于物质化，而是应该多从精神层面去观察问题、分析问题、认识问题，进而寻求解决问题的妙计良策。比如有一次，湖北省人民政府参事室组织一批参事前往潜江市考察调研当地的小龙虾产业，许多从事经济工作的参事，都纷纷从农业增效和农民增收的角度，讲了

第五章 雁过留毛

很多关于进一步发展小龙虾产业的思考与建议，包括小龙虾的选种、养殖、加工、制作和营销。这些建议虽然很实在、很实际、很实用，但都还停留在物质层面，对当地政府开阔视野、提升境界、拓展思路并无太大、太多、太新的启发与帮助。可喜的是，有少数从事文化工作的参事，却另辟蹊径，从精神层面切入，认为小龙虾除了经济价值之外，还有独特的观赏价值、娱乐价值、审美价值，甚至还蕴藏着哲学价值。陶应发参事在座谈会上诗兴大发，还当场填了一首题为《清平乐》的词。词中写道："张牙舞爪，虾是潜江好。万顷良田虾戏稻，熊掌与鱼皆妙！曾经些小鳌虫，而今蜕变腾龙。地北天南巡遍，家家桌上铺红。"事实上，这是一份别出心裁、匠心独运、题近旨远的参事履职建议。它通过文学修辞和艺术想象，赋予了小龙虾以丰富的精神内涵，从而暗示当地政府不仅要重视小龙虾的经济效益，而且还要重视它的文化效益，努力将潜江小龙虾从舌尖上的美味转化为心尖上的美感。老实说，与那些运用传统思维而提供的建议相比，陶参事这个充满了现代思维且形式上比较另类的建议对当地政府的启发性恐怕更大。原因在于，陶参事的这个建议已经从实用主义走向了审美主义，已经从生理层面进入了心理层面，已经从物质关怀转到了精神关怀，真正体现了以人为本，或者说真正体现了习近平主席以人民为中心的工作导向。

需要说明的是，我在这里提倡运用现代思维开展参事工作，并不意味着传统思维在参事工作中已经完全过时。在某些需要应急的关键时刻，传统思维可能会更加稳妥和管用。不过，从求变、创新和发展的角度来讲，现代思维更适合参事履职。因为，参事属于政府智囊成员，而现代思维更有利于激发参事的智慧。

【于2018年】

一个人吹拉弹唱

写人民喜欢的作品

习近平总主席在论及文艺时说："以人民为中心，就是要把满足人民精神文化需求作为文艺和文艺工作的出发点和落脚点，把人民作为文艺表现的主体，把人民作为文艺审美的鉴赏家和评判者，把为人民服务作为文艺工作者的天职。"这段话紧扣人民这个关键词，不仅阐明了为谁写的问题，而且阐明了写谁的问题。

为谁写？当然是为人民写。写谁？当然是写人民。如果把为谁写看作目标，那么写谁就是任务。目标和任务都明确了，接下

第五章 雁过留毛

来的问题是，作家应该怎么写？这是一个方法问题。这个问题，显然需要由作家们自己来回答。

当然，每个作家都有自己的方法论。所谓条条大道通罗马，说的就是这个意思。不过，方法虽然多种多样，但有一点却是相同的，即首先要有明确的读者意识。习主席说，文艺工作者要把人民作为文艺审美的鉴赏家和评判者。这句话讲的就是读者意识。我的理解是，以人民为中心的创作，不仅是为人民写的，也不仅是写人民的，而且更是写给人民看的。写给人民看，其言外之意是人民喜欢看。接下来要问的是，什么样的作品才能让人民喜欢看？换句话问，人民喜欢看什么样的作品？我的回答是，人民喜欢看有意思的作品。

我曾经把小说分为两种，一种是有意思的小说，一种是有意义的小说。事实上，所有的作品都可以这样分，即有意思的作品和有意义的作品。有意思是相对有意义而言的，有意义强调的是思想性、教育性和实用性；有意思则强调的则是情调、趣味和美感。

既然人民喜欢看有意思的作品，那我们如何才能把作品写得有意思呢？联系自己的阅读感受与创作实践，我认为，要想写出有意思的作品，必须从三个方面去努力。

第一，选材要生活化。

所谓选材生活化，就是要着重书写人民的日常生活。生活也有两种，一种是非常生活，即偶然的、特殊的、罕见的生活；另一种即日常生活，指的是日复一日的、普通寻常的、个体享有的平日生活，包括吃喝拉撒睡、柴米油盐奶、衣食住行用。日常生活有三个特点，一是惯常性，它已经成了习惯和常态；二是自在性，它是无意而为，并非刻意为之；三是直观性，它触手可及，生动具体，已被经验化。坚持以人民为中心的创作导向，毫无疑问要取材于人民。习近平总书记说，人民不是抽象的符号，而是一个一个具体的人。作家只有选择人民的日常生活作为主打题材，作品才能写出一个一个有血有肉、有情有义、有爱有恨、有喜有悲、有内心冲突和挣扎的具体的人，才能避免人物的概念化、脸谱化和符号化，才能真实、全面而深刻地反映人民生活的本相与原貌。同时，书写人民的日常生活，作品会变得更有意思。因为，与非常生活相比，日常生活中酸甜苦辣，五味杂陈，情调丰富，趣味多样，美感无穷。

第二，立意要人性化。

所谓立意人性化，就是要求作家站在人性立场上去观察人物、分析人物、刻画人物、评价人物。也就是说，作家要把文学当成人学，尽力摆脱阶级学、政治学、社会学以及道德伦理学的局限与干扰，以人为本，把人性当作叙事的立足点、出发点和落脚点，从人性的角度，用人性的目光，去发现、捕捉、打捞那些潜藏在人性深处的、不易察觉的、带有普遍性的东西。这些往往是人性中最温柔、最脆弱、最潮湿、最疼痛、最神秘、最美妙、也是最有意思的部分。人性即人的本性，与人的本能有关。人有两个本能，生的本能与死的本能。本能决定本性，它是支配人类行为的最根本和最强大的原动力。生的本能表现为善良、慈爱、宽容、奉献、创造等积极正面的行为；死的本能则表现为恶毒、仇恨、狭隘、贪婪、毁灭等消极负面的行为。坚持人性立场，无疑应该对人的两个本能一视同仁，既要从正面去发现它的积极性，又要从负面去正视它的消极性。只有这样，作家才能写出真实的、复杂的、深刻的人性。只有写出了真实、复杂而深刻的人性，作品才会有意思。

第三，表达要细节化。

第五章 雁过留毛

所谓表达细节化，就是要充分发挥细节的文学功能，通过大量的细节描写，来增加作品的客观性、生动性和形象性，进而强化作品的情调、趣味和美感，让作品显得更有意思。细节是作品中细小的环节，它具有三大文学功能。一是有吸引力。细节一般来说都是形象的、生动的，所以它能吸引读者。二是有说服力。细节大都是客观的、具体的，所以它能让读者信服。三是有感染力。细节一般来说都是独特的、感性的，所以它能感染读者。在具体的细节描写中，我们应该遵循三个原则。首先要强调真实性。真实是作品的生命，作品只有真实才能可信，只有可信才能动人。其次要强调独特性。从接受心理来看，任何读者都是喜新厌旧的，所以只有独特的细节才能给读者提供崭新的阅读体验，从而有效地吸引读者、说服读者、感染读者。如果细节一般、陈旧、似曾相识，作品就不可能调动读者的阅读欲望，就不可能给读者提供新的阅读体验，就不可能给读者带来新的阅读享受。第三要强调精细性。精细就是精确细致。只有精细才能具体，才能形象，才能生动，进而才能使作品更有意思。

最后需要说明的一点是，有意思的作品和有意义的作品都是相对而言的，并不是说，有意思的作品就排斥意义，有意义的作品就排斥意思。事实上，在有意思的作品和有意义的作品之外，还有一种作品存在，我们可以称之为既有意思又有意义的作品。在我看来，这是一种完美的作品，或者说是文学经典。我们都应该抱有远大的文学理想，努力写出让人民觉得既有意思又有意义的作品。

【于 2018 年】

一个人吹拉弹唱

同心圆是怎样画成的

前不久的一个下午，本人作为无党派代表人士参加了学校统战部主办的一个座谈会。会议的主题中用了一个十分动人的词汇，叫同心圆。在这次会上，我有幸发了一个言，即兴讲了三个与统战有关的故事，一个是关于席位的，一个是关于池中交流的，还有一个是关于统战部部长的。

席位的故事发生在十年前的一次教代会上。我们学校每年都要召开一次教工代表大会，简称教代会。十年以前，我作为无党派代表人士参加过好几次教代会。有

第五章 雁过留毛

一回，我去科学会堂参加教代会开幕式。会场的前三排，有桌，有椅，有座签，座签旁边还有一瓶矿泉水，直直地站着。三排之后，只有椅子，没有桌子，座签贴在椅背上，椅子上也有一瓶矿泉水，却是躺着的。当时，和我前后脚进入会场的还有我们学院的院长。院长是党内的正处级干部，我只是一个党外群众。进场后，院长心想，正处级的席位肯定在前三排，便径直朝前迈去。作为一个群众，我有自知之明，就直接在后面的椅背上找我的名字。出乎意料的是，我找了半天也没见到晓苏两个字，倒是发现了院长的大名。正在我疑惑的时候，院长来到我身边，低声说，你的位子在前面第二排。我当场惊呆了，觉得不可思议。开幕式结束后，我问当时统战部的王部长，今天的席位是不是搞错了？王部长说，没错。我又问，既然没错，那我一个老百姓为什么会坐到前三排？而我们的院长却坐在后面？王部长笑着回答说，这是我们特意安排的，因为我们党一向尊重党外知识分子。这件事情对我的触动太大了，让我实实在在、明明白白、真真切切地感受到了党对我们党外人士的高看与厚爱。

池中交流的故事发生在一个冬天的晚上，距今也有十多年了。那个冬天特别冷，寒风袭来，手脚像狗啃似的。傍晚的时候，我突然接到统战部通知，说学校分管统战工作的吴副书记要和我们党外代表人士谈心，地点选在咸宁温泉。听到温泉两个字，一股暖流顿时涌遍我的全身。那天到达温泉时，天色已暗。吃过晚餐，我以为吴书记会把我们这些统战对象召集到一个会议室里，像正式开会那样给我们传达指示，布置任务，提出要求。然而，吴书记没有这样做。他放下碗筷对我们说，天这么冷，我们去泡泡温泉吧。大家一听，都情不自禁地鼓起掌来。咸宁温泉有很多露天汤池，大大小小，星罗棋布。进去后，

一个人吹拉弹唱

我脱光外套，身上只留下一条短裤，然后就跑到偏远处，找了一个小池子泡起来。我之所以跑这么远，还刻意选个小池子，是因为我身体肥胖，有碍观瞻，还有，我性格怪异，喜欢独处，所以不希望有人与我同池共泡。可是，我刚泡了两分钟，一个与我体形相似的人突然出现在池子边上。我借着微光定睛一看，居然是吴书记。他和我一样，身上也脱光了，只剩下了一条裤头。我那是第一次看见一个厅级领导穿得这么简单、这么低调、这么节约，不由大吃一惊，连眼珠都转不动了。吴书记一到池子边上就认出了我，便问，晓苏老师，水温咋样？我说，很烫。他听了很满意，于是弯腰屈腿，迅速下池。我一下子慌了，赶紧起身，准备逃跑。但我没能跑掉，刚要跑便被吴书记伸手拦住了。他说，你别走，我正要找你谈心呢。没办法，我只好又坐回到池子里。这个池子实在太小了，加上两人都胖，吴书记一坐进池子，我们的腿就挨到了一起，想挪都没地方挪。开始那一阵儿，我感到很紧张，气都不敢大声出。吴书记却显得非常自然，一边揉着鼓凸的肚子，一边问我有何困难，对统战工作有什么意见，对学校发展有哪些建议，甚至还问到我的小说创作。吴书记态度亲切，口吻随和，不打官腔，像在和邻居拉家常。渐渐地，我也放松了，话匣子也随之洞开，便如实回答了他的每一个问题。那晚，吴书记和我在那个池子里泡了将近一个小时，膝盖连着膝盖，肚皮挨着肚皮，可以说是真正的促膝谈心，肝胆相照，坦诚相见。吴书记平易近人，和蔼可亲，我什么话都愿意跟他说，并且能掏心窝子。在那个小池子里，我感觉到我和党的距离一下子拉近了，无论是空间距离还是心理距离。

统战部部长的故事发生在好几位部长的身上，时间跨度也比较长，准确地说，是由一串小故事构成的。我三十出头就成为统战对象

— 154 —

第五章　雁过留毛

了，可谓历史悠久。二十多年来，我先后经历了五任统战部部长，分别是陈部长、王部长、吴部长、廖部长和王长华部长。五位部长虽然性格各异，但有一点却是相同的，那就是有烟火气，或者叫人情味。他们从来不居高临下，也不发号施令，更不盛气凌人，总是把我们当朋友，当亲人。陈部长是一位女性，温和、细腻、隐忍，就像一个大姐。有一年夏天，她带我们去安徽调研，一上车就掏出卤鸡蛋给大家吃，还说是自己亲手卤的。因为有卤鸡蛋做铺垫，我们那次外出特别顺利，特别开心，收获也特别大。我至今也忘不了陈部长卤鸡蛋的味道，那是我这辈子吃过的最可口的卤鸡蛋。王部长是湖北浠水人，他家乡的方言非常幽默，比如"女方"，听上去就像"乳房"。每次开展活动，王部长都要见缝插针地说几句浠水方言，逗得我们前仰后合，乐不可支。我印象最深的，是他用浠水话朗诵的《蘸水笔》："花了七块七毛七，买了一支蘸水笔。要用的时候冇得水，不用的时候水直滴。"这段顺口溜真是太搞笑了，我当时差点笑死。在我看来，王部长说浠水话，并非要从方言里取乐，而是想通过这种轻松的方式增强统战工作的亲和力、感染力、凝聚力。吴部长不苟言笑，却外刚内柔，古道热肠。有一年暑假，统战部组织我们赴西柏坡参观学习，并预告说由新上任的吴部长亲自带队。大家听说后都很高兴，认为可以通过这趟旅行认识一下新部长。可是，临行之前，吴部长突然接到教育部通知，要他去参加另外一个会议。知道这个消息后，大家不禁有些失望。始料不及的是，一个星期后，当我们乘坐高铁从石家庄回到徐东武汉站时，吴部长却等在出站口迎接我们。他满头是汗，双手抱拳对我们说，没陪大家去西柏坡，实在对不起。今天我来接你们，算是道个歉。人心都是肉长的，吴部长这番话，说得我们感动不已，都觉得此人可信、可交。廖部长出身中文系，特别注重中国传统礼节。有个周六的上午，应著名化学家吴安心教授之邀，我为学校九三学社的社员们做了一场文学方面的报告。吴教授是九三学社的负责人，也是我的朋友。报告安排在化学学院报告厅，位于化学大楼八楼。那天八点四十的样子，我到达化学大楼一楼大门时，意外地看到了廖部长。我刚到门口，他便立刻上前跟我握手。我说，真巧啊，在这里碰到了部长。站在一旁的吴教授说，廖部长是专门在这儿恭候你的。我听了内心一震，脱口说，天啊，我一个普通老师，哪值得部长亲自迎接！廖部长却说，这是起码的礼节，不能少的。那场报告，我原本只打算讲到十一点就结束的，由于廖部长的礼节点燃了我的激情，结果讲到了中午十二点还意犹未尽。王长华部长也是一位女性，丹凤眼，鹅蛋脸，高鼻梁，薄嘴唇，不高不矮，不胖不瘦，一对耳朵白透红，两条腿细又长，是一位典型的东方美女。我第一次见到王部长是在开往天河机场的交通车上，统战部要组织我们党外人士去云南大理参观学习。我上车时，王部长正在走道上忙着为大家分发文化衫，累得满头大汗。文化衫是墨绿色的，左胸前印着华中师范大学六个白字，看上去十分雅致。王部长当时已把文化衫穿在身上了，非常合体，该凸的地方凸，该凹的地方凹，将一个女性的身材之美显示得淋漓尽致。开始，我以为王部长是位新的统战对象，直到她把文化衫发完，我才知道她是新到任的统战部部长。王部长为人谦和、亲切、温柔，领导统战工作真是再合适不过了。到了大理，王部长才正式讲了一次话。她讲话实实在在，没有空话，没有大话，没有套话，令我们肃然起敬。第二天参观苍山洱海时，我们提出与美女合影，她大大方方，坦坦荡荡，笑笑眯眯，马上答应了我们的请求。在与王部长亲密合影时，我想，有这样的统战部部长，我们学校的同心圆一定会画得像八月十五的月亮。

【于2023年

第六章

文化乡土

第六章

第六章 文化乡土

送姑父远行

各位亲人，各位朋友，各位乡邻，今天，我们怀着无比沉痛的心情，在这里为我的姑父谢元香先生送别。千山垂首，万水流泪。亲人离世，撕心裂肺。

姑父谢元香先生，生于一九二七年农历十月十七日，于二〇一九年农历七月十四日寿终正寝，驾鹤西去，享年九十二岁。

姑父谢元香先生的一生，是忠诚厚道的一生，是与人为善的一生，是艰苦创业的一生，是成就斐然的一生，是功德圆满的一生。他的逝世，无论对家庭，还是对社会，都是不可估量的损失。

有句俗话讲，谁人背后无人说，谁人背后不说人。但是，姑父谢元香先生却是一个例外。几十年来，我从未听见任何人在背后说过他一句坏话，或者半个不是；每当提到姑父，大家都是翘指称赞，有口皆碑。在说到姑父的时候，乡亲们说得最多的一句话是，谢元香先生是个好人。这话听起来很朴素，却是对姑父最真实、最准确、最高贵的评价。

姑父是个好人，第一是他的品德好。在社会上，姑父为人真诚，做事公正，从不弄虚作假，从不损公肥私。二十世纪七十年代，姑父在生产队担任过多年的仓库保管员。他兢兢业业，恪尽职守，把公家的粮食管理得颗粒无损，不仅没出现过差谷缺麦、短斤少两的现象，而且能及时晾晒，保持通风，连发潮和长霉的情形也没有发生过，被乡亲们誉为优秀保管员。在家庭里，姑父吃苦耐劳，勤扒实干，从来不向贫穷低头，从来不朝困难弯腰。当年老表们还小的时候，姑父家大口阔，生活十分艰难。但是，姑父靠勤奋，靠毅力，靠志气，带领全家老少日夜劳作，经过数年打拼，终于脱贫致富，让每个老表都有吃有穿有房住，并让他们一个个按时结婚生子，成家立业，过上了幸福的生活。

姑父是个好人，第二是他的性格好。他心地善良，脾气温和，淡泊名利，与世无争。在待人接物方面，姑父一向慷慨大方，乐善好施，有福同享。记得小时候，每年到了捡橡子的季节，姑父每天早晨都要拿着斧头到树林中撞橡子树。撞下来的橡子，他总是让树下的孩子们一起捡，从来不分你家我家。看着我们欢快地捡橡子，他的脸上不禁

第六章 文化乡土

堆满了和蔼的笑容。在为人处世方面，姑父向来宽宏大量，先人后己，总是谦虚，总是礼让，从来不与别人争名夺利。据说当年姑父因为肯下力气，肯动脑筋，干活积极，业绩突出，多次被评为劳动模范，曾经还有过一次上北京去见毛主席的机会。但是，姑父最后没能去成。临行之前，上头让他把荣誉让给了另外一个人。晚年回忆起这件往事，姑父虽有一丝遗憾，却无半句怨言。

姑父是个好人，第三是他的技术好。他出身贫寒，又过早地失去父母，所以没读多少书。但是，姑父自幼聪明好学，从十一二岁开始便跟着姐夫李友汉先生学习犁铧制造技术。他虚心请教，不耻下问，又心灵手巧，过目不忘，没过几年便出师了，而且在技术上还超过了师傅。我记事的时候，姑父已是闻名遐迩的制铧专家。在大集体时代，姑父经常在晚上为生产队制铧。我至今都记得，一到天黑，生产队的晒场上便摆开了制铧的阵势，模具成排，助手成群。姑父腰里系着一个粗布大围裙，像一位身着战袍的指挥官，一边发号施令，一边亲自动手。风箱呼呼响，炉火熊熊烧，冲天的火光几乎映红了油菜坡的整个夜空。因为姑父制铧的技术好，所以他制造的犁铧经久耐用。据我所知，当年很多地方都请姑父去制造过犁铧，比如五虎，比如远安，比如南漳，到处都留下了他的足迹。姑父精良的制铧技术深受乡亲们好评与赞扬，被广大的耕田犁地者称为一代工匠。

总而言之，姑父谢元香先生是个好人。然而，世上没有长生果，人间没有不老丹。好人也终有离开人世的一天。我们多么不希望这一天到来，但这一天还是无情地到来了。好在，姑父功成名就，德高望重，他人虽然走了，但精神永存，情怀永驻，光芒永照！姑父永远活在我们心中。

一个人吹拉弹唱

今天，感谢大家在百忙之中来到谢府，为我的姑父谢元香先生送行。让我们一起祝福他老人家在黄泉路上一路走好，顺风顺水到天堂。到了天堂之后，愿姑父时时有烟吸，餐餐有酒喝，左有金童侍，右有玉女陪，天黑有灯，下雨有伞，无病无灾，无忧无虑，尽享富贵与荣华。

永别了，敬爱的姑父！

【于 2019 年】

第六章 文化乡土

家风建设与乡村振兴

乡亲们，上午好！今天是望粮山村党支部书记尚海功同志和我共同发起的教授下村季度讲堂的第二讲。我本来打算从武汉大学请一位教授来主讲的，并且已经跟这位专家打好了招呼。但是，望粮山村的不少朋友都希望我能来亲自讲一次，觉得我是这个地方土生土长的人，对这里的风土人情了如指掌，讲起来更贴近实际，大家听起来会感到更加亲切。对家乡人的要求，只要合情合理，只要力所能及，我一向都是乐意效劳的。因此，我今天就赶着鸭子上架了，来跟乡亲们讲一讲家风建设与乡村振兴的问题。

在转入正题之前，我还想做一点说明。我的本职工作是从事文学的教学与研究，业余爱好是写点小说，对家风问题没有做过深入和系统的探讨，在这方面可以说是个门外汉。今天来这里讲家风建设，我信心不足，甚至有点诚惶诚恐，生怕讲不好，害怕大家听了失望，觉得我在隔着鞋子抠痒。但是，既然选择了这个有现实意义的话题，我还是只好硬着头皮讲，并争取尽量讲得好一点。

家风的基本特征

我先讲一下家风的基本特征。什么叫家风？通俗地说，家风就是一个家庭或家族长期积累而形成的，被家庭或家族成员一致认同并坚持的风气、风俗和风尚。事实上，家风属于一种文化形态，也可以称为家庭文化。作为一种文化形态，家风有以下三个基本特征。

第一个特征：示范性。家风不仅是一种价值观，更是一种方法论。我的意思是说，家风并不只是空洞的说教、僵硬的口号和抽象的律条，更多的时候不是挂在嘴上，而是落实在一个一个的行动上。说到底，家风还是一种为人处世和待人接物的行为方式。它是具体的，鲜活的，形象的，因而具有明显的示范性特征。比如尊敬老人，每当看到这四个字，我就会马上想到一个生动而感人的故事。这个故事发生的时候，我可能只有四五岁。故事的主人公是我的父亲，他那时在镇上工作，每到月底才能回家休息几天。他对我外婆很好，每次回家休假都要把外婆接来吃顿饭，甚至还留她住上一夜。有一次，父亲又把外婆接来了，当晚让她睡在楼上。那是一个寒冷的冬天，外婆有点感冒，睡到半夜里，她突然在楼上咳得厉害，把我们都咳醒了。听到外婆的咳嗽

第六章 文化乡土

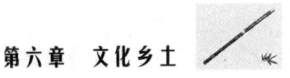

声,父亲立刻就披上棉袄下了床。我看见他打着手电,先从糖罐里抓出一块冰糖,然后就快步上了楼。我还听见父亲跟外婆说,冰糖止咳,您含在舌头下面慢慢化吧。他一边轻声细语地说着,一边就把冰糖喂到了外婆嘴里。外婆含上冰糖之后,果然就不咳了。这个故事给我的印象很深,我看在眼里,记在心里。当时我想,等我长大后,一定也要像我父亲这样尊敬老人。成人以后,在对待老人方面,我的确很像我的父亲,无论是对自己的老人,还是对别人的老人,例如对我的父母,例如对我的姑父姑妈,例如对油菜坡的文叔,例如对显华的父亲金甫伯伯,我都能真心实意地去尊敬他们,并尽力在行动上给予关心和温暖。很显然,我的父亲在这方面给我做出了很好的示范,他是我的老师,是我的榜样,是我的楷模。

  第二个特征:传承性。家风作为一种文化现象,它既是一种文化形态,也是一种文化基因,因而具有与生俱来的传承性特。但是,文化基因不同于生物基因,生物基因会自发地遗传,而文化基因的传承则需要一种自觉。也就是说,家风的传承不像生物遗传那么简单,由于时间的更替、空间的转换和家庭成员的变化,它在传承过程中往往会遇到阻力。因此,当我们遇到阻力的时候,一定要有一种担当意识,有效发挥家庭教育的功能,从而保证优良的家风代代相传。比如关于礼节问题,在家风好的家庭里,孩子早晨出门和晚上回家,都必须跟父母大人打个招呼,说一声我出去了或者我回来了。这是一个起码的礼节。在我小的时候,母亲对我很严,我早出晚归都要跟她说一声,否则就会遭到严厉的指责,甚至挨打。后来我当父亲了,也要求女儿像我小时候那么做,希望把这个好的家风传承下去。可是,我女儿出生在武汉,城市的文化氛围与家乡油菜坡有着很大的不同,她有时便对我的要求不以为然。有一个故事，我至今难以忘记。那是女儿读高中的时候，有一天早晨，她起床晚了一点儿，匆匆忙忙刷了牙洗了脸，然后便慌慌张张下了楼，出门之前没顾上跟我说再见。当时我们家住七楼，没有电梯。我从书房走到阳台时，女儿已经下到一楼了。我大声叫住女儿，命令她回来跟我打了招呼再走。女儿用求情的口气对我说，爸爸，我今天快要迟到了，你就饶了我吧。我说，不行，你必须回来跟我打招呼，否则就不要再回这个家了。女儿还算听话，只好一边哭一边跑步上楼，规规矩矩跟我道别后才又转身下楼。我爱人是城市人，当时对我这种做法极为不满，觉得我不近人情。但是，我认为对孩子的教育必须严格，尤其在家风问题上，丝毫不能马虎，一次也不能放过。只有这样，我们才能把优良的家风从上一代继承下来，再传递给下一代，并让它永远延续下去。换一种说法就是，我们千万不能让那些优良的家风在我们这一代中断了。从这个意义上来说，传承是我们的义务，更是我们的责任。假如我们没有尽到义务和责任，别人就会指着我们的后代说，这人没有传授。

第三个特征：变异性。家庭或家族虽然具有相对稳固和独立的特点，但并不是一个完全封闭的系统，而是处于一种开放的状态，时刻与社会、与时代、与他者发生着这样或那样的关系。所以，家风也不是一成不变的，它会因为社会的发展、时代的诉求、他者的影响而不断发生变化。当然，其中也包括家庭或家族成员认知水平的提高和审美趣味的提升等因素。这就是家风的变异性特征。比如，在我们家乡这一带，自古以来传承着这样一种风俗，即女儿出嫁之后，和女婿一起回娘家时不能同房睡觉，同床更不允许。这是一种地方风俗，同时也是一种家风。然而，随着社会的开放，随着人口的流动，随着城乡

第六章 文化乡土

的融合,随着文化的交叉,随着人性的张扬,这种业已成为规矩的家风已经被逐渐消除。现在,很多女孩子外出打工,逢年过节带着男友或丈夫回到娘家的时候,差不多都是大明大白地睡在一起,同床共枕,其乐无穷。在我看来,这一家风的改变是一种进步,它是合乎时代的,也是合乎人性的,更是合乎现代文明的。再说,传统的家风也有好坏之分。对好的家风,我们要努力发扬和光大;对坏的家风,我们则要敢于批判和废弃。就拿女儿和女婿回娘家必须分床而睡来说吧,这本身就带有一种重男轻女或男尊女卑的封建思想。儿子和女儿都是人,凭什么儿子儿媳可以同床欢乐,而女儿女婿只能分房干炕?这明显不平等嘛,更要命的是违背人性,所以必须改变。我曾经写过一篇题为《娘家风俗》的小说,反映的就是这种家风的变迁。一个叫雨花的姑娘,在南方打工时爱上了一个外地男孩,结婚后带着丈夫回到娘家度蜜月,却被父母棒打鸳鸯睡进了两个房。分开睡了两夜,小两口实在坚持不住了,便跑到小镇上开了个钟点房。谁料到,他们的行踪被雨花的邻居盯上了,并且还受到了邻居的要挟。邻居让他们付保密费,否则就把这个秘密告诉雨花的父母。有意思的是,当雨花的父亲知道女儿女婿遭到邻居敲诈之后,居然主动废除了女儿女婿不能同房的传统禁令。从这天晚上开始,女儿和女婿便理直气壮地睡在了同一个房里的同一张床上。通过这个故事,我想要表达的主题是,家风也应该与时俱进,不断更新,从而更好地推动社会前进。

俗话里的家风

俗话,又称古话,有时也称为土话。它实际上是一种民间俗语,即形象生动、通俗易懂、深入浅出、广泛流传的格言警句。从形式上来讲，俗话往往比较短小、简洁、凝练，多用修辞，基本上都是短语，而且朗朗上口，易于记忆，易于背诵，易于口耳相传。从内容上来讲，俗话常常运用具体而浅近的民间事象来揭示抽象而深刻的人生道理，所以有时候又被称为口头禅。

家风的形成，应该说经历了一个从实践检验到理论提炼的过程。在实践检验阶段，家风主要表现为一种故事形态，有时间，有地点，有人物，有动作，有原因，有结果。而到了理论提炼阶段，家风基本上又以俗话的形式出现，要么是一个比喻，如"屋檐水滴在旧窝里"；要么是一副对联，如"一等人忠臣孝子，两件事读书耕田"；要么是一段顺口溜，如"长到五六七，就要有规矩，桑条从小育，长大才成器"。可以说，俗话是家风的主要载体。许许多多的家风，都是通过俗话呈现出来的。打个比方来说，俗话就是一座家风的富矿，值得我们深入开掘，认真讨论，有效利用。前几天，为了回到家乡讲家风，我抽空集中分析了一些耳熟能详的俗话。通过分析，我发现俗话中蕴藏着极为丰富的家风资源，如果要进行分类的话，俗话里的家风大致可以分成以下几种类型。

一类是，家庭伦理。所谓伦理，指的是人们关于人生观、世界观和价值观的哲学思考，它涉及道德、信仰、标准、秩序、关系等各个方面。家庭伦理，主要指的是用以指导家庭或家族成员开展各种行为的观念，包括如何处理人与人、人与社会、人与自然之间的关系。关于家庭伦理的俗话很多，多到不胜枚举，比如：老老实实做事，堂堂正正做人、人正不怕影子斜、上梁不正下梁歪、穷要穷得干净，富要富得宽正、为人不做亏心事，半夜不怕鬼敲门、父慈子孝、夫唱妇随、养儿防老，积谷防饥、君子爱财，取之有道、有借有还，再借不难，

第六章 文化乡土

君子一言，驷马难追、只要功夫深，铁棒磨成针、吃得苦中苦，方为人上人、滴水之恩，涌泉相报……关于家庭伦理的俗话真是太多了，说三天六夜也说不完。这些俗话，说的都是为人之道和处世之理，有讲公正的，有讲孝顺的，有讲慈爱的，有讲团结的，有讲诚信的，有讲勤奋的，有讲吃苦的，有讲感恩的，可以说涉及了家庭伦理的方方面面。有意思的是，这些俗话虽然字不多话不长，却有声有色，有血有肉，有情有义，还有浓郁的烟火气息，很容易被还原成一个个鲜活的故事。比如"滴水之恩，涌泉相报"，一听到这句俗话，我便会猛然想到我姑妈给我喝糖水的故事。那一年我满十二岁。头天晚上，我一夜都没睡着，心想明天就是我的生日了，我妈肯定会给我冲一杯糖水喝。第二天是星期天，我天一亮就起床了，希望早点喝到糖水。我妈那天也起得很早，一起床就在灶台上烧水。我想，她肯定是烧水为我冲糖水的。然而，我妈没等水烧开就舀起来放在了脸盆里对我说，今天不上学，你赶快洗了脸去山上打柴。听我妈这样说，我的心顿时一凉。显然我妈把我的生日忘了，这让我心里很难过。我本想告诉她今天是我的生日，但我想了想什么也没说，草草地洗了脸就上山打柴了。从山上扛柴回家必须从我姑妈家门口经过，姑妈家门口有一根高大的柿树，这会儿树上的树叶已经落尽，只剩下几个黑色的鸟窝。当我扛着柴走到那根柿树下面时，姑妈突然喊了我一声。她让我把柴捆放在柿树下，到她家里去一趟。我放下柴捆，迅速进了姑妈家。刚一进门，姑妈就迎面将一只玻璃杯朝我递过来。今天是你的生日，姑妈冲一杯糖水你喝！姑妈微笑着对我说。我顿时激动不已，寒冷的心一下子变得热乎乎的，仿佛有人在我心里烧起了一团火。我接过糖水迟迟没有喝，端糖水杯的手不停地颤动。姑妈催我说，快喝吧，趁热喝

一个人吹拉弹唱

下去！我圆睁双眼看着姑妈，真想对她说一句什么，但我却什么声音也发不出来。我只好举起糖水杯，放在嘴前，一仰头将那满满一杯糖水一口气喝了下去。就因为这一杯糖水，我一生都记得我姑妈。大学毕业有了钱，我每次回家都要给我姑妈买礼物，买的最多的就是糖。

二类是，家庭规则。规则即规矩和原则，也称为制度。家庭规则指的是用来规范家庭或家族成员行为的一系列规矩和原则。关于家庭规则的俗话也不少，如：坐有坐相、站有站相、吃不言、睡不语、有一说一、有二说二、宁可想着说，不可抢着说、当面锣，对面鼓、老的要像老的，小的要像小的、言传身教、上行下效、大人说话，小孩莫岔、娇儿不孝，娇狗上灶、子不教，父之过、格子大不过蒸笼，胳膊拗不过大腿、可以再一再二，不能再三再四、家有主，船有舵、人有脸，树有皮、吃人家的嘴软，拿人家的手短、父管三十，子管三十、小来是兄弟，长大各自理、嫁鸡随鸡，嫁狗随狗、儿不嫌母丑，狗不嫌家穷……这些俗话，体现的都是管理一个家庭或家族的规矩和原则，对每一个家庭或家族成员都有一种约束力。如果没有规矩，这个家庭或家族便不成方圆；如果没有原则，这个家庭或家族便不成体统。一个家庭或一个家族要想兴旺发达，持久繁荣，必须建立起一系列的家庭规则，甚至应该把它当作纪律和制度，要求每一位家庭或家族成员共同遵守并执行。否则的话，这个家庭或家族是没有前途、没有未来的。譬如上面提到的娇儿不孝娇狗上灶这句俗话，看起来是个比喻，实际上传达的是家庭教育的一个规则，它要求父母对子女必须严格管教，不能娇生惯养。严是爱，既是对孩子的爱，也是对大人的爱。娇是害，既害孩子，更害大人。这里，我想举两个例子，一个是正面的，一个是反面的。我先举反面的例子，有一个人，岁数比我稍大一点，

第六章 文化乡土

也是本地人,住的地方离我家不远。小时候,我隔三岔五到他家附近放牛,所以经常见面。他的父亲喜欢吸烟喝酒,受父亲影响,他很小也染上了吸烟喝酒的毛病。更为糟糕的是,他父亲对他非常娇宠,对他几乎是有求必应。他要吸烟,父亲就给他上烟;他要喝酒,父亲就给他倒酒。有好几次,我曾看见他父亲给他上烟后还亲自划火柴帮他点燃。这个人长大以后,对烟酒都上了瘾,烟可以一根接一根地吸,酒是每喝必醉。但是,他好吃懒做,手头并不宽裕,有时买烟买酒都困难。他父亲这时老了,也没能力挣钱了,却依然喜欢吸烟喝酒,还时常低三下四找他要烟吸要酒喝。然而,他是个无义包,即不孝之子,对父亲一点也不孝顺,不仅不给父亲买烟买酒,而且还把自己的烟酒藏起来,生怕他父亲发现了。后来的结局很惨,有一次,他喝酒喝醉了发酒疯,居然亲手放火把他们家的房子烧了。这个例子,就是教子不严、娇儿不孝的悲剧,值得我们深刻反思。我再举一个正面的例子,是关于我本人的。我当年在万寿读初中的时候,每个星期日都要回家干活。有一天,母亲让我打蒿垫猪栏。我对母亲说,如果我一天能打十捆蒿,你就给我买一双凉鞋。母亲答应了我的条件。那天,我清早上山打蒿,一刻也没停,到中午就打了七捆蒿,扛回来一捆一捆摆在猪栏边。吃过午饭,我担心母亲变卦,便要她先把买凉鞋的钱给我,然后再去打那三捆蒿。母亲倒是很爽快,马上把三块七毛钱给了我。没想到的是,母亲刚把钱递到我手里,父亲突然从镇上回来了。他听说我打蒿还讲条件,立刻把我教训了一通,说劳动是我的义务,不应该讲任何条件。批评之后,父亲不单是让母亲收回了那笔钱,而且还逼着我又打了三捆蒿。当时,我的确有些想不通,还在心里埋怨我父亲不近人情。可是成人以后,我才意识到父亲当初是为了我好。他让

一个人吹拉弹唱

我懂得了人生的意义在于付出,而不是在于索取。因此,我特别感谢父亲当年对我严格甚至有些苛刻的教育。这种不娇不宠的教育,让我终身受益。

三类是,家庭策略。策略一般指的是解决问题的方法和路径,也可称为计策和谋略。家庭策略,主要是指家庭或家族成员在为人处世、治家理业、待人接物过程中所采用的计策和谋略。它是一种技巧,更是一种艺术。在浩瀚的俗话中,总结家庭策略的也很多,比如:吃不穷,穿不穷,算计不到一世穷、一个人吃不饱,十个人吃不完、打虎亲兄弟,上阵父子兵、留得青山在,不怕没柴烧、害人之心不可有,防人之心不可无、逢人且说三分话,不可全抛一片心、早不忙,晚恓惶、一年之计在于春、一日之计在于晨、一升米的恩人,一斗米的仇人、智大养千口,力大养一人、当面教子,背后教妻、手心手背都是肉、众人拾柴火焰高、君子动口不动手、宰相肚里能撑船、闷头鸡子啄白米、伸手不打笑脸人、磨刀不误砍柴工、兔子不吃窝边草、憨人有憨福、家和万事兴……上面这些俗话,既有对生活姿态的捕捉,又有对生存智慧的打捞,还有对生命意义的发掘,汇聚起来简直就是一本人生指南。在坚定四个自信尤其是文化自信的当下,我们要继承和弘扬优良家风,就一定要充分认识到这些家庭策略的价值。它既为我们提供了正面的经验,同时也为我们提供了反面的教训。无论是经验还是教训,对我们来说都是宝贵的,值得我们认真借鉴和汲取。比如当面教子背后教妻这句俗话,对我们正确处理夫妻关系就具有很好的启示。据我所知,眼下乡村的夫妻关系总体上并不是太好,横眉竖眼的有之,骂骂咧咧的有之,动手动脚的有之,笑脸相迎的少,和风细雨的少,相敬如宾的更少。为什么会出现这种情况?我觉得其中一个最重要的

第六章 文化乡土

原因,还是缺乏夫妻生活策略。俗话说,当面教子,背后教妻。意思是,作为丈夫,对待妻子的态度和方式绝对不能像对待子女一样,妻子有缺点有错误,千万不能当着外人的面进行批评和指责,否则就会让妻子颜面扫地,从而使夫妻关系更加恶化。有一个真实的故事,是我在老家亲眼所见的。我的一位邻居,为人非常勤劳,每天天一亮就起床下地干活。他的妻子,却喜欢睡早床,经常睡到太阳升起来才起床。有一天早晨,邻居耕完一大块田回家,左邻右舍都在吃早饭了,他的妻子居然还睡在床上。邻居一气之下,便把浑身只穿了一条花裤衩的妻子抱到家门口,对左邻右舍大声喊道,你们都来看呀,看看这条大懒虫!他边喊边把妻子扔在地上。他妻子被羞得满脸通红,恨不得挖个地洞钻下去。这一出上演之后,他们夫妻关系更紧张了。我想,邻居如果能像俗话说的那样背后教妻,那效果肯定会好得多。

家风建设刍议

最后,我想简要地谈几点关于家风建设的建议。我认为,家风建设,重点在于家风的传承。其中主要包括三个方面的内容,一是为什么要传承家风?二是传承什么样的家风?三是如何传承家风?为了正确回答和有效解决这几个问题,我提出三点建议供大家参考。

其一,要有时代意识。所谓时代意识,就是要把对家风传承的认识上升到新时代的高度。我在前面说过,家风是一种文化传统。我们传承家风,实际上是在继承和发扬传统文化,是坚定文化自信的表现。习近平主席特别强调文化自信,他说:"文化自信是最基本、最深沉、最持久的力量。"因此,我们可以说,传承家风就是在具体贯彻落实习近平新时代中国特色社会主义思想。同时,我们还应该看到,许多优秀的家风与社会主义核心价值是一致的。如俗话说的穷在闹市无人问，富在深山有远亲，这句话的主要意思便是倡导富强；再如手心手背都是肉，倡导的是平等；又如君子一言，驷马难追，倡导的是诚信。富强、平等、诚信，都是社会主义核心价值观的重要内容。从这个角度来讲，我们传承家风，实质上是倡导社会主义核心价值观。因此，家风传承具有十分重要的时代意义。

其二，要有辩证意识。所谓辩证，就是坚持辩证思维，全面地、客观地、冷静地、一分为二地看待一切事物。家风作为一种传统文化，毫无疑问具有二重性，其中既有优良的部分也有不良的部分，既有精华的部分也有糟粕的部分，既有先进的部分也有落后的部分。所以，我们开展家风建设，首先必须要用辩证的眼光去对家风进行审视，从中挑选出优良的部分、精华的部分和先进的部分，同时剔除那些不良的部分、糟粕的部分和落后的部分。比如人无横财不富，马无夜草不肥，这句俗话被很多家庭奉为经典，并且成为一种家风长期流传。但是，这种观点显然是错误的，它指望天上掉馅饼，奢望飞来横财，渴望一夜暴富，从而否定了勤劳，否定了实干，进而还可能滋生贪腐心理。像这种家风，无论是对家庭还是对社会，都是有百害而无一利的。又比如亲戚只望亲戚有，弟兄只望弟兄无，很多家庭都认同这一说法。其实，这是一种很不健康的心理，属于一种不良家风。它不仅违背了社会主义核心价值观，而且严重损害了兄弟之间的感情。在乡村，我们经常看到兄弟不和的现象，有不少兄弟，为了一点蝇头小利，可以翻脸，可以反目，可以破口大骂，可以打得鼻青脸肿。这类兄弟之间悲剧的产生，无疑受到了上面这句俗话的影响。再比如嫁出去的姑娘泼出去的水，这种说法非常盛行，同时也被当作一种家风在许多家庭

第六章 文化乡土

中起着作用。可是，它反映出来的却是一种封建思想，属于落后的家风，理应遭到批判和摒弃。总之，家风有好坏之分，有新旧之别，我们在传承的时候，切忌不问青红皂白地全盘照搬，一定要分析，要选择，该传承的大力传承，该摒弃的坚决摒弃。

其三，要有审美意识。所谓审美，就是要把情思和哲思融为一体，把感性和理性融为一体，把意思和意义融为一体，设置美的氛围，创造美的形象，给人们提供美的享受。从家风传承的角度来说，我发现有一种倾向，就是在家风传承的过程中，我们过于强调了这项活动的教育性，好像新时代文明实践活动的主要目的就是为了教育。其实，我倒觉得，新时代文明实践更应该是一种审美活动，即让广大的人民群众在活动中感到轻松，感到快乐，感到开心，有一种美的享受。换一句话说就是，我们应该适当淡化活动的教育性，同时强化活动的审美性。我这么说，并不是反对、排斥和抵制在文明实践活动中发挥教育功能，而是希望换一种思路，不要一开始就摆出一种教育的架势，开门见山，单刀直入，直奔主题，这样的说教往往令人生厌，令人反感，而应该首先让人民群众进入一种有情调、有趣味、有美感的氛围，然后在审美愉悦中自然而然地、水到渠成地、不知不觉地、润物无声地得到一种教育。这种教育才是有效的，才是铭心刻骨的，才是永恒持久的。那么，在家风传承中如何才能贯穿审美意识呢？方法很多，途径很多，比如讲民间故事，演民间小戏，读民间小说，这些都是很好的思路。我年轻的时候曾经写过一篇小说，题目是《无灯的元宵》，所反映的便是关于家风的主题。村主任一直把龙生龙凤生凤老鼠的儿子会打洞这句俗话挂在嘴上，并把它当作家风要求儿子，每次都要求儿子在村小学里考第一名。但是，在元宵节前夕的一次考试中，村主任的儿子龙儿却故意输给了隔壁的同学虫虫。村主任这一回差点气死，所以元宵节连灯笼都没挂。然而，村主任的儿子却非常开心，因为他终于看到了邻居同学的笑脸。在这篇小说中，我对不良家风进行了反思，同时刻画了村主任儿子这样一个代表了新风尚的新形象。我想，如果读者读了我这篇小说，肯定会在一种审美的快感中得到某种启发，受到某种教育。

好了，时间不早了，我听见大家肚子里的蟥虫都在咕咕叫了，该吃午饭了，所以我的讲座也该结束了，讲得不好，请各位包涵。谢谢大家！

【于 2018 年】

第六章　文化乡土

一个家族的文化故事

　　位于鄂西北保康县境内的天星村，繁衍着一个庞大的陈氏家族。今年清明时节，春和景明，万物复苏，我受天星陈氏家族领头人物陈永高先生的邀请，前往天星陈家老屋参加了陈氏家族的祭祖活动。

　　那天的活动内容丰富，形式多样，我不仅欣赏了精彩的地方文艺节目，观看了陈氏家族为四类典型人物颁奖的盛况，聆听了陈氏各方面代表人士的报告和发言，而且还收集到了许多陈氏家族的故事。这些故事真实可信，生动传神，意味悠长，让我深切地感觉到，天星陈氏家族是一个文化底蕴深厚的家族。在他们的家族故事中，蕴藏着这个家族丰富而独特的家族文化。正是这种家族文化，培育了这个文明、兴旺、发达的家族。

如果要对陈氏家族故事进行分类的话，我认为可以分为四类，一是志向故事，二是情义故事，三是才能故事，四是趣味故事。从以上四类家族故事中，我们很容易就能看出陈氏家族文化的四个显著特征。第一，崇尚志向；第二，看重情义；第三，尊敬才能；第四，追求趣味。

事实上，在参加这次清明祭祖活动之前，我对天星陈氏的家族故事早已耳有所闻，并且还亲眼所见了不少。回过头来重新打量这些故事，我发现，每一个家族故事中都浸透着他们的家族文化。或者说，家族故事已经成为家族文化的最佳载体，并且承担了家族文化的传承功能。因此，在坚定文化自信的今天，我们有必要高度重视并努力讲好家族文化故事。

这里，我就讲几个关于天星陈氏家族的故事吧。需要说明的是，任何故事都与人有关，人是故事的发起者、推动者、支配者。所以，要讲好一个故事，我们必须从人开始。

一

我先要讲一讲陈永高先生。在天星陈氏家族中，我与永高交往最多，感情最好，称朋友还轻浅了，应该说得上是兄弟。单从五官上看，永高说不上帅，可他的下巴上有一颗痣。正是这颗痣，我一眼就记住了他，并把他和一位下巴上有痣的伟人联系到了一起。在我看来，下巴上有痣的男人都是了不起的男人。所以，我从内心深处欣赏永高下

第六章 文化乡土

巴上的这颗痣，每次见到都想伸手去摸一下，只是一直没好意思下手。

我有一个发现，下巴上长痣的男人都有志。志，顾名思义指的是志向。原因何在？我一下子也说不清楚，恐怕是因为志和痣谐音吧。不同的是，痣长在下巴上，而志却藏在骨子里。比如永高，由于下巴上有颗痣，所以从小便志存高远，壮志凌云。虽然出生在天星这么一个山高水远的地方，可他的目光比山还高，视野比水还远。听说，永高刚参加工作时只是店垭镇上的一个小小秘书，但他有远大理想和宏伟抱负，在秘书这一平凡岗位上也干出了引人瞩目的成绩，年纪轻轻就当上了欧店镇的党委书记，由一个办事员一跃成为一个主政一方的科级干部，随后志向更高远，工作更出色，政绩更耀眼，没过几年便升为县级领导，官至人大常委会副主任。假如说，永高打小不读书，不上进，一天到晚只想玩，又贪吃贪睡，自甘平庸，胸无大志，那他无论如何是不会像今天这么风光的。或许，天星陈氏也不可能有今天这番繁荣景象。

常言道，一花独放不是春，百花齐放春满园。其实，永高只是天星陈氏有志者的一个杰出代表。如果只有他这么一个有志之士，那这个家族也不会如此兴旺发达。至于陈氏家族里其他人下巴上有没有痣，我不知道；但可以肯定的是，有志之士绝对不少。说到这里，我不禁想到了我四十年前就认识的陈万超医生。那年我十七岁，刚考入位于武汉的华中师范大学。那个时候，陈万超医生已从当时的武汉医学院毕业留校，在同济医院工作。那年春节前夕，我的中学老师黄仁富先生让我去找陈万超医生帮他买药，就这样，我有幸认识了陈万超医生。他那么年轻就在省城当了大夫，让我羡慕不已。然而，他自己却不满足，跟我说还想去德国进修深造，正在自学德语。我当时惊呆了，以为他在吹牛。哪想到，陈万超医生后来真的去了德国，还在那里开了一家私人医院。直到今天，我才知道陈万超医生和永高同属天星陈氏家族。有志者，事竟成。倘若陈万超医生没有高远的志向，他能展翅高飞，远翔欧洲吗？

　　志，实际上也是一种文化基因。基因是可以传承的。令人欣喜的是，在天星陈氏家族中，志这一优良文化基因得到了很好的延续。活动那天，我还听到了陈氏年轻一辈的代表陈仕瑾先生的发言，感到耳目一新。他的发言，辞藻时尚，声音洪亮，层层递进，逻辑严密，字里行间透出一种鸿鹄之志，听了让人振奋。从小陈身上，我越发感觉到陈氏家族是一个崇尚志向的家族。

二

　　那天去到天星陈家老屋，我有一个突出的感觉，总觉得有一种浓郁的情感始终在陈氏宗亲之间氤氲着、沉浸着、弥漫着。据我所知，陈氏宗亲去了近百人，男女老少，上下几代，有的胡须花白，有的乳臭未干，他们相互之间是那样亲切。从他们的眼神、脸色、嘴角，甚至每一个细小的动作中，我都能看出他们的情感关系。那是一种唇齿相依的关系，一种骨头连筋的关系，一种血浓于水的关系。正是由于这个原因，我发现天星陈氏是一个重情的家族。情，指的是情义，包括亲情、爱情、友情。

　　亲情即血脉之情，我上面提到的陈氏宗亲之间的那种感情便属于亲情之列。说到亲情，我不禁想到一个很感人的故事。永高的姑娘陈远丹，在华中师范大学读研究生的时候，永高去武汉请我吃过一次饭。本来，他到武汉是客人，我作为地主应该请他的，可他先把地方定好

第六章 文化乡土

了才告诉我，给了我一个猝不及防，并且提前买了单，没给我机会。那天晚上，永高用白酒敬我，喝了几杯以后，远丹突然起身说："爸爸，您别喝了，我替您喝！"一个女孩子，居然主动要替爸爸喝酒，很让我感到奇怪。爸爸是一位行政官员，隔三岔五都有应酬，喝酒应该是小菜一碟，女儿为什么要挺身而出替爸爸喝白酒呢？经过一打听，我才知道，永高刚刚做过一个手术，伤口尚未愈合，为了表达与我的情谊，才舍命陪君子喝起了白酒。然而，远丹看在眼里，疼在心里，实在忍不住，便含着泪说："爸爸，我替您喝！"我当时非常感动，鼻孔都酸了。这就是亲情啊！父女情深啊！当然，我没让远丹喝酒，也没有再让永高敬我。

除了亲情，还有爱情。众所周知，爱情指的是男女之间，主要是夫妻之间的那种微妙而复杂的情感状态，包括喜欢、欣赏、迷恋、紧张、亢奋、激动、高兴、开心、愉悦等情感体验，同时也伴随吃醋、怄气、伤怀等情感反应。它涉及心理，也涉及生理，既有社会性，又有自然性。一般来说，爱情不像亲情那样持久、永恒，因为喜新厌旧是人性的通病，男女皆同。那种海枯石烂的爱情有没有？有，比如永高和代芝的爱情。永高当秘书的时候，他的爱人是代芝，当上镇党委书记后，他的爱人还是代芝，后来做了县人大常委会副主任，他的爱人依然是代芝。在我认识的领导干部中，随着官位的升迁而换老婆的事情屡见不鲜，但永高没有这样，他的爱人一直都是代芝。更加难能可贵的是，几十年来，永高不仅爱人没变，而且爱情没变。我每次见到他们，都觉得他俩像一对恋人，出双入对，牵手捉腰，挤眉弄眼，打情骂俏，夫唱妇随，情深似海。可以说，永高是一位爱情专家。这里的专，是专一的专，专心的专，专注的专。

天星陈氏,不仅重亲情、重爱情,而且很重友情。永高就是一个特别重友情的人。我每次回到家乡,如果时间不是太紧,都会告诉他一声。只要听说我回来了,永高都会首先打一串大哈哈。从他那爽朗的哈哈声中,我能感受到他发自内心的喜悦。接下来,不管多忙,他都要设法与我见面,有时甚至推掉重要的应酬。每次相见,我们总有说不完的话,谈不完的心,叙不完的旧,笑声迭起,快乐无边。分别的时候,他总要送我一点礼物,有时是一提酒,有时是一盒茶,有时是一袋核桃。他还送过我一对铁核桃,拿在手上捏的那种。在武汉每当想念永高时,我就把那对铁核桃拿出来捏。现在,这对铁核桃已被我捏得油光闪亮,差不多成了艺术品。我非常珍惜这对铁核桃,因为它已成为我和永高友情的象征。

三

　　天星陈氏家族,人才济济,无疑是一个有才的家族。才,指的是才华、才能、才干。比如远丹姑娘,如果没有才华,她能考上名牌大学的研究生吗?比如陈万超大夫,如果没有才能,他能远赴德国开办医院吗?比如永高,如果没有才干,他能当上县人大常委会的副主任吗?当然,陈氏家族里的有才之人远远不止上述三位,他们只是其中的杰出代表。

　　为了方便起见,我下面还是拿永高为例。在保康,从民间到官场,从江湖到庙堂,从乡下到城里,大家都知道永高是一个才子,说他才高八斗。他的才,首先表现在从政方面。远的不说,只说他近十年的政绩吧。在担任人大常委会副主任期间,县里把许多棘手的工作都交给他负责,也就是把硬骨头给他啃。当然,这不是县里欺负他,而是

第六章 文化乡土

信任他,因为他有啃硬骨头的才干,其他人都啃不动。用永高自己的话说,他就是一个啃硬骨头的家伙。当年,县里要发展核桃产业,让他兼任县核桃办主任。那真是一块硬骨头,必须在规定的时间内说服农民完成种植转型。永高果然不负众望,凭他丰富的农村工作经验和三寸不烂之舌,很快把那块硬骨头啃下来了。不到三年,保康引进的薄皮核桃挂果了,让当地农民大幅增收,受到上上下下一致好评。我吃过永高送我的新鲜核桃,壳薄核大,细嫩可口,牙齿一咬,满嘴生津。啃下核桃这块硬骨头之后,他又走马上任了郑万高铁保康段建设指挥部的常务副指挥长,也就是具体负责和指挥。相比之下,这块骨头更硬,因为它牵涉到县内县外,乃至省内省外,方方面面,千头万绪。为了给保康人民争取更大的利益,永高必须马不停蹄地四处奔忙,交涉、谈判、斡旋,其间不但要扮笑求情、敬酒伤胃,更要斗智斗勇、用计施策。幸亏永高有才,眼睛一眨一个点子,眉毛一挑一个主意,又铜牙铁齿,巧舌如簧,终于把高铁这块硬骨头也啃下来了。现在,高铁已经建好通车,飞龙进山,万众叫好。

永高的才,还突出表现在书法方面。他是保康有名的书法家,曾经担任过县老年书法家协会主席。他的书法,遒劲雄健,刚正不阿,一笔一画,有板有眼。看永高的书法,可以大饱眼福。倘若不信,大家可以去县城郊外的上楼酒店瞧瞧,匾额上的上楼二字就出自永高之手。如果有空,大家也可以去油菜坡走走,那里有永高亲笔题写的苏家龙洞、良心糖坊和油菜坡书刊屋。假若有兴趣,大家还可以去看看一本名为《楚源》的杂志,那是保康熊绎中学主办的一份内刊,刊名就是永高写的。

四

　　我觉得吧，一个人，一个家庭，乃至一个家族，做到有志、有情、有才，并不是太难的事。这些，经过学习，经过模仿，经过借鉴，经过修炼，都有可能达到。但是，做到有趣却很难很难。趣，指的是趣味，包括事趣、情趣、理趣，其中最关键的因素在于灵活、敏捷、机智、巧妙、幽默、诙谐。在现实生活中，有志之人、有情之人、有才之人，我们并不少见，可有趣之人却寥若晨星。因为，趣是与生俱来的，具有一种先天性，后天的努力往往无济于事。令人艳羡的是，天星陈氏家族拥有一批有趣的人，从而使这个家族成为一个非常有趣的家族。

　　说句老实话，我之所以能和永高成为好朋友，主要是他这个人很有趣。我其实是一个非常刁钻古怪的人，表面上看起来很随和，骨子里却十分挑剔而傲慢。假如遇上一个无趣之人，我连话都不想跟他多说一句，更别谈一起喝茶、一起吃饭、一起游山玩水了，成为朋友更是不可能的事。但是，我与永高却一见如故，并且有相见恨晚之感。原因就在，他这个人太有趣了。

　　与永高相识之前，我便听到了一个十分有趣的故事。那年，永高被派往欧店担任党委书记。有一个副书记，年龄比永高大，资历也比他深，并且一直在欧店工作，相当于那里的元老，所以有点儿不买新来的书记的账。在欢迎晚宴上，主打菜是一个公鸡火锅。按当时当地的习惯，鸡头应该让给席上地位最高的人吃。但是，副书记却迟迟不把鸡头夹给永高。饭局上的气氛因此就有些尴尬。永高那会儿正年轻气盛，为了不在副书记面前示弱，便亲自动手把鸡头夹到了自己碗里，

第六章 文化乡土

还说:"这个鸡脑壳,你们不吃我来吃。"副书记趁机说:"哎呀,陈书记还喜欢吃这玩意儿啊!在我们这个地方,鸡脑壳都是给狗子吃了的。"永高一听副书记在骂他,当即回应说:"哈哈,那我这一吃,狗子就吃不成了。"副书记没想到永高反应会这么快,不禁对他刮目相看,同时心悦诚服,甘拜下风。后来,他们两个人还成了好同事、好搭档、好朋友。这,就是趣味的力量。

那天上台发言的陈万军先生,也是一个十分有趣的人。他的五官,本来就很有喜感,看上去像一个小品演员。他说起话来更加风趣,居然称永高为高爷。这个称呼太有意思了,有一种民间戏说的味道。更有趣的是,在讲到永高和代芝的关系时,万军突然来了一句:"高爷撑船,奶奶掌舵。"话刚出口,他马上纠正说:"对不起,我说错了,应该是奶奶撑船,高爷掌舵。"实际上,万军开始并没有说错。他是想借此机会,把平时想说而不敢说的话当众说出来。他的意思是,高爷虽说是个领导,但他也是惧内怕老婆的,在家里都是老婆说了算。然而,万军很狡猾,说出实情之后又想给高爷挽回个面子,所以佯装刚才说错了。我发现,陈万军先生太有趣了,太好玩了。

趣味的力量是无穷的。有一次,永高请我和几个朋友去一个僻远的农家乐吃饭,说那家男主人烧的土鸡特别好吃。可是不巧,我们去的时候已经客满为患,仅有的三个包房都坐满了人,等候的散客还有七八个。女主人说,抱歉,今天实在对不住,请你们改天再来吧。永高眨了眨眼睛,指着我对女主人说,这位客人是从武汉来的教授,不为吃鸡,只想见一眼你的老公。女主人说,不好意思,他正在灶屋里忙着烧鸡呢。永高说,我们只见一眼,说两句话就走。女主人听永高把话说到这个份上,便强行把男主人拉出来了。男主人腰缠围布,手持铁铲,浑身散发着土鸡香。永高指着他对我说,这位烧鸡大师烧的土鸡比什么都好吃,好多吃客一不小心把自己的舌头都咬了。他不光是一位烧鸡大师,同时也是一位品鸡大师。他吃别人烧的鸡,能尝出公母来,如果是公鸡,还能尝出它打过水没有;倘若是母鸡,能尝出它是否下过蛋。永高话音未落,我不禁击掌叫绝。男主人一下子脸红了,当即热情似火,主动要我们留下来吃鸡。永高说,谢谢,你今天太忙,我们改天来吃。男主人灵机一动说,既然来了就吃了鸡再走,我先把锅里的这一只给你们吃。我们一听,不由大喜。那天在返程的车上,我问永高,那男主人真的能品出公鸡母鸡?永高狡黠地一笑说,是我临时奉承他的。我赞叹说,你真是太幽默了!永高说,我要是不幽他一默,他会把那只烧给别人的鸡给我们吃?我想了想说,是啊,否则我们就白跑了一趟。

当前,全国上下都在强调人民群众的幸福感。事实上,幸福感的获得,光靠改善人们的物质生活是远远不够的,最重要的还是要改善人们的精神生活,而精神生活的改善,绝对离不开一个趣字。如果生活无趣,幸福感便无从谈起。所以,我们千万不可小看这个趣。天星陈氏家族中,因为有趣的人很多,所以这个家族的幸福感超过其他许多家族。

以上,我讲了这么多有关天星陈氏家族的故事,意在通过解剖一只麻雀来说明家族故事与家族文化的关系。在我国致力于乡村振兴的今天,我希望优良的家族文化能为乡村振兴助上一臂之力。

【于 2021 年】

第六章 文化乡土

在乡镇婚礼上的致辞

第一则：喇叭今晚在家吹

秋天的油菜坡，到处都是丰收的景象。田里，黄灿灿的苞谷又粗又长，让人嗓口发痒；树上，红彤彤的柿子又大又圆，令人舌尖生津。在这个喜获丰收的季节，我们油菜坡走出去的好青年周世波先生，也收获了他甜蜜的爱情，从千里之外的武汉黄陂，迎来了他漂亮的新娘熊慧小姐。

我今天十分荣幸，能在这里作为嘉宾

一个人吹拉弹唱

代表讲话。首先，我要衷心祝贺英俊帅气的世波和美丽动人的熊慧，祝贺你们男欢女爱，喜结良缘！同时，我还要衷心祝贺一对新人的父母，祝贺世波父母找到了一个可爱的儿媳，祝贺熊慧父母找到了一个可靠的女婿。

从主持人刚才的介绍中，我知道了新郎和新娘的身份，世波是一位现役军人，熊慧是一位在职教师。我发现，无论是新郎还是新娘，他们的穿着打扮和言行举止都与他们的身份高度一致。世波威武如山，一看就是一个坚强、勇敢、负责的男儿；熊慧温柔似水，一看就是一个多情、贤惠、懂事的女子。在我看来，你们的结合就是一座山和一条水的交融，属于天生一对，地配一双，祝福你们永结同心，恩爱百年！

新郎世波，作为一个从农家走进军营的战士，今天显得格外高兴，浑身上下都充满了欢喜、自豪和骄傲。因为，他经过自己的奋斗与拼搏，依靠自己的聪明与才智，凭借自己的人品与力量，终于找到了自己称心如意的爱人。精诚所至，金石为开。千里姻缘一线牵，秋来抱得美人归。在今天这个大喜日子里，新郎世波当然要感到欢喜，感到自豪，感到骄傲。

新娘熊慧，今天看上去非常妖娆，身材苗条，皮肤白嫩，五官标致，尤其是那双明亮如窗的大眼睛，好像会说话。我感觉到，熊慧的这双大眼睛，不仅眼眶好，而且眼光好。假如眼光不好的话，熊慧小姐便不可能在茫茫人海中发现世波这么一个好儿郎。在此，我要恭喜熊慧，恭喜你看人看对了，选人选准了。

我对世波虽然了解不多，但我了解他的父亲母亲和他的爷爷奶奶。在我们油菜坡，可以说，世波的父亲母亲和爷爷奶奶，都是最真诚的

第六章 文化乡土

人、最善良的人、最美好的人。一个人的父亲母亲和爷爷奶奶,如果都真诚都善良都美好,那么,这个人肯定可以托付终身。世波就是这样的人。所以我说,熊慧的眼光好!我相信,你们的爱情一定会天长地久!你们的婚姻一定会地久天长!

我站在这里一边讲话,一边观察了一下新郎和新娘的父母。我发现他们的表情都异常复杂,既有喜悦、激动和欣慰,又有难舍、担忧和不安。由此,我不禁想起了一首题为《梦话》的诗。诗中写道:"你睡着了你不知道/妈妈坐在身旁守候你的梦话/妈妈小时候也讲梦话/但妈妈讲梦话时身旁没有妈妈/你在梦中呼唤我呼唤我/孩子你是要我和你一起到公园去/我守候你从滑梯一次次摔下/一次次摔下你一次次长高/如果有一天你梦中不再呼唤妈妈/而呼唤一个陌生的年轻的名字/那是妈妈的期待妈妈的期待/妈妈的期待是惊喜和忧伤。"每一个当父母的,都希望自己的孩子尽快长大成人,并且期待他们早日成家立业。但是,当这一天真正到来,儿子要娶妻,女儿要嫁人,做父母的却心乱如麻,五味杂陈,笑也不是,哭也不是。因为此时此刻,父母的心情太复杂了,正如诗中所写,既惊喜又忧伤。

那么,作为儿女,在完婚的时候,我们怎么才能让父母只有惊喜而没有忧伤呢?刚才,新娘熊慧小姐在她的结婚誓言中给出了完美的回答。她对自己的父母说,爸爸妈妈,请你们不要因为嫁了女儿而伤心。其实,你们不但没有失去女儿,反而还多了一个儿子来孝顺你们,关心你们,赡养你们。她同时还对公公婆婆说,公公婆婆,请你们不要担心儿子娶了媳妇忘了娘,我不会让他这样做的。我还希望你们把我当成自己的女儿看,我也会像女儿一样爱你们的。熊慧说得多好啊,我都被她感动了。而且,我觉得熊慧说的是心里话,因为她说这番话时满怀深情，一双大眼睛清澈如泉。

新郎的父亲周显华先生，是我几十年的好兄弟。在油菜坡，他不仅是一位称职的乡村干部，而且还是一位优秀的喇叭师傅。他的喇叭，像溪流一样欢快，像云霞一样婉转，像夜莺一样悠扬，非常悦耳，非常动听。在显华兄弟的吹奏下，不知道有多少对有情男女走到了一起，走进了婚姻的殿堂。

以往，显华兄弟都是帮别人吹喇叭，吹出了多少鸳鸯戏水，吹出了多少凤凰合鸣，吹出了多少梁山伯与祝英台。今天，我有一个建议，建议显华兄弟为自己家里吹一回。夜幕降临，在新郎新娘入洞房以后，显华兄弟一定要把喇叭拿出来，站到新房窗外使劲吹，吹出欢乐，吹出幸福，吹出吉祥，吹出高山流水，吹出大河涌波，吹得乐哈哈，吹得喜洋洋，吹得爽歪歪，吹得小两口翻云覆雨，心想事成，早生贵子。

第二则：向父母学习爱情

今天是个喜日子，尤其对我们马良镇上的邓府来说，今天的这个日子真是喜得不能再喜了。因为，邓家公子邓皓瀚先生今天要和杜茜茜小姐喜结秦晋，喜结良缘，喜结同心！如果要用三个字来形容今天这个日子的话，那就借用一下新郎父亲名字的谐音：邓庭玺！

感谢邓庭玺先生和周琳女士，真诚邀请我来参加邓公子的盛大婚礼，并让我为新郎新娘证婚。在前来贺喜的路上，我有幸听到两只斑鸠的叫声从沮河边上传来，非常婉转，非常缠绵，非常悠扬，非常悦耳，非常动听。从声调和音色上听去，显然是一只雄斑鸠和一只雌斑鸠的鸣叫，像是在互诉衷肠，更像是在发送幽会的暗号。听到斑鸠咕

第六章　文化乡土

咕深情的鸣叫，我不禁想起了我国第一部诗歌总集《诗经》的开篇《关雎》。诗中写道：关关雎鸠，在河之洲。窈窕淑女，君子好逑。有人考证，雎鸠就是斑鸠，诗中的那条河就是从我们马良日夜流淌的沮河。如果将这四句古诗转化成现代汉语，可以这么翻译：斑鸠鸟儿咕咕合唱，在马良沮河的沙滩上。好姑娘长得苗苗条条，帅小伙要和她配对成双。我觉得，这首诗就是古人专门为今天的这对新人写的，所以我要把它搬出来，当作最好的礼物送给皓瀚和茜茜。祝福你们男欢女爱，水到渠成，男大当婚，女大当嫁，新婚快乐，百年好合！

　　在今天这个大喜、特喜、挺喜的日子里，我还想借此机会跟新郎和新娘分别说几句话。

　　首先，我想对新郎说，从今往后，你一定要向你的父亲学习，以你的父亲为楷模，像你父亲爱你母亲那样，一心一意、诚心诚意、全心全意地爱你可爱的妻子。你的父亲，知书达理，能说会道，才貌双全，聪明过人，纵横商海，大获成功，腰缠万贯，身价过亿。按说，他完全有财力、有体力、有魅力去拈花惹草，寻杨问柳，招蜂引蝶，但他没有花心，更没有变心，眼里只有你母亲，心中只有你母亲。对你的母亲，你父亲特别大方，给她买最昂贵的首饰，买最时尚的服装，总是把你母亲打扮得漂漂亮亮的。有一次，我到邓府的红久宾馆来玩，看见你母亲穿一条墨绿色的肥臀裤，合身的花格衬衣松松地扎在裤子里，腰间斜斜地束着一条棕色皮带，分外妩媚，分外妖娆，看上去像一个美女特工。在生活中，不乏年轻、美丽而风流的女子向你父亲示好，可他总是装聋作哑，视而不见，置若罔闻。而且，你父亲对别的女人特别小气，从来不舍得在她们身上乱花一分钱。有一回，一个性感女子去扁洞河看你父亲养的娃娃鱼，你父亲用木棍在洞口敲了七下，一条价值万元的娃娃鱼便从洞里游了出来。那女子一看就动了心,当即小声对你父亲说,你把这条鱼送给我,我今天晚上就不走了。你父亲却没有为之所动,连忙用木棍在洞口敲了八下,那条娃娃鱼马上就钻进了洞中。由此可见,你父亲是多么爱你的母亲。所以,你一定要向你的父亲学习,学他专心,学他重情,学他只爱你母亲。

接下来,我再对新娘说,结婚以后,你一定要向你的婆婆学习,以你的婆婆为榜样,像你的婆婆爱你的公公那样,一颗心、一条道、一根筋地爱你可爱的丈夫。你的婆婆,花容月貌,天生丽质,双腿修长,乳丰臀翘,愁不皱眉,笑不露齿,举手投足,风情万种。听说,在马良镇,乃至保康县,有不少发财的、多情的、大胆的男子向你的婆婆暗示,而你的婆婆却装疯卖傻,目不斜视,冷若冰霜,让那些男子们吃了一次又一次的闭门羹。在你的婆婆看来,既然嫁给了你的公公,她就要坚信自己的选择,始终不渝,坚定不移,真诚守护,无怨无悔。更加难能可贵的是,你的婆婆原则性很强,警惕性极高,与异性交往总是善于掌控尺度,拿捏分寸,把握底线,绝不给对方留下一个机会、一点余地,甚至连一丝想象的空间都不给。我曾经跟你婆婆参加过同一个饭局,亲眼所见了一个中年男子向你婆婆献殷勤的场景。酒过三巡时,那个自我感觉甚好的男子突然提出要和你的婆婆喝交杯酒。你婆婆正色道,对不起,我已经和老邓喝过交杯酒了,不能再和第二个男人交杯。看看,你的婆婆是多么爱你的公公!因此,你一定要向你的婆婆学习,学她不出墙、不越轨、只爱你公公。

跟新郎和新娘说完上面这些话之后,我还想跟邓庭玺先生提一个建议。今天既然是你儿子儿媳的大喜日子,那么,小两口今晚肯定是要过喜事的。我建议,在小两口过喜事的时候,老两口也要一起过。

第六章　文化乡土

这样，就会喜里套喜，喜中有喜，喜上添喜，老少同喜，全家皆喜。这，才是名副其实的邓庭玺。

第三则：赵和是个好孩子

赵和是个好孩子。正因为这个孩子好，我才千里迢迢从武汉赶回家乡，专门赶回来祝贺他和杨瑾小姐的新婚大喜。老实说，我这段时间特别忙，接近年底，诸事缠身，说日理万机有点夸张，但日理百机还是说得过去的。然而，不管路程有多远，不管事情有多忙，我都要赶回来，当面恭喜赵和。原因是，赵和是个好孩子。

赵和的好，主要表现在三个方面。首先，他的名字好。和，蕴含着家庭和睦、夫妻和谐、生意和顺这些美好的愿望，同时还让人联想到诸如和风细雨、和颜悦色、和气生财、和好如初、和平共处之类的美好意境。其次，他的性格好。赵和见人总是一脸笑，不是奸笑，不是淫笑，也不是傻笑，更不是皮笑肉不笑，而是亲切的笑、真诚的笑、善良的笑。他说话也中听，喉咙不粗不细，嗓门不高不低，声音不大不小，听着悦耳、舒心、动情。更重要的是，他实事求是，有一说一，不撒谎，不吹牛，不谝泡、不日白，不砸咣当儿。第三，他的品质好。赵和在马良街关口垭开了一个家具店，属于生意人。可他与我们常见的生意人大不一样，他卖的家具明码实价，有假包退，有损包换，从来不让顾客吃亏，从来不让顾客上当，一贯言而有信，说好中午之前送货，决不拖到午餐之后。更加难能可贵的是，他的售后服务非常到位。比如，我老家一位堂兄找他买了一台麻将机，因为下雨受潮和长期不玩等缘故，一到开机时总是出问题。每当遇到麻烦，堂兄就打电话找赵和。接到电话，赵和二话不说，马上就开车跑五十多里山路去维修。据说，他前后至少跑了三四趟，跑去跑回，耗时耗油，累死累活，却不发一句牢骚，甚至连半句怨言也没有。总而言之，赵和是个好孩子，名字好，性格好，品质好，是个名副其实的"三好青年"。

赵和之所以这么好，与他的父母赵云国夫妇有着密不可分的关系。赵云国夫妇不是本地人，老家在荆州一带，年轻时来到马良闯江湖、讨生活，一来就没走，慢慢地结交朋友，找到人缘，站稳脚跟，然后在这里开了店子，挣了票子，生了孩子，购了房子，买了车子，今天又让儿子娶了媳妇子。作为两个外来人，赵云国夫妇能在马良这个人生地不熟的地方扎根、开花、结果，肯定有他们独特的为人之道、生存之道和发展之道。如果要问，他们的道是什么？我想，最关键的一点，应该是他们发现并走上了和为贵这条人间正道。正因为如此，他们给儿子取名赵和，并且用他们的勤劳精神、吃苦精神、奋斗精神、拼搏精神、隐忍精神、团结精神对赵和进行了言传身教，从而把赵和培养成了一个令人喜欢而信任的好孩子。

今天是赵和与杨瑾结婚的大喜日子。新娘杨瑾，脸蛋这么饱满，身材这么丰盈，五官这么温柔，雍容华贵，落落大方，一看就是个旺夫相。试问，这么好一个姑娘，为什么会嫁给赵和？也许有人会说，赵和长得帅，家里又有钱。但我觉得，这种答案是错误的。要论帅，比赵和高大英俊的小伙子多的是；要论钱，听说杨瑾父母也做生意，还是店垭镇上的大老板。在我看来，杨瑾爱上赵和并嫁给赵和，主要不是看上了赵和的相貌和钱财，而是看上了他的好，名字好，性格好，品质好，觉得他是一个好男人、好丈夫、好老公。在这里，我也要衷心地恭喜杨瑾，恭喜你看对了人、爱对了人、嫁对了人，不仅为自己

第六章 文化乡土

找到了一个好伴侣,也为你父母找到了一个好女婿。

赵和是个好孩子。在今天这个大喜的日子里,我还想跟赵和多说一句话。与杨瑾结婚以后,你就有了两对父母和两个家庭。在婚后的岁月里,我希望你继续走和为贵这条道,铸牢人类命运共同体意识,把两对父母当成一对父母,将两个家庭融为一个家庭,不断地增进和睦、增进和谐、增进和顺,创造出更加幸福美满的新生活。

最后,我还要祝福新郎赵和与新娘杨瑾,祝福你们早生贵子。听我的好朋友赵猎户,也就是赵云国先生说,据他观察,他的儿媳妇已经有喜了,而且怀的是个男孩。这真是天大的喜事。在这里,我想给赵和提个建议,如果你妻子到时候果然给你生个儿子的话,你就干脆给儿子取个名字叫赵小和,让和为贵这一人生信念代代相传,从而让我们的社会更加美好。

【于 2021 年】

一个人吹拉弹唱

小哥一路走好

衷心感谢各位乡邻、各位朋友、各位亲人，冒着大雨，踏着泥泞，来为我的堂兄苏顺良先生送行。在我的感觉中，今天是油菜坡最为黯淡的一天，山岭无语，草木皆悲，男女含泪，老少伤心。因为，从今天开始，我们再也见不到可亲可敬、可靠可信、可歌可颂的苏顺良先生了。

苏顺良先生在我的堂兄中排行老二，我从小称他小哥。小哥生于农历一九四八年三月初三，今年三月初三满了七十三岁。按民间说法，七十三和八十四是人生的两

第六章 文化乡土

道坎,很多人难以越过。但小哥胜利越过了七十三这道坎。在他满七十三岁那天晚上,我跟他说,小哥,好好生活吧,七十三轻轻松松地过了,活过八十毫无问题。我还说,等我退休之后,我每年都回老家住几个月,天天陪你玩,一边吃你熬的麦芽糖,一边听你唱山歌野调。他笑呵呵地说,好啊,我盼着你早点儿退休。哪想到,闯过了七十三岁的小哥,说走就走了,走得这么急促、这么匆忙、这么猝不及防。死神啊,你为何如此无情,在我们毫无准备的情况下就把我的小哥从人间拉走了?

小哥是一个勤劳的人。他从小就开始劳动,割草、放牛、打疙瘩,样样都干。盛年时代,他更是一个好劳动力,耕田犁地,栽秧割谷,打蒿积肥,都是一把好手。步入老年以后,他仍然闲不住,始终坚持劳作,养猪、煮酒、熬糖、晚睡早起,披星戴月,精神赛过年轻人。每次见到小哥,我都劝他说,你年纪大了,不要过于操劳,应该多休息,多享受。他却说,做习惯了,不做浑身酸疼酸疼的。就在他去世的前两天,他还在做建筑小工,一个人扛着一根上百斤的木头,艰难地在工地上移动。可以说,我的小哥是一个真正的劳动人民,劳动贯穿了他平凡而伟大的一生。

小哥是一个善良的人。他一生与人为善,从不做恶,从不害人,总是摸着良心说话,凭着良心办事。少年时代,我们家与小哥隔墙而居。当时,我父亲在镇上工作,母亲带着我们兄弟在油菜坡生活。那时候,我们兄弟几个都还是小孩子,家里的重活都落在母亲一个人肩上。幸亏小哥住在隔壁,每到紧急关头,他都会及时出现。比如,母亲把刚掰下的苞谷棒子晒在门口场子上,正晒着,天色突变,乌云翻卷,雷声轰鸣,眼看暴雨马上就要袭来,母亲心想,完了,还没晒干的苞谷又要惨遭雨淋。她顿时急得团团转,如同火烧眉毛。就在这时,小哥突然从外面赶回来,背起竹背篓就帮我们抢场。因为小哥的无私帮助，我们家的苞谷才没有受到损失。母亲感动不已，发自肺腑地说，顺良真是个好人！小哥的善良，不仅只是善待亲人，而且还能善待乡邻。在油菜坡，小哥无权无势，不富不贵，却人缘关系极好。谁家有事，他都主动去做。哪户有忙，他都热情去帮。他凭着他的善良，赢得了广泛的人心，受到了大家的尊敬与好评。

小哥是一个聪明的人。在许多人眼里，小哥可能是一个愚钝者，老实巴交，土里土气，只会吃老实饭，说老实话，做老实活。其实，我的小哥非常聪明。他心灵手巧，善于模仿，善于探索，善于创新。小时候，我家里住了一位武汉的下放干部，姓朱，我叫他朱伯伯。朱伯伯当过新四军，喜欢抽纸烟。当时我们这里没有纸烟卖，他便用从武汉带来的一个小型卷烟机卷纸烟抽。小哥看到后，便暗地里琢磨着用木头和铁皮自制了一个卷烟机，居然也成功地卷出了纸烟。小哥还会唱歌。他虽然不懂音乐，但他能把山歌野调唱得婉转如云，悦耳揪心。他最拿手的是《梁山伯与祝英台》。歌中唱道："左手掰枝子，右手摘石榴。石榴摘到手，红水往外流。"每次聚会，我都要他唱这一首，真是百听不厌。小哥还特别会熬麦芽糖，他熬的糖甜而不腻，名响四方，并成功入选市级非物质文化遗产保护名录，进而还创建了远近皆知的良心糖坊。总之，我的小哥是一位能工巧匠，他身上充满了难能可贵的工匠精神。

万分遗憾的是，我勤劳的小哥，善良的小哥，聪明的小哥，突然离开了我们，并且永远离开了我们。此时此刻，我无比悲痛，真想号啕大哭。假如哭声和泪水能把小哥从死神手里夺回来，我愿意把嗓子哭破，把眼泪流干。然而，这只能是异想天开。面对万恶的死神，我们既然无力回天，那就只好祝愿小哥在黄泉路上一路走好！永别了，亲爱的小哥！

【于2021年】

第六章 文化乡土

在乡村另类情感论坛上的演讲

各位领导、各位学者、各位作家、各位乡亲，我生在油菜坡，长在油菜坡，虽然十七岁就离开了油菜坡，但三十多年来，我一直心系着这片土地。我深爱着这里的山山水水，深爱着这里的父老乡亲。我关心家乡人的物质生活，更关心家乡人的精神世界。

今天，我在自己的家乡倡导并主持讨论另类情感，并不是为了找热闹，也不是为了寻开心，更不是为了标新立异、哗众取宠。我认为我是在做一件非常严肃、非常认真、非常有意义的事情。因为，另类情感是一种客观存在，只要是存在的就是合理的，只要是合理的就是需要研究的。而且，在我看来，另类情感或者说男女私情，它也是一种文化现象，这种文化现象在乡村更加普遍，它关乎着很多人、很多家庭的酸甜苦辣和喜怒哀乐，所以乡村另类情感更值得我们关注，更值得我们讨论，更值得我们研究。但是，我们中国人有一种与生俱来的双面性，有关另类情感的事情，人们可以做，但不能说，心里求之不得，嘴上却讳莫如深，并深恶痛绝。

今天的活动，肯定有很多的乡亲们不理解，不支持，甚至在背后说三道四，指责我、攻击我、咒骂我，骂我无聊，骂我低级趣味，骂我不讲廉耻。但是，我没有犹豫，没有畏惧，没有退缩。我知难而进，顶风而上！我为什么要这样顽固？为什么能这样坚强？因为，我觉得我是在做一件有意义的事情。

这件事的意义，在目前也许还看不出来。但我相信，在若干年之后，或许等我死了以后，人们一定会重新认识我，重新评价我。在给我开追悼会的时候，致悼词的人也许会用沉重的声音说，晓苏于2011年8月3日在他的家乡主办了一次乡村另类情感论坛，这是一次具有破冰意义的活动，他用他惊人的超前意识和可贵的冒险精神，揭开了人类情感研究史上崭新的一页。

【于2011年】

第七章 时代镜像

第七章　时代镜像

乡村美容师

我有一个表妹夫，名字叫作陈永洲。

二十年前，我就见过他，只是不知道他的妻子是我的表妹。我的表妹太多了，高的矮的，胖的瘦的，亲的疏的，近的远的，加起来恐怕有几十个。表妹们大都生活在老家乡村，而我长年在省城武汉工作，相互之间交往不密，了解不多，对她们的配偶就更是知之甚少了。

初次见到永洲那年，我正在父母居住的马良镇上建一栋小楼。承建方是一支乡村建筑队，带队的姓郝。当时，永洲也在其中，似乎是个打杂的学徒，搬砖、扛水泥、抬预制板，什么活都干。建筑队里的人，大都能说会道，只有永洲寡言少语，默默无闻，给人老实巴交的印象。

小楼建好后，随着建筑队的撤离，民工们也纷纷作鸟兽散去。从此，我几乎就见不到他们了。但是，永洲却是个例外。我好几次回去探望父母，都在家里遇见了他。父亲说，永洲经常抽空来看他们，每次都带礼物，要么是土豆，要么是菜油，要么是新打的稻米。母亲还告诉我，永洲其实是外婆娘家的侄孙女婿，我应该称他表妹夫。知道这层关系后，我立刻对他表现出了本能的亲近，连忙上烟上茶，问寒问暖。见我态度一变，永洲也放松了，话也随之多了起来，偶尔还跟我开几句玩笑。

第二年的中秋节，我按惯例回到父母身边，再次遇上了永洲。他给我父母送来了一盒老式月饼，是纯手工做的。我回家时也带了月饼，是友人从香港寄来的。可是，父母嫌港式月饼太油太甜，吃了腻人。他们更喜欢吃永洲送的月饼，觉得老式月饼吃起来香脆可口。

那天临走时，永洲小声告诉我，他已经离开了姓郝的建筑队，自己拉起了一个建筑班子。我感到很诧异，轮着眼睛问，你当班主吗？他点点头说，是的。我又问，谁负责设计和施工？他红着脸说，都由我负责。我吃惊地问，你？你会设计和施工？他淡然一笑说，设计和施工有什么了不起的？建房子嘛，只要不漏雨、通水电、能住人就行了。他话音未落，我忍不住冷笑一声说，没这么简单吧？听我这种口气，永洲突然扩大喉咙说，耳听为虚，眼见为实，表哥如果不相信，我明天可以带你去看看我建的房子，已建了好几栋，人都住进去了。我将信将疑地说，好啊，我倒真想去看看。

第七章 时代镜像

次日上午,我真去看了永洲建的房子。他带我去的地方叫横岭,是马良镇管辖的一个小山村。我坐在永洲的摩托车后座上,双手紧箍着他的腰。跑了四十几分钟,一栋砖混结构的两层楼出现在我面前。

永洲停了摩托车,伸手指着两层楼对我说,这就是我建的!我马上从摩托车上下来,随着永洲去参观房子。房子建得又高又大,客厅、卧室、厨房都很宽敞,过道少说也有十几平方米,横七竖八地堆放着二十几个装满粮食的蛇皮口袋。遗憾的是,所有的电线都裸露在墙体外面,左一根右一根,东一根西一根,相互缠绕,杂乱无章,看上去像蜘蛛网。水管也凸在外头,有的已经破裂,不停地往外渗水,滴滴答答的声音不绝于耳。我蹙着眉头问,电线和水管为什么不埋在暗处?永洲说,安在明处简单一点。我说,简单倒是简单,可这样不安全啊,再说也不好看。房子的主人这时插嘴说,没啥不安全的,露在明处修起来还方便一些。农村人的房子嘛,实用就行,不像城市人讲什么好看。听他们这么说,我便无言以对了。

离开两层楼,永洲又把我带到了一条沟谷里,去看他建的另一栋楼房。这栋房子白砖红瓦,掩映在一片绿树丛中,给我的第一感觉很好。然而,当我走进大门,穿过堂屋,到达厨房后门时,眼前突然出现了一个厕所和两个猪圈。它们离厨房近在咫尺,相距不到两米。厕所没有门,我一眼就看到了洒满尿液的蹲坑。猪圈是用石头垒的,只有半人高,猪屎一目了然。这时,一阵风忽然从厕所和猪圈后面刮过来,带着刺鼻的恶臭,令人作呕。我顿觉扫兴,再也没心情参观下去,便央求永洲送我返程。回到镇上分别时,我认真地对永洲说,你设计的厕所和猪圈,离厨房也太近了,多不卫生啊!他嗯了一声,没正面回答我。

一个人吹拉弹唱

在接下来的几年中，我每年都会遇上永洲好几次，有时在家里，有时在街上。永洲见到我仍然很亲切，总是一口一个表哥地叫着，让我心生暖意。不过，他没有再跟我谈到建筑上的事，似乎在有意回避这个话题。我也不好主动提起。

前年，也就是在我们国家全面进入小康的头一年，我差不多有大半年时间没见到永洲，心里不禁感到奇怪。夏天回去，我问父亲，怎么好久没看到永洲？父亲说，他今年特别忙，摊子铺得太大，一天要跑好几个建筑工地呢。我有些疑惑，愣着两眼问，他那个水准，为什么会有那么多人请他建房子？母亲抢先回答说，他收费低，进度快，时间短，乡亲们都喜欢找他。

那年直到国庆节，我才第一次见到永洲。多时不见，他已经有了小老板的模样，摩托车淘汰了，开着一辆越野车。他是傍晚收工后直接从工地上来我家的，给我父母送了一大袋新鲜花生。看到他的越野车，我欣喜不已地说，嗬，都鸟枪换炮了，看来你的建筑水平提高很快啊！永洲红了红脸说，水平还是老样子，只不过碰上了精准扶贫，每个村都要为贫困户建安置房，我算是抓住了好机遇。永洲那晚没有久留，喝了杯茶就告辞了，说要回家早点休息，次日天一亮又得往工地上赶。那次分别以后，我又是将近半年没见到他的影子。

去年过春节，永洲破例没来给我父母拜年。这有点出乎我的意料。往年，他总是正月初一或初二就来拜年了，最晚也没超过初四。直到正月十五元宵节，永洲还没出现，我便越发纳闷。那天傍晚，我出门散步，在街头偶然听到两个人说到永洲，就停下来听了一下。一个矮点的说，怎么好久没看到陈永洲了？一个高点的说，去年冬月间，他酒后开车，被警察抓住了，不仅罚了款，还没收了驾照。矮个子说，

第七章 时代镜像

真是倒霉。高个子又说,更倒霉的还在后面呢,他酒驾过后不久,建筑上又连续出事,开始是一户人家电线起火,引发了火灾,房主逼他陪了一万多;接着,他承建的一间牛栏没安装排污管道,粪水四处泛滥,还流到了隔壁一户人家的厨房里,最后被环保部门罚了五千。听他们这么一说,我立刻明白了永洲没来我家拜年的原因,并对他生出了一丝同情。不过,我又觉得,对永洲来说,这些遭遇未必都是坏事。

我再次回到家乡小镇,是在去年暑假。那天回家刚坐下,父亲就迫不及待地对我说,永洲最近来过好几回了,好像找你有事。我问,会有什么事呢?父亲说,十有八九是关于建筑的。父亲告诉我,这半年来,永洲又开始给乡亲们建房子了,生意还不错。吃过晚饭,父亲主动给永洲打了一个电话,说我回来了。电话打去不到半个小时,他便来到了我们家里。我热情地打招呼说,好久不见啊,永洲!他面红耳赤地说,去年连续出事,我一直没脸来见表哥。我明知故问道,出了什么事?他迟疑了一下说,都怪我当初没听你的话。停了片刻,他又说,好在吃一堑长一智,从今年起,我建房子吸取了以前的教训,电线和水管都埋进了墙体里面,厕所猪圈之类的,都建在了隐秘的地方,并且都安装了排污设施。我听了非常高兴,拍着他的肩说,好哇,建筑嘛,不仅要实用,还必须确保安全和卫生,接下来还要追求美观。

我一说到美观,永洲双眼猛然一亮,不等我话音落地,便兴冲冲地站了起来,有点激动地说,表哥,我今天来,就是想向你请教一个问题。我问,什么问题?他说,怎样在建筑上做到美观?我不由一愣,问他怎么想到问这个问题。他说眼下到处都在开展美丽乡村建设,政府对他们这些搞建筑的也提出了要求,强调所有的建筑都要突出一个美字。我恍然大悟道,哦,原来如此啊!永洲这时小声对我说,前几天，我们这群建筑老板还被镇上召集起来开了一个会。镇长在会上说，建筑老板应该成为乡村振兴的中坚力量，希望你们能够尽快由乡村泥瓦匠变成乡村美容师。我听了很兴奋，情不自禁地说，乡村美容师，这个提法好！

说来也巧，在回去的前一天，我刚好在省城参加了一个乡村振兴高峰论坛，听到了不少宝贵经验，还收集了好几本美丽乡村摄影集。离开武汉时，我把这些资料都装在了行李箱里。没想到，它们这么快就会派上用场。我赶紧将这些资料拿出来，一把递给永洲。他打开一看，居然张口就甩了一个成语。嘀，雪中送炭啊！说完，永洲便一头扎进了那堆文字和图片中，一口气看了将近一个钟头。等他抬起头来，我发现他的整个脸都亮堂堂的，像一盏点了蜡烛的红灯笼。我问他，对你有启发吗？他鸡啄米似的点着头说，有，启发太大了。

那天临走，永洲让我把那些资料借给他带回去再学习一下。我说，不用借，都送给你了。他如获至宝，不停地跟我道谢。在门口分手时，永洲忽然叹口长气说，以前我搞建筑，都是在瞎搞；今后，不管建什么，我都要往美处去弄。我说，好，祝你早日成为乡村美容师。

暑假快结束的时候，我突然收到了一个通知，要我去荆门屈家岭参加一个美丽乡村调研活动。看到美丽乡村四个字，我马上想到了永洲，当即便给他发了一则微信，问他是否愿意与我同行。微信发出去不到一分钟，永洲就打来了电话，开口就问，什么时候动身？我说，你这么忙，有时间去吗？他说，再忙也要去，磨刀不误砍柴工啊。

那次去荆门，永洲真是大开了眼界。我们前后参观了三个村庄，一个在平原上，一个在丘陵中，一个在山沟里，虽然地理环境各不相同，但建设得都非常漂亮。所到之处，永洲都显得无比兴奋，拿着手

第七章 时代镜像

机不停地拍照，见到房屋拍房屋，见到栏圈拍栏圈，见到厕所拍厕所，还拍了许多花草树木和小桥流水……在返回家乡的路上，我问永洲感觉如何，他这时又甩了一个成语。不虚此行！

要说起来，我的老家并不在马良镇，而是在隔壁店垭镇的油菜坡上，那里是我出生的地方。五年前，为了留个纪念，我在老家老屋的废墟上重建了一栋房子。当初我考虑不周，没让设计者在房子里面设计卫生间，后来才感觉十分不便。去年秋天，我决定在后墙外面补建一个卫生间，同时在后墙上开个门，将房子与卫生间连为一体。永洲得知这个消息，主动提出由他来负责设计和施工。我问他，你打算怎么建？他说，这个你别管，我保证建得既实用，又卫生，还美观，包你满意。他还拍胸说，如果你不满意的话，我一分钱不收。永洲既然把话说到这个分上，我就把这个小工程交给了他。

大概花了一个月时间，永洲便把卫生间建好了。他拍了几张照片发到武汉让我看，我看了大为惊喜。卫生间的设计非常别致，从形状到色彩，再到装饰材料的运用，都别出心裁。他紧贴后墙垒起了一座圆柱形的建筑，又粗又高，乍一看像一座瞭望塔，又像一部观光电梯，还像一条即将升空的宇宙飞船。它高出房子一大截，顶端浇铸了一个巨大的锅盖，喷着火红油漆，仿佛清朝人戴的那种红顶官帽。圆柱体上贴的是当地青石，深沉、厚实、稳固，与房子外墙上的黛色面砖搭配得当，和而不同。从外观上看去，谁也想不到这是一个卫生间。看完照片，我通过微信给永洲连发了三个大拇指和三朵玫瑰花。

元旦回去，我专程到老家看了那个卫生间。它的内部装修十分精细，马桶、淋浴、梳妆镜、衣帽钩，一应俱全。最有意思的，是连接房子与卫生间的那道廊桥，虽然只有一米长，设计和构造却别具匠心。

廊桥是全封闭的，用的是加厚的磨砂玻璃，左右两边安着银灰色的不锈钢栏杆，明亮而通透。站在廊桥上，仰头可以看到蓝天白云，俯首可以看到绿水青草，悠闲时还可以靠在栏杆上晒太阳。那天晚上，我和永洲就住在那里。洗完澡从卫生间出来，我问永洲，你怎么会想到这个方案？他说，这要感谢那次荆门之行。在屈家岭参观时，他在路边看到了一座圆形建筑，原以为是一个水塔，进去后才发现是厕所。永洲说，他就是在那里受到的启发。

今年开春以后，家乡的美丽乡村建设更是如火如荼。有一天，永洲突然给我打来电话，说他正在我的老家油菜坡。我问，你去那里干什么？他嘿嘿一笑说，老本行，搞建筑。永洲告诉我，因为帮我建了那个卫生间，他的名声很快便传开了，在店垭那一带，人们都知道有一个建筑老板叫陈永洲。于是，他的生意陡然红火起来，找他搞建筑的人排起了长队，有时村委会也出面请他做工程。我说，这是好事啊，看来你已经快成为乡村美容师了。

五一期间，我又回了一趟家乡。当时，永洲正在一个叫望粮山的地方帮村里建一个文化广场。我去到现场的时候，工程已基本竣工，他正带着几个妇女在广场大门两侧的空地上栽羊胡子草。这种草在当地随处可见，五寸左右，四季常青，风一吹，像山羊的胡子摇曳多姿。广场呈长方形，能容纳四百多人，被村里视为家风教育基地。场内建有主席台，可以做报告，可以表演节目，可以讲中国故事。深灰色的背景墙上用大红油彩写着关于家风的语录，厚重而醒目。广场四周，砌着乳白色围墙，墙头覆盖着墨绿色的琉璃瓦，看上去古色古香。场外有一大片茂密的竹林，青翠欲滴的竹枝越过围墙伸到了广场里面，像一群调皮的少女，探头探脑，挤眉弄眼，生机盎然。离开广场时，

第七章 时代镜像

我连声赞叹说,真是漂亮,美不胜收啊!永洲骄傲地说,都是我一手设计和施工的。

在广场附近,我还看到了一栋半新不旧的房子,明显是以旧翻新的。房子由两层构成,下面一层贴着烟灰色面砖,上面一层刷着米白色涂料,房顶上盖着亮丽的红瓦,层次分明,错落有致,色彩缤纷,搭配和谐,让人赏心悦目。我问永洲,这也是你的作品?他说,算是吧,只不过加高了一层,又换了一身儿衣裳。事实上,我以前曾经见过这栋旧房子,印象很不好。它矮不说,关键是墙面黑一块白一块,像长了癞疮疤,要多难看有多难看。没想到,永洲给它把衣裳一换,丑小鸭立刻变成了一只白天鹅。

今年夏天,我回家乡度假,特意去油菜坡住了一周。坡上海拔高,是个避暑的好去处。将近半年没去老家了,那里发生了巨大变化。水泥路铺严了,自来水接通了,土坯屋都改成了砖瓦房,荒草地全长成了果树林。最让人眼亮的,还是坡上的建筑,每一块砖,每一片瓦,每一合门,每一扇窗,每一块石,每一棵树,每一块花,每一株草,都倾注了匠心,充满了灵气,渗透了诗情,蕴藏了画意,铭记了乡愁,彰显了美感。

去到坡上的当天下午,村民小组组长显华便带我参观了几处最新建筑。我们先去看了村民红江的猪圈。显华介绍说,他原来的猪圈正位于家门口,是用石头和砖头随便垒起来的,顶上胡乱地搭盖着几块废弃的油毛毡和塑料布,歪歪扭扭,破破烂烂,不成看相。更恶心的是,猪圈离大门不足五十步,站在门槛上就能看到猪粪。现在,旧猪圈被推倒铲平了,新猪圈挪到了后面的一块空地上,砖混结构,不仅离主人的房子远,而且是全封闭的,上面盖着水泥板,还做了防水。

个人吹拉弹唱

在水泥板上面，又铺了一层厚厚的肥土，栽满了密密麻麻的麦冬，芳草萋萋，绿色满眼，看上去丝毫不像猪圈，倒像是一片小草原。我问显华，这是谁的点子？他说，是陈永洲想到的，也是他负责建的。我得意地说，哦，是永洲啊！

显华接下来把我带到了刚建成的农家书刊屋。它坐落在油菜坡中部，靠近良心糖坊。书刊屋由两间平房和一间搭屋构成。正中那间宽大的是阅览室，两排长长的书架上摆满了各种书刊，书桌放在两排书架之间，可坐二十多人同桌共读。左边的小平房和右边的搭屋，分别是书刊管理员的工作室和休息室。搭屋比平房矮一截，像一个孩子斜斜地偎依在母亲的肩头。在搭屋的顶上，耸着一根高高的烟囱，虽然只是一个装饰品，却散发出农家特有的烟火味，与旁边阅览室的书卷气融为一体，相得益彰。书刊屋不光造型奇特，而且色彩绚烂。墙是深红的，檐是暗红的，瓦是鲜红的，像一团熊熊的火，又像一束闪闪的光，似乎在告诉读者，书刊就是火种，知识就是光芒。书刊屋门口栽了一株丰腴的芭蕉树，树下支着一张圆形石桌。我坐在石桌边，摸着一片肥硕的芭蕉叶问显华，这书刊屋会不会也是永洲设计施工的？显华说，正是。

那天黄昏将至的时候，显华告诉我永洲就在坡上，正在帮一户姓周的人家修建院墙。我立刻佯装陌生人给他打了一个电话，开口就模仿广东腔问道，请问你是乡村美容师陈永洲吗？他一愣问，你是哪个？我又改用四川话说，你猜猜嘛。话音未散，我突然忍不住扑哧一笑，于是让永洲一下子猜到了。他打了个哈哈问，表哥在哪里？我说，就在老家，你收工后来陪我吃饭吧。他欣然回答说，好的，我刚刚在人家的院墙上建好了一个石头拱门，马上就收工了。

第七章 时代镜像

过了半个钟头,永洲开车来到了我的住处。我见面就问,石头拱门长什么样?他说,你肯定见过巴黎的凯旋门吧?样子差不多,只不过材料是本地的石头。我跷起指头赞叹道,有创意,你真的成了乡村美容师啊!

【于 2020 年】

一个人吹拉弹唱

去一个叫龙坪的地方

一

今年，七月，中旬，周末，星期六。这是平常而又普通的一天，却给了我意外的收获和特别的感动。这天，我去了一个叫龙坪的地方，亲眼所见了一位扶贫干部的辛苦与劳累，并真切感受到了扶贫干部对帮扶对象的深情与厚意。这位扶贫干部是保康县文旅局的一个年轻人，她的名字叫孟娟。

第七章 时代镜像

当时，我正在老家马良镇上度假。头天晚上，表弟陈舟突然来到家里，诚邀我去游玩龙坪镇的南顶草原。陈舟说，它处于高山之巅，遍地都是绿草红花，伸手便能摸到蓝天白云。听陈舟这么一描绘，我不由立刻心动，当即答应了他的邀请，并决定次日一早就前往龙坪看草原。

第二天凌晨六点半，我们就出发了。陈舟亲自驾车，先穿过扁洞河，又爬上羊五山，再翻越红岩寺，八点左右到了一个名叫石板沟的地方。这是一个三岔路口，从马良到县城的国道在这里忽然分了个岔，多出了一条陡峭的山道。陈舟说，龙坪就从这里上去。沿着山道走了五分钟的样子，路边出现了一辆抛锚的越野车。经过这辆车时，陈舟刻意停了一下。车刚停稳，一位穿红格衬衫的青年女子慌忙从越野车里跑了下来，兴奋地冲着陈舟招手问，陈大哥，你是去龙坪吗？陈舟先点了点头，然后问，你也去龙坪？青年女子说，是的，我坐的这辆车坏了，请你带我一脚吧。

这位中途搭车的青年女子，就是孟娟。原来，她也是马良人，父亲是一位小学老师，当年教过陈舟，所以他们很熟。要说起来，我和孟娟此前也曾有过一面之交。那是春末，保康县民间文艺家协会邀请我到马桥镇，去林川村听当地民间艺人唱花鼓调，她也应邀参加了那次活动。孟娟上车看见我，感到十分惊奇，问我去龙坪干什么？我说，去看草原。陈舟这时问她，你不会也是去看草原吧？孟娟抿嘴一笑说，我倒是想看，但没有那份闲心啊。我们再一细问，才知道她是去扶贫的。

孟娟告诉我们，龙坪是文旅局的扶贫点，局里的大部分人都承包的有贫困户，承包者被称为包保责任人。按照县里的要求，每位包保责任人必须定期深入到贫困户家中，具体帮助他们脱贫致富。孟娟包保了五户，已经帮扶了好几年，差不多每隔十天半月都要去一趟他们家。近段时间，单位上工作繁重，女儿又面临小升初，她实在无法抽身，已有些日子没去了。这个周末，难得单位上不加班，女儿也有爱人照管，她于是就决定去龙坪看一下她包保的五户人家。孟娟家里本来有车，自己也会开，但上龙坪的这段路弯多坡陡，她没有把握，所以就搭乘了同事的越野车。为了尽早赶到龙坪，她六点钟就起了床，不到七点便离开了县城。没想到，同事的车在半道上出了故障。

  龙坪地处高山，海拔接近两千米，天气瞬息万变。在石板沟那里，天气还好好的，等我们快要抵达龙坪镇时，天上却陡然下起了大雨，同时浓雾四起，汹涌弥漫，连道路都模糊不清了。孟娟遗憾地对我们说，天不作美，你们今天看不到草原了。她这么一说，我们顿感失望。尤其是陈舟，脸都乌了，像是盖上了一层灰土。他用愧疚的眼神看着我，仿佛在向我表示歉意。为了缓和气氛，我随口开个玩笑说，既然看不到草原，那我们就陪孟娟去看望她的帮扶对象吧。我话音未落，孟娟双眼一亮说，好哇，热烈欢迎。陈舟也说，表哥这个主意不错，你正好可以收集一些写作素材。就这样，我有幸见证了扶贫干部的一天。

二

  上午九点一刻，我们驱车来到了龙坪镇申坪村的一个集中安置点。孟娟走访的第一户人家就住在这里，户主姓田，叫田满贯。

  陈舟把车开到安置点附近时，雨小了一点，雾也散了一些，三栋

第七章 时代镜像

白墙红瓦的楼房若隐若现地出现在我们面前,看上去像一片欧洲别墅。孟娟介绍说,这是国家出钱为贫困户修建的安置房,所有住户都是从别处搬来的。以前,他们窝在山旮旯里,一不通路,二不通水,三不通电,住的都是土屋,破烂不堪,岌岌可危。现在好了,不仅住上了安全而明亮的楼房,而且走的是水泥路,吃的是自来水,照的是日光灯。田满贯住在二楼,跟着孟娟上楼时,我问,你去过他们家原来住的地方吗?她说,当然去过,还去过多次。他们当时住在一个偏僻的山坳里,要步行一个多钟头才能到。路难走得要命,一不小心就崴脚。我第一次去就把脚崴了,肿了好几天才消呢。

田满贯至今未婚,一直和他八十五岁的母亲相依为命。我们进到田家时,没看见田满贯,只见一个衰老的婆婆独自坐在厅里,目光呆滞,神情黯淡。一进门,孟娟就亲切地喊道,田大妈,我来看您了!田大妈虽然眼睛不好,但耳朵还行,一下子就听出了孟娟的声音,激动地说,哎呀,孟同志来了!孟娟快步走近田大妈,先摸了摸她的手,然后在她身边坐了下来。

坐定之后,孟娟开始询问他们家的近况。她从吃问到穿,从穿问到住,从住问到行,然后又问,最近没有停水停电吧?田大妈说,水没停过,电只停过一回。孟娟接着问,您前段把手臂摔坏了,医药费报销了吗?田大妈说,都报销了。停了片刻,孟娟又问,您还有什么困难,需要我们帮助解决吗?田大妈迟疑了一下说,我儿子太懒了,啥事都不想做。我说过他,可他不听。我想请孟同志跟他说一说,你的话,他应该听得进去。孟娟没有马上答应,猛然垂下了头,似乎陷入了沉思。过了许久,她才抬起头问,你儿子呢?田大妈说,他早饭都懒得煮,可能出去买快餐面了。直到这时,孟娟才知道田大妈没有

— 217 —

过早，便连忙从包里掏出几块饼干说，这是我出门时带的早餐，在车上没吃完，您先垫一下肚子吧。她边说边把饼干递到田大妈手里，还亲自为她剥了一块。

在田大妈吃饼干的时候，孟娟起身进了他们家的厨房。我和陈舟也跟着进去了。厨房里又乱又脏，到处都是碗筷，好像从没洗过，脚下的地砖已经看不见本色了。从厨房出来后，我们又进了田满贯的卧室。卧室显得更糟，被子没叠，垫单没牵，枕头上满是头发和皮屑，地上的烟头和痰迹随处可见。孟娟看在眼里，痛在心里，嘴上虽然一声不响，眉头却越皱越紧。卧室里有一股难闻的气味，我和陈舟先出来了。孟娟则没有急着出来，一个人又在里面待了好久。

当孟娟从卧室出来时，田满贯拎着几包快餐面回来了。他蓬头垢面，裤子脏兮兮的，一条裤管卷到膝盖，另一条却垂在脚下。见到孟娟，田满贯感到有点儿害臊，脸一下子红到耳根。孟娟睁大眼睛，直直地瞪了他好半天，像是要狠狠地骂他几句。但她没骂，而是苦口婆心地说，田大哥，党的扶贫政策这么好，你和田大妈都享受了低保，不愁吃不愁穿，还住上了楼房。既然生活条件改善了，你也应该改变一下生活习惯。田满贯愣着眼神问，咋改变？你教我一下。孟娟想了想说，好，那我今天就教你如何改变卫生习惯。你要勤快一点，不说别的，起码碗筷要及时洗，锅盆要及时刷，床上的被子、垫单、枕头，每天都要收拾好，特别是地上，天天都要扫，最好去买个拖把，扫了以后再拖几遍，这样就干净了。田满贯听得很认真，像是都听进去了。孟娟问，我刚才说的这些，你能做到吗？田满贯一伸脖子说，能做到。孟娟高兴地说，很好，下次来，我首先就要检查你家里的卫生。田满贯憨笑着说，行，我一定按你说的去做。

第七章 时代镜像

临走时,孟娟从包里掏出两百块钱递给田满贯。田满贯一愣问,你给我钱干啥?孟娟说,你拿去买几个拖把,再给田大妈买点豆奶芝麻糊什么的。田满贯一边接钱一边点头,看上去像鸡啄米。出门后,孟娟又回过头叮嘱说,田大哥,田大妈年纪大了,身体又差,你一定要按时煮饭给她吃,千万不能让她挨饿。田满贯听了,又点了一下头,同时落下了两颗泪。

三

我们从田满贯家里出来,已是上午十点二十。这时雨又下大了,雾也多了起来。陈舟问,我们再去哪里?孟娟说,她包保的另外两户也住在这个安置点,就先去这两户吧,等到雨小了,雾少了,再去那分散居住的两户人家。

住在安置点的这两户,实际上只有两个人。一个叫丁祥云,一个叫周运来,均为单身,俗称光棍。孟娟介绍说,这两个人原本都很勤劳,也很聪明。非常不幸的是,他们在年轻的时候就因故或因病带上了残疾,从此便丧失了劳动能力,于是陷入贫困,也没能娶妻生子。丁祥云在煤矿挖煤时砸断了脊椎,腰部至今还安着钢板,一到阴雨天就疼。周运来在酒坊酿酒时患上了严重眼病,视力急剧减弱,差不多成了一个睁眼瞎,经常把墙上的钉子当成苍蝇拍,叫人哭笑不得。原来,他们都住在荒山野洼里,温饱两愁,有病难医,年久失修的土屋随时都有倒塌的危险。好在,他们赶上了精准扶贫这个好时代,不仅住上了安全房,而且享受到了许多惠民政策,过上了衣食无忧的日子。

- 219 -

因为雨大雾浓,孟娟看不见他们两家的门窗,所以不知道他们是否在家。为了我和陈舟不走冤枉路,孟娟让我们在车上等着,由她先去探听情况。她打着一把小花伞,踏着流淌的雨水,穿过朦胧的雾霭,深一脚浅一脚地朝着对面那栋安置房走去,苗条的身影越来越显得单薄。在她完全被浓雾遮蔽的那一刹那,我不禁心头一热,对这个文弱的小女子肃然起敬。

大约过了十分钟的样子,孟娟回到了车前,脸上隐约有一丝沮丧。我发现她白皙的额头被打湿了,不知道是淋了雨还是出了汗,连刘海都变得湿漉漉的,让人看了心疼。他们不在家吗?我问。她摆了摆头说,丁祥云到村委会那里去了,邻居说他中午才能回来。陈舟问,那个姓周的呢?她说,周运来有点儿蹊跷,邻居说没看见他外出,可他的门窗却关得紧紧的,我敲了好久也没有动静,打他的手机也不接。我问,那怎么办?孟娟犹豫了一下说,只好下午再来一趟了。

离开集中安置点,孟娟让陈舟将车继续往村子的南边开。雨仍然下着,雾也没散,所以车开得很慢,像一只爬行的蜗牛。直到上午十一点半,我们才来到孟娟包保的另一户人家。这一户姓姜,户主叫姜翘楚。

说来也巧,陈舟在姜家门口刚把车停稳,雨也停住了,雾也散开了。我从车上下来,一眼就看见了一栋崭新的两层小楼,顶上盖着绿色琉璃瓦,墙面贴着灰色陶瓷砖,窗户是不锈钢的,看上去像一栋洋房。我有些疑惑地问,这应该不是贫困户的房子吧?孟娟不无骄傲地说,怎么不是?它就是姜翘楚的房子,姜翘楚是我包保的贫困户。陈舟也感到奇怪,眨巴着眼睛问,贫困户怎么盖得起这么漂亮的房子?孟娟开心一笑说,这正是精准扶贫的结果。

第七章 时代镜像

接下来,孟娟便给我们详细讲述了姜翘楚这几年脱贫致富的经历。在精准扶贫之前,他们家的确属于贫困户,吃土豆,住危房,穿破衣烂衫,走羊肠小路,喝的水是从堰塘里挑回来的,牛羊也在那里饮水,水里充斥着羊屎牛尿的味道,学生上学没钱买书,病人看病没钱买药,可谓贫困交加,穷愁潦倒。其实,这里的自然环境并不差,资源丰富,气候适宜,既有肥沃的土地,又有茂密的森林,还有辽阔的草原,不仅适合农作物种植,而且适合畜牧业养殖。更重要的是,他们一家人都能吃苦耐劳,头脑也活泛。按道理说,他们是不应该沦为贫困户的。然而,他们缺乏资金投入,更缺乏技术支持,有力无处使,有谋无处用。所幸的是,他们终于迎来了精准扶贫的好政策,政府不仅给他们提供了无息贷款,还免费为他们培训种植技术和养殖技术。于是,他们家甩开膀子开展了种植和养殖,种辣椒,种土豆,种西红柿,养牛,养羊,养蜜蜂,并且享受到了政府一系列的产业补贴。经过帮扶,他们几年下来就发了财,不仅有吃有穿了,而且还买了小轿车,前年又盖起了这栋令人艳羡的楼房。

讲完姜翘楚的家庭巨变,孟娟便带我和陈舟进了屋。遗憾的是,家里一个大人也没有,只剩下一个十一岁的男孩和一个两岁的女孩。女孩眼睛半睁半闭地睡在沙发上,男孩在旁边细心地看着她。孟娟告诉我们,这两个小孩是姜翘楚的孙子和孙女。孟娟对两个孩子显得很亲,一进门就摸着男孩的头问,你爸爸妈妈还在外地打工吗?男孩点一下头说,嗯。孟娟接着问,他们最近回来看过你们没有?男孩垂下头说,没有,他们出去后就没回来过。孟娟听了,情绪顿时显得很低落。沉吟良久,孟娟又问,爷爷奶奶呢?男孩说,爷爷去山上放牛了,奶奶去地里绑西红柿秧子了。孟娟问,他们什么时候才能回来?男孩说，还得两个多小时。孟娟连忙问，他们回家这么晚，你和妹妹饿了怎么办？男孩张了张嘴，却欲言又止。孟娟愣了一会儿，伸手从包里搜出两块残留的饼干递给男孩。男孩一边道谢一边接过饼干，随即喂了一块在妹妹嘴里。看着这两个孩子，孟娟突然哽咽着问，想不想爸爸妈妈呀？男孩低声说道，想。他话音未落，孟娟猛然将他的头扳了一下，扳过来贴在自己的胸口。后来，孟娟好半天没再说话，仿佛患了失语症，眼里却泪光闪烁。

离开的时候，男孩一直把我们送到停车的地方。他的目光始终落在孟娟身上，显得依依不舍。临上车时，我指着孟娟问男孩，你知道她是谁吗？他用保康一带惯用的儿化音答道，孟娟儿！听见一个小小的孩子能脱口说出自己的名字，孟娟的脸上蓦然绽放出花儿一样的笑容。只是，她的笑容里潜藏着那么一丝不易觉察的苦涩与忧伤。

四

中午十二点，陈舟把车又开上了那条夹在峡谷里的乡村公路。孟娟打算带我们去吃午饭，选的是一个名叫农夫之家的餐馆。为了节省时间，孟娟一上车就给餐馆老板打电话，让他提前煮一个熏排骨火锅。老板在电话中大声说，熏排骨要现洗现剁，煮好上桌至少要一个小时。我听见了老板的话，便建议孟娟先去走访一个贫困户，然后再去餐馆。孟娟觉得我这个建议不错，于是让陈舟马上调头，带我们去了由她包保的另外一户人家。

这个贫困户的户主叫万正涛。在车上，孟娟给我们介绍了他们家的情况。万正涛很小的时候，他的父亲就因车祸去世了。父亲去世不

第七章 时代镜像

久,母亲又狠心地扔下他,跟一个男人跑了。万正涛虽说不幸,却又有幸。上天是公平的,少年时让他失去了亲情,成年后却给了他甜蜜的爱情。万正涛在苦水中泡大,性格坚强而刚毅,真诚而善良,朴实而执着,加上聪明,帅气,赢得了许多姑娘的同情与青睐。同村有一个叫文玉婷的姑娘,美丽而又大方,早就喜欢上了万正涛,一到结婚的年龄便毫不犹豫地嫁给了他,并给他生了两个漂亮的女儿。爱情的力量是无穷的,婚后,小两口携手并肩,齐心协力,农忙时在家种田,农闲时出外打工,勤扒苦做,发愤图强,没几年就盖了楼房,在村里率先脱了贫。然而,天有不测风云。前年,万正涛在一家工厂打工时,右胳膊被机器无情地砸断了。因为失去了一条胳膊,这个已经脱贫的家庭又回到了贫困户之列。

　　十二点半多一点,我们到了万正涛门口的晒场上。从远处看,他家的门关着。孟娟自言自语地说,但愿他们家里有人,最好文玉婷在家。我有点听不懂她的话,便问,户主不是万正涛吗?孟娟说,没错,但我最想见的是他妻子文玉婷。我不解地问,为什么?孟娟顿了顿说,万正涛少了一条胳膊,人几乎就废了,我担心文玉婷会嫌弃他,甚至离开他。我说,不会吧?天下哪有这么绝情的女人?孟娟蹙紧眉头说,万正涛的父亲去世后,他母亲不是扔下他跟别人跑了吗?如果文玉婷真的变了心,那万正涛这个家就算彻底完了,尤其是那两个孩子。事实上,万正涛最担心的也是这个。在他心里,文玉婷就是他的命,宁可失去十条胳膊,也不愿失去心爱的妻子。孟娟告诉我们,她每次来,都要跟文玉婷谈谈心,希望她和万正涛永远不离不弃。

　　雨,不知什么时候又下起来了,断断续续,时大时小。下车后,孟娟连伞也顾不得撑开,便快步朝万正涛大门走去。我和陈舟跟上去

一个人吹拉弹唱

时,她已经敲门进去了。还好,四口人都在家,围坐在一个圆桌旁,正开始吃午饭。见来了客人,他们立刻放下碗筷站了起来,让座的让座,倒茶的倒茶,敬烟的敬烟。文玉婷还说,我再去炒两个菜,请你们和我们一起吃。她说着就要去厨房。孟娟赶紧拦住她说,你别客气,餐馆已经在做了,我来看看你们就走。说完,孟娟把目光移到了万正涛的右胳膊上,那是后来装的假肢,手上笼着手套。孟娟低声问,假肢能做事吗?万正涛一脸苦笑说,压根儿使不上劲,只算是个摆设。文玉婷连忙纠正说,总比没有强,好坏也能搭个手,他现在已经能双手开旋耕机犁地了。孟娟欣喜地说,太好了,时间长了会更好的。

停了片刻,孟娟对万正涛说,我今天来,还有一个好消息要告诉你。我打听了一下,政府对残疾人有专门的残疾补贴,每年补贴的金额还不算少,但享受补贴的人必须先去办残疾证。我已经与县残联的人联系好了,你哪天有空去保康,我带你去办。万正涛听到这个消息,嘴角终于露出了一丝笑意。说完残疾证的事,孟娟走到了万正涛两个女儿身边。大女儿十二岁,正读初中;小女儿八岁,正读小学。孟娟扭头问万正涛,政府对困难户的学生有补助,初中生每学年补一千五,小学生每学年补一千,你们都享受到了吗?万正涛说,都享受到了。孟娟说,这我就放心了。她边说边伸出双手,分别拍着姊妹俩的肩说,如今政策这么好,你们一定要认真读书,多学习一点知识,多掌握一些技术。孟娟本来还想跟姊妹俩多说几句的,但餐馆的老板来电话催吃饭了,于是只好打住。转身要走时,孟娟突然从包里掏出了两百块钱,硬是塞到了两个孩子手里,让她们去买些文具。

我们告辞的时候,万正涛一家人都要出门送行。孟娟却拦住了万正涛和两个孩子,只让文玉婷一个人送我们。送到车前,孟娟停下来

第七章 时代镜像

对文玉婷说，万正涛从小就失去了父爱和母爱，现在只剩下你的爱了，所以再也不能失去。我想，只要有爱，就没有过不去的坎。只要爱还在，你们家就一定能够重新脱贫……文玉婷是个聪明人，没等孟娟把话说完，便诚恳地说，请孟同志放心，我不会扔下正涛不管的。文玉婷这么一说，孟娟喜出望外，使劲握住她的手说，你真好！

我们赶到农夫之家，时间已是晌午一点半了。熏排骨真香，我和陈舟都吃得津津有味。孟娟却兴致不高，仿佛有什么心事。陈舟问，你在想啥？孟娟说，我在想姜翘楚的两个孙子。陈舟说，不是去看过了吗？孟娟说，虽然去看过，但没见到一个大人，我有许多想说的话都没有说。我好奇地问，你想说什么呢？孟娟说，我想告诉姜翘楚夫妇，并让他们转告儿子和媳妇，家里已经脱贫了，往后就不能一心只想着赚钱，而应该关心孩子的教育和成长。你看他们家，爷爷奶奶，爸爸妈妈，四个大人都出去赚钱了，把两个孩子丢在家里，连午饭都不能让他们按时吃，压根儿没把孩子的教育和成长放在心上。我觉得，如果不重视孩子的教育和成长，这个家庭是不可能真正脱贫致富的。听了孟娟这席话，我的眼睛不禁胀大了一圈，陡然对她刮目相看了。

五

在农夫之家，我们前后只待了一个小时。放下碗筷，孟娟抢在头里去买了单。她一买完单，我们马上又上车出发了。三点左右，我们再一次来到了村里的集中安置点。雨这时已经停了，但雾还没有散，能见度不足两米。

孟娟先到了周运来门口，我和陈舟紧跟在她后面。周运来家的门

一个人吹拉弹唱

窗仍然关闭着，我心头不由一凉。孟娟却没有失望，果断地伸出一只手，一边敲门一边喊周师傅。她刚喊了两声，门突然开了，一个身体魁梧的中年男人出现在门口。孟娟介绍说，他就是周运来师傅，早先在镇上酿酒，倘若不患眼疾，肯定不会成为贫困户。进门后，孟娟说，我上午来过一趟，你不在家。周运来红着脸说，我知道你来过，其实我在家里，只是没开门。孟娟一怔问，为什么不开？故意躲我吗？周运来说，我当时心里很烦，不想见人。孟娟急忙问，遇到了什么烦心事？周运来叹口长气说，唉，一言难尽。沉默了一会儿，孟娟又问，那你现在怎么又开门了？周运来说，我没想到你今天还会再来，心里挺感动，还有些内疚，就开了门。人心，都是肉长的。孟娟一听，不禁动容，目光一下子变得更加柔软。

周运来穿着整洁，家里也收拾得很干净。我们刚坐下，他放在茶几上的手机忽然短促地响了一声，有点像蛐蛐叫。他赶快拿起手机，贴在眼睛上看了一下，表情怪异地说，微信。但他没回复，看完又把手机放在了茶几上。我有些迷惑地问，你的眼睛不是坏了吗？怎么还能看微信？周运来说，因为贫困户免医疗费，我就到外面大医院治了一次，总算恢复了一些视力。他话音刚落，手机又像蛐蛐那么叫了一下。他又拿起手机看了一眼，但仍然没理。孟娟说，你先回微信吧。周运来说，不急，晚点再回不迟。孟娟发现周运来说话时脸色很不自然，便试探着问，刚才给你发微信的，是你的初恋情人吧？周运来大吃一惊，鼓着眼珠问，你是怎么知道的？孟娟说，我猜的，你当年在酒坊酿酒时不是谈过一个女友吗？周运来说，你真会猜，的确是她的微信。

关于初恋情人，周运来开始还有点羞于启齿，话一说开，也就直

第七章 时代镜像

言不讳了。周运来回忆说,他当年眼睛模糊不久,女友就和他分手了,随后嫁给了城里的一个男人。可女友命太硬,结婚不到一年就死了丈夫,后来便一直守寡。没想到,周运来去年住进安置房以后,女友突然跟他联系上了,居然要重续旧情,还想搬来同他一起生活。孟娟一听,欣喜不已,朗声说道,好事啊!周运来却阴了脸说,好事倒是一件好事,可是,我一个靠政府帮扶的贫困户,哪有能力养活她呀?所以,我有点儿左右为难。孟娟反问道,她自己有胳膊有腿,为什么一定要靠你养活呢?我倒觉得,她搬来跟你一起生活,说不定你们俩还能携起手来,一道发财致富奔小康呢。周运来想了想问,依你的意思,我可以答应她?孟娟说,当然。周运来伸手拍了一下大腿说,好吧,那我听孟同志的。

将近四点钟的样子,我们来到了丁祥云家。刚到门口,孟娟就从包里掏出了一本书,我凑近看了一眼,是章回体长篇小说《楚王传奇》的下卷。孟娟说,她这次来看丁祥云,并没有太多的事情,主要就是给他送这本小说。丁祥云在生活中没有什么爱好,一不抽烟,二不喝酒,三不打牌,唯独喜欢看小说。担任丁祥云的包保责任人以来,孟娟已记不清给他带过多少本小说了,有的是从图书馆借的,有的是从朋友那里要的,有的是她自己花钱从书店买的。上上次来的时候,她从朋友家里顺手带了一本《楚王传奇》上卷给丁祥云,上次再来时,他已经读完了,便请她帮忙带下卷,还说这部小说特别好看。

孟娟敲开门将我们带进丁祥云的客厅时,客厅里坐了好几个人。一个戴灰色帽子的中年男人坐在中间,正在给另外几个人眉飞色舞地讲故事。孟娟指着他小声对我说,他就是丁祥云,其他几位是邻居。看见有客人来,几位邻居立刻起身告辞了。孟娟问,丁大叔,你刚才

一个人吹拉弹唱

在给他们讲什么故事？丁祥云说，正讲楚王送巴茅草给周天子滤酒呢，都是从《楚王传奇》上看来的。孟娟先哦了一声，然后说，今天我把下卷给你带来了。丁祥云一听，兴奋异常，一边双手接书一边说，谢谢孟同志，你真是雪中送炭啊！停了一下，丁祥云又说，读完下卷，我又能给左邻右舍讲好几天了。他们都爱听我讲故事，一听我讲故事，什么烦恼都没有了，一天到晚乐呵呵的。听了丁祥云这番话，孟娟高兴万分，脸都笑开了，看上去像一枚绚丽的向日葵。

我们在丁祥云家里坐了半个钟头。其间，孟娟问他脊椎最近怎样，他说还好，因为有小说看，脊椎居然不怎么疼了。孟娟感叹说，真没想到，小说还可以止疼！丁祥云不无幽默地说，是啊，小说就是我的止疼药。

临别的时候，孟娟无意中朝丁祥云的窗台上看了一眼，发现了两盆草和一盆花。草，绿得像碧玉；花，红得像炉火。孟娟惊奇地问，丁大叔，这些花草都是你种的吗？丁祥云说，是的，没事种了好玩。我这时插嘴问，你为什么想到要种花种草，而不种葱种蒜呢？丁祥云笑笑说，我都是跟小说中的人物学的，纯属附庸风雅。看得出来，孟娟也热爱花草，她主动把丁祥云拉到窗台下面，让陈舟给他们拍了一张合影。合影拍得好极了，在红花绿草的衬托下，年轻、温柔而美丽的扶贫干部孟娟和她的帮扶对象丁祥云亲密地站在一起，丁祥云显得那么自信、自足而自尊，一点儿也不像个贫困户，倒像个精神富翁。

下午五点整，我们匆匆离开了集中安置点。因为家里晚上有客来访，我必须在七点之前返回马良。孟娟同事的越野车已经修好，她也打算乘同事的车回到县城。从安置点出来后，我们先把孟娟送到龙坪镇文化站，然后就分开了。

第七章 时代镜像

　　傍晚六点五十的光景,我和陈舟回到了马良。下车后,陈舟给孟娟打了一个电话,问她到了没有。孟娟说,她后来改变计划了,将在龙坪住一夜。陈舟问其原因,孟娟说,她心里老是放不下姜翘楚的那两个孙子,所以决定再去一趟他们家。陈舟打去电话的时候,孟娟刚走到姜翘楚门外,已经看到了窗口的灯光。孟娟在电话中说,他们家的灯光明亮耀眼,让她不禁想到了早晨的太阳。

【于 2020 年】

乡村书写与民间叙事

进入新时代之后,由于精准扶贫,因为乡村振兴,农村发生了翻天覆地的变化。与此同时,广大作家呼应时代的召唤,也纷纷把兴奋点和注意力转向了广袤乡村。他们马不停蹄地下乡采风,迫切申请到基层挂职,甚至主动驻村定点深入生活,进而创作出了一大批反映乡村巨变的文学作品。

不可否认,在近几年如火如荼的乡村题材的创作上,的确出现了一些既有思想性又有艺术性的优秀作品。这些作品,既

第七章 时代镜像

有对现实的显性描述又有对历史的隐性反思，既有对物质的外在关照又有对精神的内在关怀，既有对内容的宏观拓展又有对形式的微观探幽。然而遗憾的是，在当下连篇累牍、蜂拥而出、堆积如山的乡村书写中，真正的好作品却凤毛麟角，作品的数量和质量存在着严重失衡的现象，主要表现在，轻浅、单薄、虚假、粗糙、老套，缺乏生活的洞见力、思想的穿透力和艺术的震撼力。究其原因，除了作家们抢抓机遇、急于求成、出手太快之外，关键还是文学观念有问题。众所周知，文学观念决定叙事方式。因为写作者的文学观念存在问题，所以叙事方式也就跟着出了问题。

叙事方式也可以看作是叙事策略。从叙事策略的角度来讲，中国文坛长期并存着三种形态，一是时政化叙事，二是精英化叙事，三是民间化叙事。从叙事特点来看，时政化叙事类似新闻，聚焦热点，强调导向，追求时效，着力突出官方意志；精英化叙事靠近哲学，面向人生，着眼启蒙，尽力传达精英意识；民间化叙事紧贴文化，立足日常，关注俗世，极力彰显民间意趣。可以说，意志、意识、意趣是三种叙事形态的主要区别。对于上述三种形态，我们无意于判断孰优孰劣。事实上，无论是哪种叙事，它们都各有千秋，也都有存在的必要性与合理性。然而，面对近几年来的乡村题材创作，我们不难发现，大多数写作者运用的都是时政化叙事，激情有余而沉淀不够，描述有余而思考不够，雷同有余而创新不够，导致作品缺乏思想深度和艺术高度；也有不少以知识分子为主体的精英化叙事，虽然冷静、幽邃、深远，对乡村现实充满了审慎与反思，但却显得片面、固执、偏激，而且过滤掉了生活中原有的烟火气和人情味，不能让读者看到生活的全貌与本相；相对而言，在当下的乡村书写中，自觉采取民间化叙事的作家并不是太多。但是,一个不争的事实是,从纯文学的角度来讲,民间化叙事的文学性显然超过了时政化叙事和精英化叙事。

在我看来,文学性是判断文学作品价值的重要标准。而可读性又是文学性的首要属性。如果一部作品没有可读性,那么它的文学性肯定很差、很少、很弱。因此,关于乡村题材的创作,作家们必须调整、转变、更新狭窄的文学观念,高度重视民间化叙事,从而写出无愧于时代、无愧于人民、无愧于文学的精品力作。

既然文学的可读性与民间化叙事有着密不可分的关系,那么,在乡村题材的创作中,我们如何通过民间化叙事来增强作品的可读性呢?我的回答是,作家在进行乡村书写的时候,应该正确认识并处理好四个关系。

第一个,是好读与耐读的关系。

可读性是一个看似浅显实则深奥的学术问题,我们不能把可读性简单地等同于通俗性、故事性、传奇性。通俗性、故事性和传奇性只能说明好读,即浅近、易懂、有趣、好看等。但是,好读并不完全等于可读,它只是可读性的一个方面。可读性的另一个方面还要求耐读,即耐人寻味、发人深省、常读常新、百读不厌。因此,可读性实际上包含了两层意思,一是好读,二是耐读。只有既好读又耐读的作品,才具有真正的可读性。

在处理好读与耐读的关系上,民间化叙事首先保证了作品的好读性。为了确保它的好读性,民间化叙事作品选择了平民立场、人性立场和世俗立场。这几个立场紧贴民间大地、紧贴大众生活、紧贴读者需求,能有效地调动广大读者的阅读兴趣并容易引起他们的情感共鸣。同时,傻瓜视角、鬼魂视角、疯癫视角和儿童视角,这些比较怪

第七章 时代镜像

异而反常的民间化叙事视角也十分符合广大读者的求新、求奇、求异心理，极大地增强了文本的好读性。还有，反讽、隐喻、圈套、错位等民间结构模式也与广大读者的欣赏习惯高度一致，因此也使作品变得更为好读。另外，地方语言、口头语言和粗鄙语言这三类民间语言的大量运用，进一步加强了作品的生动性，也为抓住读者提供了有力的保障。

耐读的内涵比好读要丰富得多、复杂得多。它不光要求作品对读者具有长久的诱惑力，还要求文本必须具有较大的开放性和未完成性，拥有更多的解读空间、言说空间和发挥空间，为读者提供参与文本意义再构的可能性。为了使作品获得这种耐读性，民间化叙事采用了多种策略，包括观念性策略和技术性策略。如杂糅的叙事立场、复合的叙事视角、多重的叙事结构、交响的叙事语言，这些民间化的叙事策略使作品有了更多的耐读因素。

如果拥有了既好读又耐读这样的双重性，那么作品便有了真正的可读性。这样的作品，无论对于消费性读者还是对于生产性读者，都是具有可读性的。

第二个，是意思与意义的关系。

作品的意思，是相对作品的意义而言的。意义指的是思想价值、认识价值、教育价值；意思指的则是情调、趣味和美感。从可读性的角度来看，有意思的作品显然比有意义的作品更有可读性，尤其是好读性。民间化叙事为了突出作品的意思，它不像时政化叙事那样居高临下地指导百姓，也不像精英化叙事那样故作高深地启蒙大众，而是努力渲染一种情调、传达一种趣味、追求一种美感。它不打官腔、不端架子、不板面孔，从平民立场、人性立场和世俗立场出发，遵循快乐原则，发扬狂欢精神，描写日常生活，关注生命本身，抒发世俗情怀，传达民间趣味，让读者感到亲切，轻松，愉悦，换句话说就是有意思。

为了加强作品的耐读性，民间化叙事在强调意思的同时也注重意义的建构。因为，最具可读性的作品无疑是既有意思又有意义的。在既有意思又有意义的作品中，意思和意义这两个元素不仅都有，而且两者必须水乳交融、严丝合缝、浑然一体。它们不能是两张皮，不能牵强附会、生拉硬扯、风马牛不相及。为了将意思和意义有机地融合起来，民间化叙事作品想了很多心思，比如在叙述上制造叙述裂缝、拓展叙述边界、调整叙述时空、转换叙述姿态，目的都是为了让文本的意义在有意思的形式中自然生成。

在处理意思与意义的关系上，民间化叙事为文学创作提供了许多宝贵经验。其中最有价值的是，意思和意义在特定的语境中可以相互转化，即意思中有意义，意义中有意思。

第三个，是传统与现代的关系。

传统与现代的关系在学术界是一个喋喋不休、众说纷纭、言说不尽的话题。其中还牵涉到地域性、民族性、世界性、全球性等众多问题。在时政化叙事和精英化叙事看来，传统性和现代性是一对无法调和的矛盾，它们是一个典型的二元对立结构。因此，时政化叙事往往站在传统的立场上排斥现代性，而精英化叙事又常常站在现代的立场上嘲讽传统性。但在民间化叙事看来，传统和现代并不完全矛盾，二者是一个相对的、动态的、互转的结构。

更有意思的是，民间化叙事还从民间发现了许多现代性因素。平时一说到民间，人们总以为它代表着保守，代表着封闭，代表着禁锢，

第七章 时代镜像

代表着绝对,代表着实用,总之是传统的代名词,似乎与科学、与文明、与民主、与自由、与开放、与多元、与相对等格格不入,与现代性隔着十万八千里。其实不然,民间虽说是一个自在的、边缘的、芜杂的文化空间,但它本身蕴藏着丰富的现代性元素。民间文化的核心是多元共存,强调自由、自主、自在、自足,法自然,尊人性,有搞笑,有反讽,有批判意识,有怀疑精神,这本身就是现代性。所以,我们不能盲目地认为民间的一切都是俗的、浅的、旧的、传统的,必须要用西方的现代之光来照亮它、打扮它、提升它。作家们的正确做法应该是,诚心地回到民间,专心地观察民间,真心地热爱民间,虚心地学习民间,热心地开发民间,从而把隐藏在民间深处的现代性找到,将它唤醒,将它激活,将它点燃。

民间化叙事的一个重要贡献,正在于它从民间发现并发掘了现代性。原来,现代性就在身边,就在眼前,就在民间,就在我们习以为常的传统之中。为了在作品中表现这种来自民间和传统的现代性,民间化叙事一方面充分利用了民间的生活资源与传统的文化资源,一方面又适当运用了夸张、变形、荒诞、象征、错位等多种现代叙事技巧,同时还借鉴了德里达的解构思维和巴赫金的狂欢精神,从而将现代与传统熔为一炉,异质同构,使文本既充满了传统文化的底蕴,又闪耀出现代思想的光芒。

从可读性来讲,民间化叙事作品因为妥善处理好了传统与现代的辩证关系,所以它既能适应传统型读者的欣赏口味,同时也能满足现代型读者的阅读诉求,对任何一种类型的读者来说都是有可读性的。

第四个,是内容与形式的关系。

当下文坛上下流行这么一句话,叫讲好中国故事。这实际上涉及到文学的内容和形式两个方面。故事指的是内容,即写什么;讲则指的是形式,即怎么写。遗憾的是,不少作家往往只重视了故事本身,而忽视了故事的讲法。换一句话说,就是重内容轻形式。在我看来,文学的内容固然重要,但形式更为重要。因为,同一内容可以用不同的形式来表达。而且,形式不同,作品的意思、味道和美感便会大不一样。所以,要想讲好中国故事,我们必须在形式上动脑筋、下功夫、找出路。

单就小说而言,形式主要指的是叙事形态。叙事形态主要是由不同的叙事角度决定的。所谓叙事角度,指的是叙述者从什么位置去观察、分析、取舍、评价、呈现故事。不过,针对扶贫题材来说,我觉得最合适的叙事形态可能是民间化叙事。原因有二。其一,扶贫故事主要发生在偏远乡村,故事中的主要人物也应该是乡村的贫困人口,他们处于真正的民间,所以作家理应从民间的角度去讲他们的故事。其二,文学创作要坚持以人民为中心的创作导向,不仅要把人民群众当作作品的叙述主体,还要让作品为人民群众所喜闻乐见,因此必须走民间化叙事之路。

我写过一篇题为《裸石阵》的小说,是写扶贫故事的。在写这个作品时,我自觉疏离了时政化叙事的单一性和精英化叙事的偏激性,努力发挥民间化叙事的优势,尽量让叙述做到冷静、客观、具体、细致、全面,希望能够呈现出扶贫故事的丰富性、复杂性、审美性,从而让广大读者看到扶贫这一伟大壮举的本相与全貌。在具体的创作过程中,我着重注意到了三个问题,一是平民视点,二是人性关怀,三是世俗审美。

所谓平民视点,就是以老百姓、小人物、普通人作为观察点。在

第七章 时代镜像

小说中，县委书记章求是无疑是一个关键人物，故事情节几次大的转折和推动都离不开他，而且，他为村民打井，参加给集中安置户发钥匙，自己掏钱买门票游览贫困户的裸石阵，这些动人细节都值得浓墨重彩，大书特书。作品中还有一个至关重要的人物叫刘婉溪，她是报社记者，一直在用自己的方式参与精准扶贫，事迹十分感人。按说，我完全可以像时政化叙事和精英化叙事那样，把章求是或刘婉溪作为叙事视点。但我没有这样，却偏偏选择贫困户赵铁杵做了小说的观察点。因为选择了这个平民视点，小说就突出了以人民为中心的创作导向，从而真实呈现了老百姓的喜怒哀乐、酸甜苦辣、悲欢离合，以及精准扶贫给人民群众带来的获得感和幸福感。

所谓人性关怀，就是要求作家把文学当人学，从人性立场出发，去全面、客观、深入地关注人的一切。人性即人的本性。人的本性有三个基本属性，一是生物性，二是社会性，三是精神性。时政化叙事和精英化叙事也提倡人性观照，但时政化叙事主要强调的是人性的社会属性，属于人道主义关怀。精英化叙事主要强调的是人性的精神属性，属于人文主义关怀。民间化叙事更加注重人性的生物属性，属于人本主义关怀。在《裸石阵》里，主人公赵铁杵作为一个穷光棍，住上安置房、喝上清泉水之后，他还有对异性的渴望，所以晚上就抱着美女记者刘婉溪与他的合影入眠。当驻村干部罗贵干把他视为流氓将合影没收以后，刘婉溪却坚定地站在了赵铁杵一边，还把合影要回来还给了他。我认为，刘婉溪对赵铁杵的关怀才是真正的人性关怀，散发出人性的光辉与温暖。

所谓世俗审美，就是要尊重民间美学，关注老百姓的世俗人生，即平头百姓、饮食男女、凡夫俗子的日常生活，包括吃喝拉撒，柴米

- 237 -

油盐，生老病死，男欢女爱。这类凡人俗事，都应该成为审美对象。然而，时政化叙事和精英化叙事由于观念上或道德上的洁癖，常常对世俗化的存在进行淘洗、过滤和提纯，从而失去了生活应有的烟火气与人情味。民间化叙事则不同，它提倡世俗生活的审美化。因此，我在《裸石阵》中刻意安排了许多与世俗相关的细节，比如县委书记去参观羊村风情一条街时，有一户农家在门口晒着男人的对襟褂和女人的花裤衩，村支书觉得有碍观瞻，要求农家赶紧收进去，而县委书记却不让收，还特地以对襟褂和花裤衩为背景拍了一张照片。在章求是看来，对襟褂和花裤衩是老百姓日常生活的必需，透着世俗生活原汁原味的芬芳，具有特殊的审美意味。

最后，我们再回到乡村题材的创作上来。习主席在中国作家协会第九次全国代表大会开幕式上曾经指出："只有扎根脚下这块生于斯、长于斯的土地，文艺才能接住地气、增加底气、灌注生气。"以我的认识，地气、底气和生气都来自大地、来来人民，来自民间。因此，如果作家们在新时代的乡村书写中能够强化民间叙事，那就一定能够大大地增加作品的可读性，进而有效地促进和推动乡村文学创作从高原走向高峰。

【于 2022 年】

第七章 时代镜像

缅怀特级教师毓亮兄

今天不是一个好日子，天气阴沉沉的，闷热，雨一阵比一阵下得大，心情郁闷，淤堵，凝重，像压了一块石头，让人透不过气来。

傍晚，忽然接到老友潘世流先生微信，说我们共同的好友唐毓亮老师于凌晨不幸去世。得知噩耗，我如闻惊雷，无比悲痛，心如斧劈。我倒在沙发上，好半天一动不动，任泪水肆意纵横。

我与唐老师相识已有三十多年。我一直称他为兄，他称我为弟。事实上，我们

一个人吹拉弹唱

也情同手足。他是我在中学界为数不多的挚友之一。作为老师，毓亮兄学识渊博，授业有方，教书育人，成就斐然，有口皆碑，堪称典范。作为朋友，他心地善良，待人真诚，性格豪爽，出手大方，说话幽默，妙趣横生，是一个一旦认识便一辈子都不愿失去的朋友。

谁也没想到，毓亮兄这么好的一个好人，会突然离开我们。阎王爷，这回真是瞎了眼啊！从沙发上支撑着爬起来后，我想，我应该为毓亮兄写点什么。但是，人到悲痛至极的时候，居然连提笔的力气都没有了。这时，我猛地记起，2009年，我曾为毓亮兄主编的《阅读写作一体化研究》写过一个序言，并且用的是书信体，于是翻了出来，想重发一遍，以表哀悼之情。

只是，我这封旧信重发出来，亲爱的毓亮兄可能再也无法读到它了。然而，万一人走之后灵魂不灭呢？这，谁也说不清楚。

不管怎样，我都决定把这封旧信再次发给毓亮兄。

毓亮兄好！自从您评上特级教师后，我就很少见到您了。可能是您太忙，也可能是我太懒，总之我们很难见面了。想想以前，我们可是一年一面不见不散的。不过，我在梦中倒是常常见到您，一见面就拥抱，您的大胡子还是那么茂盛！

由于工作的关系，这些年来我接触到的中学少说也有上千所。在这上千所中学中，如果要问我与哪一所中学的关系最好、友谊最深、感情最亲，我会说，除了我的母校湖北保康一中外，就数您工作的广西大化高中了。

广西大化高中位于广西大瑶山，您那里与我所在的武汉相隔千山万水。虽然路途遥远，但我却去过贵校好几次了。我第一次去是十年前，就是那一次，我深深地爱上了广西大化高中。从那以后，我便把

第七章 时代镜像

贵校像情人一样装在我的心里了。

在我去广西大化高中之前,我与您就有过几面之交,并且还认识贵校的潘世流老师和黄大洋老师,你们多次参加我们《语文教学与研究》杂志社主办的会议,因为你们来自边远地区,更因为你们特别朴实和友好,所以我对你们都有极好的印象。特别是您毓亮兄,胡子长,头发短,嘴巴大,眼睛小,虽然算不上一个美男子,但是,长胡子掩不住您善良的微笑,短头发闪耀出您智慧的光芒,大嘴巴说出的都是真诚,小眼睛流出的全是温情。潘老师是个典型的南方小个子,头小脖子细,远看像一支筷子顶着一颗土豆,但他非常精明,说话铿锵有力,句句闪光,文章也写得好,篇篇出新。黄老师是一位帅哥,白皮嫩肉,普通话也说得标准,一点儿不像广西人,但他和极像广西人的唐老师和潘老师一样,待人真诚。正因为事先认识了你们三位知心朋友,我后来才下定了远足广西大化高中的决心。

那次去广西大化高中,我最大的收获是结识了梁万鹏校长。梁校长一看就是一位校长,无论是穿着,还是言谈,还是举止,都体现出一位校长特有的风度。他是一位有学问的校长,一位热爱教育的校长,一位爱护教师的校长,一位关心学生的校长。我认识的校长数以千计,老实说,有些校长是不像校长的,他们油嘴滑舌,欺上瞒下,吃吃喝喝,吹吹拍拍,心里没有学校,心里没有老师,心里没有学生。而梁校长却与众不同,他有学问,有思想,有感情,有爱心。可惜的是,像梁校长这样的校长太少了。

事实上,那次我的大化之行就是梁万鹏校长请我去的。他希望在广西大化高中开展一项课题研究,通过课题研究来促进教师的科研,通过教师的科研来推动学校的素质教育。他的这个策略是非常正确的。

一个人吹拉弹唱

梁校长请我去广西大化高中，目的就是依托我们的《语文教学与研究》杂志，在你们学校开展"阅读写作一体化"的课题研究。

时间过得真快，一眨眼这个课题的研究与实验已经有上十年了。十年来，广西大化高中的师生广泛阅读、勤奋写作、深入探讨、反复实践，取得了丰硕的成果。可以说，"阅读写作一体化"的语文教学体系已经在广西大化高中建立起来。２００３年出版的由您主编的这本《阅读写作一体化研究》就是有力的证明。

在"阅读写作一体化"研究这项课题即将结题的时候，我尊敬的梁万鹏先生因年龄原因已经从校长的位置上退下来了。再后来，我听您说，继任校长韦景伦先生也是一位真正的校长。虽然他是数学老师出身，但他热爱人文，重视人文，所以对语文组情有独钟，并且关爱有加。我想，广西大化高中有韦景伦先生这样一位关心语文的校长，这是广西大化学子的幸事，更是广西大化人民的幸事。

今年金秋十月，此书再版，恰逢广西大化高中建校二十周年。在这双喜临门之际，我想请毓亮兄转达我对贵校的衷心祝福，并代我向韦景伦校长致以崇高的敬意。另外，我还想对您说一句知心话：希望我和广西大化高中之间的关系越来越好，友谊越来越深，感情越来越亲。

情长纸短，就此打住。说不定今晚夜深人静时，您又会悄然走入我的梦中。不过，您最好轻一点，别让您的大胡子扎着我了。

晓苏于２００９年１０月１０日

刚贴上这封旧信，我泪痕未干的脸上又被泪水覆盖。八十多岁的父亲不知道我为何如此伤心，便走过来问我怎么啦。当我把痛失挚友的消息和重发旧信的想法告诉父亲时,他认真地对我说,发吧,你和唐老师的感情这么深,他一定会再次读到这封信的。父亲的话,我从来都是当真的。这一次,我更是深信不疑。

亲爱的毓亮兄,当你读到这封旧信的时候,请你一定托天上的星星对我眨一下眼睛,以免我挂念。今天晚上,我将把头伸到窗外,睁大两眼,默默地仰望星空。直到有一颗星星对我眨了眼睛,我才会收回头来,然后安心入梦。

【于 2019 年】

一个人吹拉弹唱

小城青年的往复生活

我喜欢读山东青年女作家武庆丽的小说。作为一个当代写作者、一个生活的观察家、一个人情冷暖的收集员，武庆丽的小说创作不模仿任何一类风格或艺术思潮。她的叙事方式也不同于任何一种流派，凭借其文字独特的真实感，逐渐被读者所接受，并越发受到人们的喜爱。

似乎，武庆丽总是从自己的某种生活体验出发，串联起一个个故事与人物，生动描写了当代普通人的社会生活、人间百态、生存法则。在很多知名作家的笔下，

第七章 时代镜像

家乡的天空、儿时的记忆、父辈活过的地平线都是一种美好的过往，是一种符号，象征着永恒不变的安全与依靠，甚至是很多已经移民都市的人群所魂牵梦绕的精神家园。但是，当代中国在改革开放之后，社会生活与社会结构发生了巨变。当代年轻人，尤其是那些脱离了农村户口、渴望在大城市站稳脚跟的普通青年，他们不断地在新的社会秩序中试错，尝试改变自己的命运，寻求更大、更好的成功机会。这种在外打拼的生活模式，已经成了当代中国的大基数现实。武庆丽是一个拥有丰富生活经验的作者，她的文字诚实而有力地表现出了这类人群的真实处境，既有物质层面的艰难与困窘，也包含了精神层面的矛盾与复杂。

在纷繁复杂的都市丛林中，武庆丽笔下的青年人，既是猎物也是猎手。面对千万条捷径、无数的诱惑、层层的陷阱，如何应对，如何甄别，对武庆丽笔下的青年人来说是永恒不变的考验。更重要也更困难的是，如何在这里摆放自己的位置，这个位置既包含生活与工作的物理性位置，也包含理想与抱负的心理性位置。

在武庆丽的笔下，我们可以看到很多当代青年的生活轨迹。以及他们周围那些如小雕像般存在的人物——母亲、妻子、孩子、邻居、同事、同学、朋友、情人，等等。他们有着千丝万缕的联系，但是又保持了若即若离的关系。父母亲所代表的旧时代记忆，时常影响着主人公的深层次决策，而同学、同事所代表的同时代特色，则总是在关键时刻对主人公制造出或积极或消极的刺激效应。通过这种模式的叙述，武庆丽似乎总在强调：一个人的生活轨迹，其实并不是由自己决定的，而是由围绕在这个人周围的人物网所左右的。

不靠天赋与才华吃饭,大部分前往北上广的青年一代,就是武庆丽笔下的小城青年李胜利。他们或许是一个教育机构的老师,或许是一个程序员,或许是一个业余摄影师,他们一直坚定地要抛弃父辈所给予的要求与期待,却因各种原因,处处受制于来自社会外界的压力与阻碍。他们在大城市里吃过苦,也尝到过甜头,但或是因为自己的能力不足,或是因为心理落差过大,最后都与父辈的劝导和灌输做出了妥协,有的干脆回归到父辈的时代,回到落后到小城镇,过上了一种往复似的生活。看来,在今天,只做自己想做的事情,只追求自己喜爱的东西,这对于一个在外打拼的小城青年来说,只怕是纯粹的理想幻影。在这方面,武庆丽看得很清楚,也写得很残酷。

不过,在武庆丽的小说中,如果读者只能读到青年人的抱负与挫折的话,那么这些人物肖像与生活片段也并无新意。好在从这些文字中,我们可以真切捕捉到武庆丽对当代生活的犀利剖析,以及在悲剧性人物的身上所埋下的闪光点。

细细阅读这些文字,读者依然能在主线故事之外的叙述中,从他者的角度去深入理解造成主人公矛盾与挫败的真实原因。武庆丽了解她笔下的人物,她甚至就有过和他们类似的经历,而她所擅长的就是把这种真实的生命体验,用一种极易产生共鸣的方式,以清晰的文字去记录和表现,以呈现出小人物生命的复杂存在。

"我们在她干瘪的腹下认清生活的真实面目并坚强地适应了它并驾驭着它。"武庆丽的小说既让人以批判的眼光去重新审视自己生活的四周,同时也给予了当代青年一种艰难的希望,一种逆境里的倔强,一种苦中作乐的鼓励。读者或许也在这种"灰头土脸的夹缝里,靠着一

第七章 时代镜像

股子气"去过日子，用勇气和泪水去安慰自己，完成了内心里对于善良、诚实、坚忍等美好品质的坚持。去读完该完成的学业，去寻找该去做的工作，去经历该承受的生活。这，便是武庆丽小说给我们带来的生活启示。

【于 2023 年】

一个人吹拉弹唱

我写《嫁人就嫁油菜坡》的真实背景

今年暮春,我写了一首歌词,名为《嫁人就嫁油菜坡》。虽然之前我写过五百多万字的作品,但多为小说,也有一些散文,歌词却从来没写过。《嫁人就嫁油菜坡》是我有生以来第一次写歌词,用我老家油菜坡的话说,就是大姑娘坐轿,头一回。

前年,我写过一篇题为《裸石阵》的小说,发表于当年的《北京文学》杂志。在那篇小说中,我写到了一个关于光棍儿的细节。光棍儿是我家乡的方言土话,特

第七章　时代镜像

指娶不上老婆的单身男人。那篇小说中出现了三个光棍儿,其中一位叫王铁杵,另外两个是他的邻居。因为精准扶贫的好政策,三个光棍儿都住进了扶贫安置房,王铁杵还在美女记者刘婉溪的鼎力帮助下开发了一个名叫裸石阵的旅游景点,走上了自我造血、自力致富的道路。脱贫之前,王铁杵曾和刘婉溪拍过一张合影,刘婉溪亲自为王铁杵放大了一张,王铁杵将合影挂在卧室里。致富以后,王铁杵有吃有穿,衣食无忧,唯一不满足的就是没有老婆。由于漫漫长夜,苦苦难熬,王铁杵便把他和美女记者的合影抱在怀里,与之同眠。与此同时,好心的王铁杵还把合影轮流借给另外两个光棍儿抱着睡觉。后来,驻村扶贫干部知道了这件事情,以道德败坏为由没收了王铁杵与刘婉溪的合影。最后,刘婉溪也听说了这事。谁也没想到的是,美女记者刘婉溪居然理解原谅了光棍儿们的举动,并且还把合影从驻村扶贫干部手里要回来重新还给了王铁杵。她对王铁杵说,如果你觉得抱着合影睡觉心里好受一点,你就抱着睡吧。

  这个细节看起来十分荒唐,十分可笑,但我写到这里的时候却泪流满面。这与我的生长背景有关。我出生在鄂西北一个偏远的小山村,从小在那里长大,直到十七岁才离开那地方到武汉读书。虽然离开了故乡,但我从未割断与故乡的联系。那里有我的亲人,有我的同学,有我的酸甜苦辣,有我的喜怒哀乐,更有我不可磨灭的童年记忆。我仿佛一只风筝,不管飞到哪里,那根牵着风筝的线却一直拴在故乡。每年的寒暑假,包括逢年过节,我都要雷打不动地回到老家,有时一住就是十天半月。即使身在都市的时候,我也会隔三岔五往老家打电话。可以说,我的心与故乡从未离开过。社会的转型,乡村的变迁,时代的发展,尤其是乡亲们的生活境遇,我都能及时了然于心。坦率

— 249 —

地说，其中既有令人欢欣鼓舞的地方，也有让人忧虑不安的地方。比如，改革开放以后，农民开始进城打工。一方面，农民的收入很快得以增加，物质生活迅速得到改善，基本上解决了衣食住行的生存问题；另一方面，农村女青年外出打工后很少再回老家，大部分都嫁到了外地，而男青年打工赚钱之后却必须回到本土，以尽赡养父母之责。这样一来，偏僻农村的性别比例便出现了严重失调，导致很多男性找不到配偶。这种现象从改革开放一直延续至今。通过精准扶贫，农民过上小康生活之后，光棍儿问题虽说有所改观，但并没有从根本上得到解决。就拿我老家来说吧，一个小小的村子，单身男人竟然占到一半。正是因为这种残酷的现实，我创作了一系列反映光棍儿问题的小说。

据我所知，光棍儿中虽说有一些残疾者、弱智者、懒惰者，但绝大多数却是勤劳、聪明而有趣的人。这部分人之所以找不到老婆，主要是因为僧多粥少。我老家一个光棍儿曾风趣地问我，种瓜得瓜，种豆得豆，为啥不能种老婆呢？另有一个光棍儿，自编了一段顺口溜，我听了忍不住鼻子发酸。顺口溜是这么说的：光棍汉，真伤心，出门一把锁，进门一盏灯，睡到半夜摸脚，还是冷冰冰。还有一个光棍儿，精准扶贫时分到了一套安置房，还在扶贫工作队的帮扶下养了一群羊，过上了有吃有穿有房住的生活，但就是娶不到老婆。一天，他用开玩笑的口气跟一个没分到安置房的村民说，我用安置房换你的老婆怎么样？说完，他自己苦笑了一下，眼里满是泪花。总之，光棍儿问题是当下中国农村不可忽视的一个严重问题，它直接关系到一部分人民群众的获得感和幸福感。而且，这个问题解决起来又难上加难，不仅亲朋好友爱莫能助，甚至政府也无能为力。

面对难以解决的光棍儿问题，我倒认为，文学艺术也许可以助上

第七章 时代镜像

一臂之力。因为，男女婚配虽然与物质生活有一定关系，但主要还是属于精神领域的事情，它涉及心理与生理、灵魂与肉身、情感与欲望、趣味与好恶、性格与习惯等方方面面。要想本土的女性回到本土嫁给自己的同乡，或者希望外地女性嫁到此地，首先必须让这些女性对这个地方的光棍儿动情，包括喜欢、信任、欣赏，或者是同情、可怜、悲悯。而使之动情的最好方式，则是用文学艺术去吸引她们，启发她们，感染她们，打动她们，点燃她们，说服她们。正是基于这种想法，我创作了一系列关注光棍儿的小说。

然而，我遗憾地发现，农村读小说的人并不是太多，尤其是那些未婚的女性。相反，作为大众艺术的歌曲对农村人则更有吸引力。于是，我萌生了创作一首歌词的想法。这便是我在写小说之余创作《嫁人就嫁油菜坡》的原因之一。

除此之外，还有一个原因。今年初春，在华中师范大学人事部及美女部长游丽女士的关心与支持下，我荣幸地成为华中师范大学乡村振兴研究院的一员。我永远忘不了游部长那天亲自送我去乡村振兴研究院向徐勇院长报到的情景。从行政大楼人事部到乡村振兴研究院，至少要走半个小时。游部长那天穿一双高跟鞋，我担心她步行前往困难，便建议她不必亲自送我，可她却执意要送。走到乡村振兴研究院门口时，她的双脚已经磨红了。我当时万分感动，心想，作为一所大学主管人事工作的领导，能如此关心一个普通教师，真是难得啊！

人事部和乡村振兴研究院的领导，都希望我能够从文学艺术的角度去关注乡村振兴。可以说，《嫁人就嫁油菜坡》是我到乡村振兴研究院工作后完成的一份作业。说老实话，在歌词创作方面，我是一个门外汉。除了知道押韵，其他都不太懂。但是，我努力写出了油菜

一个人吹拉弹唱

坡单身男人的可爱之处,一是勤劳,肩能扛来背能驮,扛山驮水奔小康;二是聪明,石头缝里打水井,敢叫梨树结苹果;三是幽默,笑话笑得肚子痛,歌声能把云喊破。我用夸张的手法突出男人们的这些优点,目的在于唤起女性对他们的好感。在男人们出场之前,我还写了油菜坡的自然风情,油菜花开十里香,蜂双蝶对如穿梭。我写这一段,是想让自然风情与即将出场的单身男人的生活境况形成一种对比。花开时节,连蜜蜂蝴蝶都成双成对,而油菜坡的很多男人却打着光棍儿,形单影只,寂寞孤单。我之所以这么写,是希望唤醒未婚女性对单身男人的同情之心和悲悯之心。结尾一段,我直接点题,劝未婚女子,嫁人就嫁油菜坡,恰似一个热心快肠的媒婆正在为光棍儿们牵线搭桥。

令人欣慰的是,当我把这首稚嫩的歌词发给作曲家曹冠玉老师指正时,曹老师居然给予了充分肯定,并且表示乐意为之作曲。曹老师是华中师范大学音乐学院作曲系主任,在音乐界久负盛名。她一周之内就为我这首歌词写好了曲谱,词虽俗,曲却雅,雅俗共赏,非常动听,旋律优美,韵味十足。随后,曹老师又邀请著名歌唱家万莉博士出山演唱。作为当红歌手,万博士虽然每天繁忙,但她却在万忙之中抽出宝贵时间完成了这首歌的演唱。她唱得真好,内敛、隽永、婉转,悠扬,如同天籁。从曹老师的作曲和万老师的演唱中,我真切地感受到了两位艺术家对乡村人民的深情、至善与大爱。我想,如果有更多的文艺家一起来关注单身农民的婚配问题,我的光棍儿兄弟们一定会早日脱单成双,过上健全、完整、美满的幸福生活。

【于 2022 年】